NEVER-FLOWERS
IN NEVER-DREAM

梦里花落知多少

郭敬明 著

NEVER-FLOWERS IN NEVER-DREAM

春风文艺出版社

图书在版编目（CIP）数据

梦里花落知多少/郭敬明著．—沈阳：春风文艺出版社，2003.11
ISBN 7-5313-2509-8

Ⅰ．梦… Ⅱ．郭… Ⅲ．长篇小说—中国—当代
Ⅳ．I 247.5

中国版本图书馆 CIP 数据核字（2003）第 088697 号

春风文艺出版社出版发行
地址：沈阳市和平区十一纬路 25 号 邮政编码：110003
联系电话：024—23284285 23284029
购书热线：024—23284402 23284401
E-mail：chunfeng@vip.163.com
沈阳新华印刷厂印刷

幅面尺寸：130mm×210mm 印张：8 插页：22
字数：180 千字 印数：670 001—850 000 册
2003 年 11 月第 1 版 2003 年 12 月第 4 次印刷

责任编辑：时祥选 责任校对：白 光
封面设计：hansey 版式设计：马寄萍

定价：20.00 元

NEVER-FLOWERS
IN
NEVER-DREAM
我总是躲在梦与季节的深处 听花与黑夜唱尽梦魇唱尽繁华 唱断所有记忆的来路

我想知道 那些 仓皇南飞的 鸟群 究竟带走了 谁的 思念
NEVER-FLOWERS
IN
NEVER-DREAM

NEVER-FLOWERS
IN
NEVER-DREAM
我忘记了哪年哪月的哪一天 我在哪面墙上刻下了一张脸 一张微笑着 忧伤着 凝望着我的脸

那些刻在椅背后的爱情 会不会像水泥上的花朵 开出地老天荒的 没有风的森林
NEVER-FLOWERS
IN
NEVER-DREAM

时间没有等我 是你 忘了带我走
NEVER-FLOWERS
IN NEVER-DREAM

NEVER-FLOWERS
IN NEVER-DREAM
我总是 追赶 那些黑色的潮水断处的 山崖
却忘记了命轮里 一季一季悄悄开放 又悄悄枯萎的 没有来路的 葵花

我们微笑着说 我们 停留在 时光的 原处
其实 早已被洪流 无声地 卷走
NEVER-FLOWERS
IN NEVER-DREAM

我总是爱蹲下来 看地上时光的 痕迹 像一行一行蚂蚁 穿越我的 记忆
NEVER-FLOWERS
IN
NEVER-DREAM

如果记忆如钢铁般坚固 我该微笑 还是哭泣
如果钢铁如记忆般腐蚀那这是欢城还是废墟
NEVER-FLOWERS
IN NEVER-DREAM

NEVER-FLOWERS
IN NEVER-DREAM

每当我看天的时候 我就不喜欢再说话 每当我说话的时候 我却不敢再看天

NEVER-FLOWERS
IN
NEVER-DREAM

那 条 小 巷 如 同 沉 睡 的 夏 天
青色的 石板 白色的 飞鸟 尽头开了又合的 门
时光停步 我听到齿轮 咔嚓 咔嚓 咔嚓

NEVER-FLOWERS

IN NEVER-DREAM

我总是在想 我的记忆是不是活在长街的那头 而我的年轮死在长街的这头

你是不是一直这样 安静地 凝望那些日升月沉 无家可归的 忧伤
NEVER-FLOWERS
IN NEVER-DREAM

时光埋没了树的诗意 多情的廉耻继续生长 我目送青春的末日 那沉甸甸灰蒙蒙的末日 诀别了茂盛多时的节奏 它们曾经暧昧 它们几时暧昧

NEVER-FLOWERS
IN
NEVER-DREAM
谁在放肆弹奏着烦躁的喘息 抑扬里渐忘了色彩
迟暮的年华 声色的特写
回归十二岁纯白的枝头 含苞

道路延伸向平静的生命 纠结出疲倦的痕迹
你 相逢中提炼无声无息的视线
背影里残留铁轨仓皇的喘息 我
NEVER-FLOWERS
IN
NEVER-DREAM

NEVER-FLOWERS

IN NEVER-DREAM

一念之隔 让沉默在罅隙里大鸣大

脆弱为世界留下轨迹 反复 反复着斑驳的

你不问季节的困惑 是渺小的绿色在

NEVER-FLOWERS
IN
NEVER-DREAM
我只想阅读反差的刻意
在梦被格子筛选为当道的孤立时
只有你在想 只有你可以想
天是黄玉 地为黑衣

NEVER-FLOWERS
IN
NEVER-DREAM
洪荒的古乐穿过灵魂的落差
爱情露出苍白的侧脸 宣泄着剔透的告白
几个轮回后化成地壳里的秘密

NEVER-FLOWERS
IN
NEVER-DREAM
离开 心的顾忌 念的偏执 意的幻想
深重的花草 埋葬了 我载浮载沉的不舍
身后 三言两语 的 呼唤 身后 点点滴滴 的 沧海
回身时 迎接 翠绿的 告别

闻婧打电话过来的时候我正在床上睡得格外欢畅，左翻右跳地穷伸懒腰，觉得我的床就是全世界。其实我的床也的确很大。我只有两个爱好，看电影和睡觉，如果有人在我累得要死的时候还不让我睡觉那还不如一刀砍死我，那样我一定心存感激。所以我理所当然地把床弄得往死里舒服，我曾经告诉我妈我哪天嫁人了我也得把这床给背过去。

所以闻婧的电话让我觉得特郁闷。在被她电话打碎的那个梦境里面我拿着个小洗脸盆站在空旷的大地上，天上像下雨一样哗啦啦往下直掉钱，我正在下面接钱接得不亦乐乎。所以感觉上如同闻婧阻了我财路一样。

我接起电话对她说，你丫个祸害，又阻止我挣钱。

怎么着，又写东西呢，我的文学小青年。

我是个写东西的，没错，运气好歪打正着地出了几本书，为这个闻婧没少嘲笑我，这年头文学青年似乎比处女还让人觉得稀罕。

我没搭理她，我说，有什么事儿你说，废话完了我接茬睡。

你已经胖得跟猪似的了你还要弄得习性也跟过去啊。现在是下午五点你说你这叫睡午觉还是叫睡什么？

你丫废话怎么那么多，有什么事儿你赶紧说。

没事儿，就找你出来吃饭，三十分钟后我到你楼下接你。

起床，洗澡，梳妆打扮，大学里长期的住宿生活把我弄得雷厉风行如同新兵连刚训练出来的女兵。我看着镜子里的自己觉得闻婧居然说了句真话，我是胖得跟猪似的。看来像我这样没日没夜地睡下去多睡出个三五十斤也不是什么不可能的事儿。临出门的时候我又照了照镜子，发现自己又瘦了，我突然就乐了，敢情我是睡得浮肿了。

我到了楼下闻婧还没有来，我乐得悠闲看我们社区的大妈刚贴出来的写着全国各地劳模事迹的报纸，某某某又从天台救下一小孩儿，某某某又热心地为群众清理下水道分文不取，我就在琢磨这种事儿天南地北层出不穷而我身边怎么一点动静都没有呢？上个月下水道堵了，倒是有一个清理工人又热心又耐心，对待群众像春风一样笑得跟朵花儿似的，怎么能不笑呢，每家住户给他五十块钱把他嘴都乐歪了。

正看着报纸闻婧打车过来了，大老远没听见车的声音倒听见她的声音这可真是本事。车子停在我旁边闻婧打开车门眼珠子甩都没甩我一下就光蹦出俩字儿“上车”，然后接茬同司机师傅狂侃。上车后我对那位的哥说，怎么着师傅，您是她亲戚呢？的哥蛮不好意思地笑笑，说，那哪儿能啊，小姑娘能侃。

这我倒没意见。闻婧走哪儿都一话篓子。闻婧她妈当初给她起名儿的时候就指望着她能文静点，结果天不遂人愿。不过我倒是特别喜欢这种女孩子，有什么说什么。我特怕那种半天都说不出话没事儿就冲着你笑的阴气沉沉的人，那笑阴得能把你膝盖的风湿痛给勾出来。

不过在外表上我和闻婧都长得根正苗红，扔人堆儿里那绝对俩天天向上的好青年，我们要是装淑女那叫一装一个准。不过本不是安静的处子，生下来就俩脱兔。用顾小北的话来说就是男生一见我们的照片就会想入非非，而见了本人立马就会想当初为什么会想入非非。闻婧还特讨厌做作的女生，开始的时候她一见着做作的人总是说，小样儿你装什么文静啊，后来觉得和自己名字沾亲带故的就改口说，小样儿你装什么处女啊。好像在她的眼中女人就分两种，处女和非处女。从那之后再没女生在我俩面前做作。不过闻婧这厮也栽过一回，上次和她爸去一饭局，在大堂见一个女的特做作，她就来劲了，说，长得就一副抢银行的脸还翘个兰花指扮处女，小样儿我见着就恶心。那女的立马脸拉得比什么都长，而更不幸的是她跑去告诉了她爸，而她爸就是当天饭局买单的人。为这事闻婧她爸停了她一个月的银子。平时毛手毛脚惯了的闻婧怎么可能有存款，被训斥的第二天闻婧立马跑到我跟前诉苦，义愤填膺的。到最后闻婧说，她丫就知道叫老子出来撑腰，没劲，我俩就不是这种人。我一听苗头不对刚想说什么她的最后一句话就砸过来了，她说，林岚这个月我就靠你了。我一听当时眼睛都黑了，我想我看中的那把网球拍估计是不能买了，说不定还得搭两件衣服进去。后来闻婧真就轰轰烈烈地刮了我一个月。

我曾经问过闻婧为什么那么多人想装淑女，闻婧说因为好装呗。我不耻下问问怎么装。闻婧说，你只要把该说我的地方全说成人家，那么一切好办。

车子冲上高架桥，闻婧停止了和那个司机的狂侃。我琢磨着那司机早被她侃昏菜了，现在上了高架桥当然不能拿生命开玩笑，毕竟是一车三命的事儿。趁闻婧闭嘴的时候我打量了她一下，发现今天她穿得格外万紫千红。闻婧穿衣服特诡异，隔三岔五地变个造型，我还真受不了她那亦真亦幻的风格。

我说，又不是去化装舞会你没事儿扮个火鸡干吗?

你丫讲话真难听。我是在家憋气久了出来透透气，再不出来我就要霉掉了。打扮打扮证明我也是一红火的热血青年。

你不用打扮已经很热血了，什么事儿少得了你啊。今儿个什么事把我招出来啊?

不是说了吗，一大帮子人在家闷得要抹脖子了，再不出来我估计得打车直接拉疯人院去。

我猛然意识到放暑假已经两个星期了，我整天在家睡觉看电影上网吃饭睡觉，小日子过得还蛮不错的，倒没怎么觉着日子难熬，相反我觉得自己都悠闲得要成精了。上个学期我过得特顺利，那几个老教授好像约好了似的齐齐给我打高分，我的成绩单上 AAA 打成一片，格外锦绣山河。所以这个暑假我过得特悠闲，想想一开学我就大四了，社会实践学期，我也是一大人了，想想就倍儿精神。

我正陶醉在我的壮丽前程中，闻婧冷不丁丢句话过来，哎，听说顾小北新交了个女朋友，今天也带来。她故意把声音压低，弄得跟咱俩鼓捣着杀人越货的买卖似的。

我挪了挪身子觉得有点不舒服，我说，又没人捏你脖子你给我正经说话。

我就奇怪了嘿，顾小北交新女朋友你怎么没个反应啊。

我有什么反应，陈谷子烂芝麻的事儿了。

闻婧没说话，依然摆出蒙娜丽莎的微笑，我看了觉得特别扭。你要是见着只火鸡这么对你笑你也别扭。

车子冲下高架桥开进市中心繁华地段，车窗外一片声色犬马纸醉金迷。

车又开了十分钟，我对闻婧说，等会儿要再敢提那些老黄历的事我就灭了你。

车开到一家酒店门口停下来，我抬头见气派不凡再抬头见四星。我问闻婧今天谁买单，闻婧说，白松。顿了一顿她补充说，白松他爸。

其实用脚趾头想也知道是白松，只有他才这么财大气粗。白松他爸是政界高官他妈是商界显贵，他是我们班最子弟的子弟。其实白松本名叫颜白松，只是每个人第一次听他自我介绍的时候都会反问一句：白岩松？于是他以后对谁都介绍自己叫白松。弄得每个人对他都去姓叫名，听上去特热乎。

走进大堂的时候我和闻婧就看到了白松他爸。颜伯伯是我爸的朋友也是闻婧她爸的顶头上司。于是我们两个特亲热地迎上去左右齐喊“颜伯伯”喊得那叫一个清脆。

颜伯伯倒是泰然处之笑容满面，毕竟是见过大世面的人，可他身后的那几个穿着黑色西装长着民工脸的人表情却很怪异。于是我聪明地意识到我和闻婧太过热情了以至于别人会以为我们是不良职业者在跑业务。于是我用眼色暗示闻婧，闻婧冰雪聪明当即把搂在颜伯伯脖子上的手放下来交叉握在身子前面做鹌鹑状说，颜伯伯，家父一直惦记着您呢，什么时间有空了您也来家里坐坐。于是颜伯伯笑得更开心了，后面的西装民工也松了口气。冰雪聪明的女孩子自然招人喜爱，这是定理。而像我和闻婧这样长得漂亮又冰雪聪明的女孩子自然更招人喜爱，这更是真理。不过也难怪那些西装民工会那样想，这年头，用我妈的话来说就是小姐们都一副大学生的打扮，而大学生却是一副小姐的打扮，乍一看满城奔走的都是不良职业工人，那叫一壮观。

其实今天是颜伯伯在这儿有饭局，白松也跟着来了，他爸问他要不要找几个朋友来陪陪他。于是白松就将这一票狐朋狗友拉了出来。颜伯伯疼他儿子是出了名的。

电梯门口白松在那儿等人，白色西装，剪裁合体，一看就知道价格不菲。

闻婧在大堂中就和他勾肩搭背的，说，今天倒是人模狗样儿的啊，要结婚还是怎么着啊?

白松好脾气地笑着，特有风度地说，这不我请客嘛，怎么着也得弄个人样来迎接你们啊。

闻婧说是啊，蛮有人样的，就是鸭子见了你也会含恨而死。

白松说，好了，不和你贫，谁和你贫谁脑子有病自我找打击，快上去吧，七楼，雪松厅，顾小北他们都已经到了。

在电梯门关上的时候，白松特神秘地对我们说，我交的新女朋友也在上面呢，等一下介绍你们认识，有你们两个自卑的呢！

去你的，谁见我和林岚谁找自卑。闻婧白他一眼，然后电梯门就关上了。

今天怎么谁都带女朋友来啊，还都是新的，赶集啊。闻婧特郁闷地说。

电梯无声地冲上去。大酒店的电梯确是上上下下的享受。

电梯门一打开我就看见了顾小北，气宇轩昂，站在门口像一个王子。我大概好几个月没见他了，不过看上去他也没怎么变。

站在他旁边那个女的倒是让我和闻婧来了兴致。她站在顾小北身边就没消停过，她的大腿以上胸部以下的部位软得跟蛇似的，左摇右晃弄得春满乾坤。当她和顾小北一起走过来的时候那个小碎米步踩得那真是让人叹为观止。

闻婧在我耳边笑得天花乱坠，她说，瞧丫装得多纯情啊，

和她比起来咱俩简直是妓女。听完之后我和她一起大笑，笑着笑着觉得脸上挂不住了，这什么破比喻啊。我横了闻婧一眼，亏她那么聪明。

顾小北走过来向我们介绍，他指着我们说这是林岚和闻婧，这是李茉莉。

闻婧特热情，刷地抽出手握过去，动作快得我都觉得她以前没手，就是突然从腰那儿抽出来的，就跟日本人剖腹自杀抽刀一样。她笑脸如花地说了句特不人道的话，哟，小茉莉，你看人家这名字起的，一听就知道是处女。

然后我看到顾小北和李茉莉的脸全白了。我知道闻婧对李茉莉第一印象不好，她就讨厌这种做作的女生。不过我觉着她的话也说过了，我这人特善良，善于搞活气氛，于是我特亲热地把李茉莉拉过来，对她说，小茉莉，你甭搭理她，你的名字听上去哪能像处女啊。说完之后猛然发觉这也不是什么好话，顾小北在那儿脸都绿了。

李茉莉脸上讪讪地有点挂不住了，迫于淑女样子又不好意思发作，只好脸上一阵红一阵白的。我估计她心里早把我和闻婧两个人祖宗十八代都骂遍了。谁落上这事儿也会觉得是我和闻婧在联合耍她，可是天地观音如来佛我可真没那心。

她在那儿变脸变了一会儿估计缓过来了，然后又特大家闺秀地说，人家不叫小茉莉，人家叫李茉莉。

我猛然想起闻婧告诉过我的要怎么装淑女，就是把该说我的地方说成人家就结了，我斜眼去望闻婧，她看了我一眼立马心领神会，然后仰天大笑，笑得那叫一个喜庆。

顾小北在旁边拿眼睛横我，他说，林岚怎么着今天你还来劲了？

我说没没，就想起一笑话儿。

说完发现小茉莉已经春满乾坤地走进房间去了。我还真佩服她不跟我俩急。

顾小北说，你说人家一大姑娘站在你面前你联想什么不好你联想起笑话，你这人损不损啊。

我没搭理他，闻婧说，联想起笑话说明她长得还够周吴郑王的，她要再长得那啥点儿，指不定我们能给你想出黄段子来。

顾小北皱着眉头横我们，说，知道你们俩嘴贫，刀子嘴刀子心。

我也不跟你闹了，顾小北，你眼光也太低了吧，你感情失落要找替补那也不能和林岚差太远吧，你不要刚插完一瓶玫瑰立马就插一罐子青大葱啊，品位换得也太快了吧。你图新鲜玩儿另类，可我们还得有个缓慢的接受过程不是。

顾小北斜眼看我，像是我脸上被人画了个王八，笑得特奸诈，他说，敢情你俩就因为她是我女朋友而挤兑她啊？林岚你还吃醋呢？

我也斜眼瞪回去，我说你少臭美，追我的人一火车皮都载不完，谁还惦记着那些破事儿啊。我说完之后觉得底气不足。

顾小北笑得哼哼哈哈的，他说，谁不知道你那破事儿啊，撑死了也就仨。

我突然觉得格外泄气。顾小北说的仨我知道是指谁，在我和顾小北谈恋爱的时候中途曾经出现过三个小插曲，一个是我们学校中文系的一文学青年，估计平时也不怎么看书，要看也是看那些死了或者老得棺材板敲得叮当响的人的书，有一阵他穷追我，他说现在的女学生就是文化低俗啊，然后他看了我老半天说你还算好点的。我靠，闹了半天我只是个稍微好点的。于是我撒丫子跑掉了。要是让他知道我是一写书的估计他得去一头撞死，或者先把我给灭了，怎么着也得给安定的社会添麻烦。我当然不能屈服于这样的人，再怎么说我也是一写书骗钱的，哦不，写书挣钱的。还有一个是个体育特招生，一米九多接近两米，整个一猩猩，他追我纯粹是因为人类的本能，这让我对自己的外貌和身材格外有信心。可是一个男的就因为你长得漂亮而追你，怎么着也觉得心里堵，于是也就拜拜了。我和顾小北依然高唱我们的主旋律丝毫不动摇。

最后一个插曲是白松，这个阵仗可闹大了，也就是因为他，我才和顾小北分的手。

我说，都过去的事儿了，谁还记着啊。说完潇洒地挥挥手。

顾小北好像有点沮丧，他说，可我还记得。

我看着顾小北的脸一瞬间觉得特忧伤，谁相信这就是当初疼我疼得全校想要给他立牌坊的模范啊。一瞬间仨人都没说话，气氛弄得特伤感。三个人正郁闷着呢，白松一溜小跑出现在我面前。

林岚，见着我女朋友没，李茉莉，人家可是真正的淑女，我厉害吧。白松说话的时候一脸容光焕发。说完摆了个黄飞鸿的造型，还跳来跳去的，小样儿，整个一大尾巴狼。

我和闻婧听了这话差点没背过气去，顾小北靠在墙上笑得要撒手人寰了。我和闻婧陪着笑笑得跟抽风似的。

白松肯定没弄明白怎么回事，不过他也没问，招呼着大伙就进去了。闻婧说她要先上洗手间，我说我也去。

在洗手的时候，闻婧问我，你心里真的没有顾小北了？

我说，真没了。

闻婧笑笑，她说，你也就蒙蒙我们这种善良的小老百姓，我他妈就装孙子让你蒙一回吧，不过自个儿的心可是自个儿疼。说完她出去了。

我站在洗手槽前，半天没说话。心里想着闻婧这丫头的嘴真狠。

我心里怎么可能没有顾小北呢？那可不是说忘就能忘得了的事儿啊。

我和顾小北是高中同学，从高一起我就是个不听话的学生，因为我和顾小北早恋。那会儿恋得那叫一个纯洁，牵一下手都能乐一晚上。我和顾小北第一次牵手的那天晚上我就没睡着，躺在床上自个儿笑，我妈被我笑得汗毛都立起来了以为我中了邪。第二天顾小北告诉我他也一宿没睡瞎折腾。不过我和顾小北是全年级最好的学生，老师舍不得骂我们，我的英语老师特年轻，还老逗我说要吃我和顾小北的喜糖。你说说这么好的老师哪儿找去啊，这才叫园丁，哺育我们啊，而有些老师，整个一农民，我们这些好好的幼苗都被他们摧残了。本来我和顾小北都要考最好的大学，不过最后几次模拟考试的时候我发挥得特另类，我家被我弄得要翻过来了。后来就不敢填高了志愿，顾小北特别够人性，把我的志愿书拿过来抄了一份，当时我看着他握着钢笔填写表格的时候觉得他真是英俊得一塌糊涂。结果我的分数特别争气蹦了个历史最高点，为这个我没少后悔，不过顾小北倒跟没事人儿一样，一个劲儿地安慰我，好像就我一个人堕落到那个傻大学没他什么事儿一样。就因为这个我爸觉得特对不起我，因为当初就是他在我填志愿的时候一个劲儿对我说：凡事要稳妥，凡事要稳妥。结果我真考得特别稳妥，超过那个大学录取线一百多分，歪打正着地弄了个一等奖学金，也算对我惨淡人生的安慰。顾小北也拿了个一等奖学金。顺便说一下，他考得比我都好。也就是从那个时候开始我在家中的中央地位被奠定了，我爸妈都觉得欠我，我在家就一太阳，就是尼采。

上了大学之后我和顾小北成为所有人恋爱的楷模，其实准确点说是顾小北是楷模，如果在别人眼中顾小北是鲜花，那我肯定就是那插鲜花的啥。因为我品行恶劣。顾小北就说过他从来不担心我会甩了他跟别的男人跑了，因为除了他没人能忍受我的牛脾气。记得在我们恋爱那会儿，我特矫情，老是要星星要月亮的，顾小北都让着我，我的臭脾气也被他惯得越来越猖獗。比如在北京零下十几二十度的大冬天我要顾小北早上跑大老远去学校外面一家包子铺给我弄包子当早点。顾小北也笑容满面地每天早上骑车去买，二话都不说。他每天早上七点半等在我楼下叫我，比伦敦大笨钟都准时。而我总是在楼上梳妆打扮老半天，磨磨蹭蹭，没事儿也能找点事儿出来，整个寝室的姐们儿都看不下去了，说林岚你真该拖去枪毙了。当我下去站在顾小北面前的时候他总是把包子给我说你先拿着暖暖手，然后笑眯眯地看着我。他捧着手哈气，我看到他的手因为骑车都冻得裂开了，我当时特别心疼，心里想我一定要嫁给顾小北，带着我的床嫁过去。

从洗手间出来我还沉浸在回忆里，一打开房间的门就听到震天响的声音，整个屋子格外闹腾。我一进去就看到某某某，某某某，一帮子人坐在房间角落的大沙发里。我们学校高官的子弟特别多，一个比一个能挥霍，真他妈败类。有人在叫，林岚，坐过来。

当我走过去的时候我看到了姚姗姗，我们学校的校花。她坐在顾小北的身边，像个珠光宝气的孔雀。顾小北在削一只苹果，削完之后递给了姚姗姗，而姚姗姗却说，你帮我分成一小块一小块的，我不好咬。我靠，比我当年都矫情。而顾小北还真就好脾气地替她把苹果分成一小块一小块的。

于是我知道了，原来顾小北的新女朋友是姚姗姗。

我望了闻婧一眼，她看着我露出个意味深长的笑容，还附带了些许的同情。我知道她那双会说话的眼睛是在对我说，林岚这次你可真栽了。

在我们学校追过姚姗姗的人那可真是车载斗量，而且前赴后继没见消停过。我当时听说有这号人物的时候立马联想起百万大军冲过封锁线的场景，而姚姗姗就是那难以攻克的碉堡。一个战士倒下去，无数个战士站起来。一个学校被她弄得乌烟瘴气的。顾小北这小青年真是走运了,竟然死猫撞了只耗子精。

我在顾小北身边坐下来，说，小子，能耐了嘿。

顾小北定睛望着我，表情那叫一个严肃，跟我爸梦游似的半晌没说话。然后把那个苹果递给了我。姚姗姗立马不乐意了，我说你小子胆儿够肥的，公然在爱人同志面前红杏出墙。

顾小北好像真在梦游又转身把苹果递给姚姗姗。姚姗姗接过去的时候表情那叫不乐意，我估计怎么着一根大梁子也给结上了，估计还是根钢筋水泥的。我这人特怕和人闹别扭，可好像天生就特能惹事儿。不过今天这事儿可跟我没多大关系，人民群众作证，全是顾小北昏菜了。

我拿眼横他，他说，全是以前被你欺压惯了，一坐在你旁边就觉着自己是奴才。

然后我听见姚姗姗咬苹果咔嚓一声特清脆，我估计她把苹果当我脑袋了。

吃饭的时候我在方圆两米的饭桌上空挥舞着我的鸡爪子，我在家窝久了，山珍海味得多捞点。况且如果不是跟着老爸老妈混饭局的话也不是经常能来这种老百姓得卖血才能喝碗粥的地方混饭吃的。所以我就不客气了。仔细想想我似乎从来都没客气过。

席间觥筹交错，转眼我和闻婧都是三瓶啤酒下去了。不过这只是牛刀小试。闻婧的爸和我爸是在饭局上认识的，我和闻婧也是在饭局上认识的。我们共同的特点是从小列席父亲的饭局，然后酒量好得不像女人。闻婧说，啤酒算什么，我小时候当水喝来着。曾经有一次我和闻婧被抓壮丁拉去陪她爸的客人吃饭，我和她乔装她爸的秘书，然后不负众望放倒了一桌的人。她爸一高兴给了我们一人一套化妆品，事后我和闻婧溜去百货公司看了价格，好几个零呢，于是立马兴奋异常。

在举杯庆祝的空隙里我看到顾小北替姚姗姗夹菜，突然想起当年他在食堂替我吃肥肉时的样子，当时没怎么有感觉，就纳闷儿他怎么老吃也吃不胖。

吃到中途的时候有人提议玩游戏，魔法屋真心话大冒险。其实也就跟大富翁和《流星花园》学的，也就是一个人选出符合条件的人，另外一个人决定他们的命运。就一整人的把戏。一群人玩得疯脱了形。结果有一次小茉莉和姚姗姗成了命运操纵人，我和闻婧都心里一激灵，想这下完了，该报复的都会报复的。她们两人果然没辜负我和闻婧的希望，真来劲了。小茉莉在那儿装纯情，说，那就今天在座还是单身的吧。她说话那口气特单纯，好像是在念诗似的。我眼圈一黑心想完了这次落俩丫头片子手里。闻婧虽然是单独来的，可她也是有男朋友的，一广告界新兴的精英。所以我只有硬着头皮站起来，然后我对面一满脸痘子的男生也站了起来。我斜眼看了下顾小北真不是人还在低着头狂吃，我心里在呐喊啊，我说顾小北我就要被你女朋友玩儿死了。姚姗姗的确玩得够狠，对得起她碉堡的形象，她说，那就亲林岚一下吧。

那个男的满脸通红，不过我看他的样子是兴奋多过害羞。他身边一群衣冠禽兽跟着起哄。他也就麻着胆子过来了。我抬头瞪着他，我说你要再走三步试试，我他妈不灭了你！估计是我眼中愤怒的火焰特别旺盛，那男的很明智地止步了。姚姗姗在那儿继续煽风点火，说，出来玩就要玩得起嘛，不能玩就不要玩。我瞧着她那样心里恨得咬牙切齿的，他妈的我出来玩的时候你还在吃麦当劳呢。姚姗姗又说，那要不就喝酒，违反游戏规矩的都喝酒。我什么都没说把啤酒杯推过去，我心里想随便你倒，我还不信你一杯啤酒能把我放倒了。

结果姚姗姗比我想象的都狠，转身拿了瓶五粮液过来，冲着我的杯子就倒，哗啦啦跟倒纯净水似的。我心里后悔得都想自尽了脸上还得装出大尾巴狼的样子。我就在琢磨，早知道就让那男的亲一下了，又不少块肉，青春痘又不传染。

姚姗姗倒了接近大半杯停住了，然后拿眼睛挑衅我。顾小北终于说人话了，他拿着杯子想要倒掉，说，这就过分了啊。姚姗姗不乐意了，她说，规矩又不是我定的，我有什么过分的。顾小北看着她，表情已经有些愤怒了。我也不想他难堪，于是端起来一仰头就喝了。一边喝一边想姚姗姗你丫最好烧香告儿佛别落我手里。

放下杯子的时候我估计我都醉了，不然我怎么会看到顾小北眼睛里像钻石似的五光十色呢。

一直吃到灯火辉煌一大帮子人原形毕露，唱歌的唱歌，跳舞的跳舞，也有人在屋角支着头装沉思者。

我也不知道饭局什么时候结束的，反正我们走出去的时候颜伯伯那边声势才刚刚起来，估计战争还没开始。

走出饭店的时候也不知道几点了，反正风吹过来已经没了暑气，白天的热几乎都散了。一大堆人走得差不多了剩我、闻婧、顾小北小两口子和白松小两口子。

白松说，要不去哪儿续摊儿吧。

闻婧立马来了兴致，这厮一到晚上精神好得跟贼似的，一双眼睛亮得狼见了都怕。我累得都快散架了就说我老骨头了想回家去。闻婧瞪着我就跟我欠她二百块钱似的。姚姗姗跑过来拉着我的手说，林岚你就去吧，就当是陪陪我。我不知道是酒喝多了还是怎么着当时一股恶心就往上翻涌，我想我和你第一次见面而且刚还针尖麦芒地来着怎么突然就跟相识了五百年似的那么瓷实啊。只是我不好说什么，既然姚姗姗面子都做足了那我怎么着也得把里子补上啊。

两辆车飞驰在宽阔的大马路上，朝更加灯红酒绿的地方开过去。

我在车上弄得晕头转向，那开车的司机一直嘿嘿地笑，笑得特内疚，估计他以为我晕车呢。我打开窗户玻璃让风吹吹，保持革命清醒的头脑，我看着坐在我旁边的姚姗姗，坐得特端正，跟外国首相的夫人似的。

我这人就一狗脾气，特爱跟人叫板儿，从小跟我妈叫板儿，然后是跟幼儿园阿姨，再然后是等级不同的老师最后是教授。现在好了，跟顾小北的女朋友叫板。我特后悔怎么就把那么一大杯白酒喝下去了呢，那可是乙醇呀。我要是不喝她姚姗姗还能把我怎么着了我还不信了。

车子又冲上高架桥，我从车窗望出去体会着一览众山小的感觉，那些灯光纷乱地在下面流淌，如同水一样一晃一晃地。我觉得头昏，表情痛苦跟咬着块黄连似的。那司机估计是从倒后镜里见着我的表情了，又是一脸歉意的微笑。我就特想安慰

他，我刚想说师傅，没您的事儿，结果一张嘴刚吃下去的山珍海味全吐出来了，我这个后悔，这吐的可是银子！

顾小北从衣服里掏出手帕，蓝白色的，同以前一样，我以前就老嘲笑他，说这年头用手帕的男的比恐龙都稀罕，然后畅想要不要弄个栅栏什么的把他围起来做个稀有动物展，我就穿个小黑皮裙守在那门口跟所有老板娘一样沾着口水啪嗒啪嗒数钱。顾小北甩都不甩我跟我放屁似的，放屁还影响一下局部空气指数呢，我整个放了一真空。所以他这个习惯也一直没改。

我接过他的手帕擦嘴，在那些熏人的酒气中，顾小北身上的味道从手帕上散发出来，这种味道以前我不断地在顾小北肩膀上、衣服上、头发上、嘴唇上闻到，隔了几个月了我还记得，就跟昨天一样鲜活。

闻婧从前面回过头来，看了看我又看了看姚姗姗，她的表情很严肃，她说，没事儿，林岚，真没事儿。

我一见闻婧那阵仗差点儿就哭出来。

而姚姗姗那碉堡还是跟首相夫人似的坐得纹丝不动，瞧那样子别说泰山在她眼前崩了，我估计就喜马拉雅崩在她面前她也就那样，死也死成一碉堡。

吐过之后人就好了，我觉得从来没这么精神过，跟修行了万儿八千年的妖精顿悟似的，灵台一片空明澄澈。

闻婧见我好点了立马精神也好了，弄得好像和我连体似的，两个眼睛发出森然的光芒。我估计这司机要遭毒手，果然，闻婧这厮拉开架势和他狂侃，三分钟之内把话题拉到了道琼斯指数上。

到后来闻婧更得寸进尺叫司机把车给她开，我琢磨着那司机肯定被她侃昏菜了，而且严重昏菜，他要在别的地儿昏那我眼皮子都不眨一下，他拖着四个人在高架桥上昏菜这玩笑就开大了嘿。幸好闻婧没昏菜，她还知道自己几两重，于是她说，师傅，您说笑呢，这上我哪儿敢开啊，我手潮着呢，等下到了一荒烟点儿的地方您再给我试试。

我的心脏真受折磨，刚才差点跳到一百二。

后来车子开到了一特荒烟的地方，那地方跟拍聊斋的外景地差不多。闻婧还惦记着开车那事儿呢，司机师傅这时候特警觉，估计昏菜那劲儿缓过来了，问闻婧，你有本儿吗？我一听这话就想，完了完了。闻婧的本儿早就拿了，她爸爸的司机和她关系特瓷实，早些年闻婧就缠着那年轻小司机教她开车，那青年就这么堕入了闻婧的魔爪，任她把车刮得七荤八素跟梵高画似的也笑眯眯的，自个儿掏钱给车美容。就这么着闻婧愣是把本儿给拿下了。

闻婧握着方向盘兴奋得跟马上要结婚似的，一轰油门车就被她弄出去了。我见表盘上码数已经过了三位数了，立马满车找安全带往自己身上绑，然后一脸严肃地看着闻婧把汽车当飞机开。

车越开外面越荒凉别说人连棵树都不多见，我就在想北京怎么多这么块地出来，不过闻婧见这环境更兴奋了，在司机座位上蹿上蹿下。她说，林岚，看我技术，还成吧？我赶忙说，那是，这技术好得，凡人哪能开这么好。我觉得这话说得过了不只一点点，主要是我知道闻婧这人，跟我一样狗脾气，我要说她开得不好她指不定再拉三十码上去把飞机当飞碟开。我转头看了看顾小北，他低着头没有说话，头发垂下来把他的脸遮住了，我看不到他的眼睛。姚姗姗依然是个碉堡，就真跟首相夫人坐飞机似的。

正当车要飞起来的时候就听“嘎——”一声，然后车晃晃悠悠地就停下来了。闻婧握着方向盘显然还不能接受飞碟变汽车的事实，司机依然昏菜似的在那儿嘿嘿地傻笑。

白松他们的车从后面上来了，停下来问怎么回事。

一票人在那儿鼓捣了一阵最后白松给他爸打电话，他说，爸，我被撂路上了。

当我睁开眼睛的时候已经十点了，头像被贼敲了一样疼，胃里空空的，我觉得我可以吃下一头猪。最起码也能吃一乳猪。然后我打开手机，躺在床上琢磨着去哪儿弄一乳猪吃。一边想一边流口水，突然电话铃大作，我看了看手机发现是微微打来的，然后突然想起今天约了微微去一家广告公司，于是吓得哆哆嗦嗦地接起电话，然后就听到微微在那边杀猪似的嚎叫跟唱美声似的：林岚你放我鸽子啊！

我立马道歉，又点头又哈腰的，然后才发现我再点头哈腰微微也看不到。

挂了电话我起床，快速地弄了个容光焕发，然后下楼打了辆车就往燕莎开，我上车就对司机说，师傅您快点嘿，把汽车当飞机开。那的哥转过头来看我那表情丰富得跟看一会说话的蛤蟆似的。

在出租车上我又躺下睡了，我说了，我没啥爱好，就爱睡觉和看电影，在出租上看电影不太现实，所以我睡觉。

昨天晚上白松的爸爸赶过来的时候已经是两个小时之后了，不过那个时候我们也没心思再玩了，于是各自回家。顾小北和白松都特能装，各自送各自的心上花朵回去。小茉莉依然是一处女羞涩的模样，白松特没出息被迷得七荤八素的。姚姗姗依然一碉堡，顾小北站在她旁边，低着头看着地面像找钱包

一样，然后他抬起头，说，我送你回去。姚姗姗莞尔一笑，说，好啊。姚姗姗的确漂亮，唇红齿白，眉清目秀的，一般看得过眼的女的站在她旁边简直就一柴火妞。她那笑容连我都看得热血沸腾的，我想顾小北这次真撞了一鼠王。

在姚姗姗坐进汽车之后，顾小北回过头来望着我，然后说，林岚你就这狗脾气，不改改以后还有你受的。

我看着顾小北，他的口气蛮严厉的，可是我看到他的眼睛里却是一片浓得化不开的温柔，如同他洗澡之后柔软的头发一样温柔，就像以前我和他谈恋爱的时候一样。不过这怎么可能呢,他现在是校花的男朋友,标准的护花使者。我绝对是喝高了。

闻婧还沉醉在开飞碟的兴奋中，在那儿手舞足蹈的。我坐进白松爸爸的车子，然后倒下来就睡了，我知道颜伯伯会叫司机送我回去的。

回到家我妈问我玩得开不开心，我说很开心，特别开心。我妈看了我一眼然后肯定地说，你不开心。我妈理解的开心就是我要回来给她一五一十地重复我今天做了什么什么，几分几秒在做什么，上了几次厕所喝了几口水，谁谁谁特窝囊废而谁谁又特牛掰。我没说话没兴高采烈地回来我妈就觉得我不开心了。没有，我特别开心。

我去洗澡，我打开热水器，水哗啦啦流出来，然后我蹲下来就哭了，开始还哭得蛮小声跟作贼似的怕我妈听见，后来把水开大了就放声大哭了，一边哭一边看水流心里想这得要多少水费啊，于是哭得更伤心。

当我到达和微微约好的咖啡厅的时候，微微已经站在门口了，那一张脸黑得跟炭似的。我看见咖啡厅的老板站在她身后，愁眉苦脸跟放了两百块钱出去收不回来一样。也难为他了，谁店门口弄微微这么个黑脸女金刚，哪儿还有生意啊。于是我上去解救了他，我把黑金刚带走了。

微微开着一辆本田载着我往一广告公司奔过去，一脸杀气腾腾地继续把汽车当飞机开。我十几个小时内在北京城里坐了三趟“飞机”，您说这四化发展得多迅速啊。

微微恶狠狠地对我说，林岚你丫总有一天睡死在床上。

我一听就乐了，我当然死在床上，难不成我还站着死撒丫子跑着死，这话说得多新鲜啊。我没说话，冲微微摆着蒙娜丽莎的微笑，我毕竟也是一知识分子，杀人要杀于无形之中，跟无影毒似的。

微微见我那样先是一愣，然后笑了。我估计她也明白过来了，她说，林岚你真是一妖精。

见她不生气了，我就开始细水长流地跟她讲昨儿个我是怎么栽在一茉莉和一碉堡手上的，进一步化解她的戾气和洗清我的罪孽。当我讲到顾小北交了个新女朋友的时候微微的一张脸又黑了，当我讲到我特英勇地把那一杯烧刀子一饮而尽的时候，微微一脚急刹，我立马跟蛤蟆似的从座位上“嗖”的一声腾空而起咣当撞在挡风玻璃上，最诡异的地方在于我一边腾空一边还在历数姚姗姗那碉堡的罪行，想想我真牛掰。

也难怪微微反应这么大，微微从小是跟我一起长大的，我一直把她当做我的姐姐。在微微眼中我和顾小北那是手牵着手走向教堂，然后再手牵手走向棺材，死了还得在墓碑上刻“分得开我俩管你叫大爷”的那种人。在以前的各种场合，每次有年轻的帅哥过来和我搭讪的时候，微微都一脸严肃地告儿他们：人家可是一结了婚的人。保管立马跑得没人。我总是说你丫下次要再挡我红杏出墙的机会我就灭了你。而顾小北总是在旁边笑眯眯地看着我，一脸的温柔。而微微这人就是不怕灭，或者她心里压根儿就觉得我灭不了她，依然一如既往地阻挡我所有出轨的机会，把男人从我身边往外面踢，一踢一个准，要中国队能有那脚法，还不玩儿似的把巴西拽下来。

所以我也没机会出轨，我和顾小北这辆幸福号列车依然轰隆隆地朝红毯驶过去。

微微停下车对我说，你丫就让顾小北这么欺负你啊。

我没说话，捂着我的头，那一大包疼得我还没缓过劲儿来，微微以为我难过呢，盯着我特严肃地说，没事儿，林岚，真没事儿。我一见她那阵仗跟闻婧似的，她俩都是烈火金刚脾气，偶尔温柔一下马都能给吓死。这不我也吓死了吗，吓得在那儿热泪盈眶的。

车开到一特豪华的写字楼前停下来，我和微微从车里出来，一制服小青年立马跑过来帮微微停车，微微从口袋里抽出一百块银子刷地就甩出去了，我看着那叫一个心疼。我打量着微微，浑身珠光宝气，而且不像姚姗姗那么庸俗，特有格调特有气质。光她身上那件刺绣，估计就够我在电脑上挥舞两个月的鸡爪子。想想以前，我和微微都是学画画的，而且她比我有天赋多了，我还在念广告系的时候，微微已经退学了，她说学校学不到什么东西，她要单枪匹马地去社会上闯。两年过去了，我还是和以前一样吃食堂，而微微则三不五时地拉一票人开车去昆仑顺峰这种杀人不见血的地方山吞海喝，一顿饭的银子够我花俩月。不过微微跟我说过，她说别看现在人模狗样走哪儿都吆五喝六跟一慈禧老太太似的，背后的心酸自个儿知道。其实微微不说我也知道，微微在很多个晚上打电话给我，一听见我的声音就哭，止都止不住，哭完了又把电话挂上。如果微微是在风雪中的野菊花，那我整个就一玻璃温室里的恶牡丹，还套着一塑料袋防风。

电梯蹿上十七楼，我和微微走在走廊里，微微走得特别气宇轩昂，我在她背后跟一小秘似的。其实连小秘也不像，瞧我穿一牛仔裤外加一T恤，整个一柴火妞。过往人群都对我行注目礼，估计是见过男的带女秘书女的带男秘书还没见过女的带女秘书的，真新鲜，我估计牵条狗进写字楼都没这么稀罕。

微微对我说，林岚，你是新人，还没毕业，我估计月薪最多给你撑到四千，你看成吗?

我差点摔出去，我说，您这话可把我说傻了，我还琢磨着能不能上两千呢。其实月薪无所谓，我就锻炼锻炼自己，万一大四一开学学校看我像柴火妞要把我分去边远地区，那我还可以借找着落脚地儿了耍大牌不服从分配不是。说完这话我觉得我真虚伪。幸好天上没云彩，否则雷早就劈下来了。

进了房间，我看见了今天接待我们的人，一小青年，长得倒蛮英俊的，瘦瘦的，西装穿得跟平面广告上的模特一样，看上去特别干净。

在他办公桌对面坐下来，微微就跟我介绍，这是陆叙，这是林岚。我坐在他面前，近看才发现这小子长得特俊俏，眼睫毛比我的都长。我脱口而出，你睫毛膏用什么牌子的? 说完三个人立马吓傻了。

我估计是跟闻婧微微她们说多了，一时还没习惯装淑女，现在可好。我坐直了身子双腿夹紧连屁都不敢放，陆叙在那儿咳嗽了一声，然后对我伸出手，说，我叫陆叙。特有风度。

然后他对微微说，微微您介绍的人我肯定不敢说什么，用

肯定是没问题，不过月薪我只能付到四千块，您看成吗？

我一听心里就踏实了，已经准备站起来走人了，结果微微在那儿坐得跟老佛爷似的，慢悠悠地说，四千可不成，起码六千。我一听这话当场血压噌就上去了。我用手在下面碰了碰微微，她倒好，反踹我一脚，要知道你穿的可是牛皮靴啊，要搁平时我早龇牙咧嘴地扑过去了。

陆叙看着微微，沉思着，微微继续扮老佛爷，我也在旁边硬装大头蒜，表情跟绝世清高的艺术家似的——其实艺术家不是清高，而是你钱不够，清高只是拒绝你的一种最好的手段。

微微见陆叙不说话于是玩得更狠了，她噌地站起来说你慢慢考虑吧，我可没工夫这样耗着，说完转身踢着正步往门口走，我心里在淌血啊，可是没办法，只能跟在她后面踢正步，不过我没穿靴子，踢起来没微微那么理直气壮。

微微正要出门手都按门把上了，陆叙突然说，等一下。

我看见微微脸上邪恶的笑容，我知道这厮又胜利了。

陆叙说，其实说实话我们的正式员工刚进来月薪都没这么高，既然是微微姐介绍的，那么不知道可不可以先看看她的专业功底？

微微眼睛一瞪说，你怀疑我啊，我微微什么眼光，给你推荐过的女的哪个让你不满意过了？我听了这话觉得特别扭，倒好像我是一坐台小姐而微微是我妈妈桑，眼前这个陆叙就是那个该千刀万剐的嫖客。

微微说，我这么告诉你，我能做出来的东西林岚就能做出来，以后要有什么你交代的事儿林岚做不了我微微立马打车过来给你做，白给你做，成吗？

陆叙笑了，笑容特干净，像一大学生。

他说，微微姐您这样说了那就没问题了，然后他转过来望着我说，林岚你随时可以来上班了。顺便告诉你，我是你顶头上司，合作愉快。

他伸出手我赶忙握过去，心里想的是六千块啊！整整六千块啊！

我也是一上班族了，还是一小白领。想想就兴奋。这一兴奋的状态持续了好几个星期，陆叙表扬我说我工作特别卖力，而且创意层出不穷跟黄河泛滥似的。我踢他一脚说你真不会用词。他跟贼似的嘿嘿笑两声，然后又站直了身子摇头晃脑地特严肃地拿上司的身份压我，整个一大尾巴狼。

每天早上我就乘车去上班，朝九晚五的，隔三差五的还要陪陆叙这个自虐狂熬夜加班。陆叙想不出点子来的时候就特烦躁，跟一狮子似的，用手猛抓头发，一个头乱得跟木村拓哉似的。他不但自虐还要虐我，不准我回家，不过加班费付得特别爽快，我也没说什么，就陪着他在那儿浪费光阴。

我发现自己进入了一种前所未有的工作状态，特投入，这事发生在我身上真叫一稀罕。我连回家之后都拿着广告计划案在那儿想创意，一边想还一边自个儿在空中挥舞着我的鸡爪子，摇头晃脑跟一说书先生似的指点江山激扬文字。开始的时候我妈特高兴，这小老太太说，林岚你这样还像个人。您说这话多新鲜啊，那前面二十年我是一木鸡还是一石猴啊。可是后来我妈就经不住陆叙的电话轰炸了。陆叙这人真变态，每天晚上深夜准有电话，而且都是挑那种凌晨两三点，也就是骚扰电话频繁出现的时段打给我。我妈开始以为我惹着什么道儿上的人了，老被电话骚扰，准备叫我爸找人去把这事儿给摆平了。我告儿我妈这是公事电话，我妈眼睛瞪出来跟见鬼似的。不过我妈特喜欢陆叙那人，因为上次陆叙来我家拿一文件，我妈听说是我的顶头上司，立马端茶倒水跟伺候一土地公公似的，陆叙这人又特会装孙子，长得好看秀气，又温文尔雅，在我妈心里的印象分噌地就上去了。我在旁边直嘀咕，小样儿，有种你把在办公室扯着脖子跟我叫板儿那操行给弄出来啊。陆叙趁我妈倒茶的时候冲我特阴险地笑，整个儿一大尾巴狼。

以后陆叙打电话来凡是我妈接的话，那就没我什么事了，我妈在电话里嘘寒问暖地跟问候一留学出国的儿子似的。我就在心里呐喊啊：二十年前从你肚子里横空出世的那可是我啊，怎么没见着你对我这么上心啊。我在旁边咕咚咕咚地喝水，弄出特大的声响以表示我的不满。可我妈就当我是一空气。

在陆叙的无数个深夜电话的袭击下，我妈终于崩溃了。电话是她最心爱的留学儿子打的她能说什么啊，她只是用一种特哀怨的眼神望着我望得我心里直发毛。我妈说她得了神经衰弱了。其实别说我妈，就连我都有点撑不住了，这一什么上司啊，跟一吸血鬼似的，比周扒皮还扒皮。于是我就立马给我妈还顺带给我买了十多盒某某安神补脑液，可这年头虚假广告太多了，这些人真他妈黑心。说完之后立马醒悟我也是一做广告的，前阵子不还替一灭蚊器材厂天上地下地猛吹了一番吗，就我弄出来那阵仗别说一蚊子，就一飞机都得给熏下来。

看着我妈那样我也心疼啊。整天一脸苍白跟鬼似的在客厅里飘来飘去，叫她一声妈隔五秒钟转过头来缓慢地问你“啥事儿”，整个一恐怖片里的贞子。我想这样也不是办法啊，于是跑去跟陆叙反映了情况，要申请一职工宿舍望批准。当时我问得特礼貌其实心里在摩拳擦掌你要敢不答应我当场把你挂了。陆叙竟然想也没想就答应了，真爽快。

我回家告诉我妈我要搬出去了，我妈一听噌地从沙发上蹦起来上蹿下跳，撒丫子满屋飞奔给我收拾东西，动作矫健迅如惊雷，整个儿一女蜘蛛侠，看她那样儿就差没说“快点走走了就别回来”了。这哪像一神经衰弱患者啊，整个一神经亢奋。还没嫁人呢就把我往外赶，这一什么老太太啊！我突然想起我妈也经常一脸仇深似海地对我说“这一什么小孩儿啊”。我想这多新鲜啊，孩子又不是我生的您来问我。

那天和陆叙去申请宿舍，那个部门女经理特有派头，比微微都老佛爷。不过还是蛮顺利的，那女的从我进去到出来正眼都没看我一眼，只告诉陆叙还有一间，六幢302。当时陆叙表情特诡异。出来的时候他说，你住我旁边。我说哦。他说真倒霉。我就不明白了，他说怕我哪天喝高了侵犯他。我当时被那句话弄蒙了，半天才回过劲儿来，这好像是我的台词吧，咱俩谁是大老爷们儿啊。等我要龇牙咧嘴地扑过去的时候陆叙早就走了。我心里堵了一上午，真他妈憋死我了。

我就这么轰轰烈烈地搬家了，我搬家那天弄得整个小区都在地震，主要是我死活让搬家队把我那一张惊世骇俗的床也给搬了去。我站在卡车旁边指手画脚地叫那些人当心我的一切东西，跟一站在前线运筹帷幄的女将军似的。社区的大妈拉着我妈的手特激动地说：终于嫁出去了，终于嫁出去了啊！看她那像要热泪盈眶的样子就跟她自己终于嫁出去了似的。我妈在旁边脸绷得跟牛皮鼓似的，半天才咬牙切齿地说，她没嫁人，就搬出去住会儿。

等忙完搬家的事儿已经晚上八点多了，我累得倒在床上，跟一脱了线的木偶似的一动也动不了。我脖子疼手疼脚疼，就像被人拖进黑巷子给揍了一顿。我躺在床上心里琢磨着怎么一时冲动就从那两百多平米的地儿搬到这几十平米的破小屋来了呢。

正琢磨着，电话来了，我真是不想接啊，躺在床上装尸体，可那打电话的人特执著，整死不挂。最后我还是伸出手去接了，动作比电视剧里垂死的人都慢，还抖啊抖的。电话一接起来听到闻婧在那边一声“嗷——”我立马眼前一黑，心里叫得比她都惨烈。

我又雷厉风行地出了门，打了辆车就往钱柜冲。闻婧打电话给我妈，然后我妈就把我搬家这事儿给告儿她了。一说倒好，闻婧立马拉了一票人去钱柜开歌，几个人一边唱着马都能吓死的歌一边等着我去那儿买单，美其名曰“庆祝我乔迁之喜”，真是“说”的比“唱”的还好听。

我对司机说怎么慢怎么开，耽误了他生意我多付他个起步费，因为我想在车上继续眯会儿。司机师傅把头转过来特迷茫地看着我，估计没整明白，我从倒后镜里看到自己一脸菜色就对他说，师傅，我病了。他还是很疑惑，他说病了往医院开啊，怎么还慢悠悠地朝钱柜开呢，小姑娘不要命啦。我连解释都懒得跟他解释了，就说，得，师傅，您爱怎么开怎么开。

估计那男的被我吓着了，怕我真病严重了还没到钱柜就死在他车上，所以把车开得飞快，我才一眯眼一睁眼立马车窗外就霓虹闪烁妖孽横行了。北京的交通什么时候变得这么通畅的，以前不是老便秘吗?

我冲进包间，看见闻婧正在那儿啃西瓜，周围的人有某某某，某某某，反正就是我闭着眼睛也能猜到的那些人。白松和他的小茉莉坐在房间的角落里缠绵悱恻的，顾小北坐在姚姗姗的旁边没说话，一直盯着手机屏幕，我进来的时候他抬起头看了我三秒钟，似乎想要说什么话但最终又没说，低下头继续看手机。我用脚踹翻几个人然后挤到闻婧身边坐下来，恶狠狠地对她说，你真他妈一妖孽。

说完之后我就躺在沙发上睡觉，真没劲。睡到一半有人拍我的肩膀，我睁开眼睛看到顾小北坐在我旁边。他看着我的脸，很严肃地对我说，林岚，帮我个忙吧。我知道顾小北是不轻易求人的，所以我坐直了身子，想也没想就说，只要我做得到的我一定帮你，什么事说吧。

其实是因为我一直觉得自己欠了顾小北太多东西，能还点儿我就要还。从高一和他谈恋爱一直到大三，六年了，六年里面顾小北什么都听我的，宠着我，惯着我，惯得我毛病。他总是笑眯眯地望着我，一脸的温柔，眼睛亮晶晶的跟北极星似的。连最后一次我说要分手他都二话没说地听我的。分手那天是在他家里面，他重感冒，戴着我送他的很厚很厚的帽子手套围巾，全身裹得严严实实完全就是一东北大兴安岭的老大爷。我说我们分手吧，他点头，然后他上洗手间，我靠在洗手间的门外面听到里面传出大声的连续不断的咳嗽声，水龙头的声音，抽水马桶哗哗的水声。在那些声音里面，我隐约地听到顾小北低沉的哭泣声，很轻很模糊，跟他讲话的声音一样温柔。我靠在门上身子一点一点滑下去,眼泪跟长江决口似的往外冲。

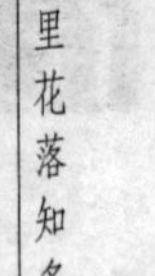

那天顾小北把我送到门口，他笑着摸我的头发，他说以后你肯定和你的新男朋友吵架跟吃饭似的一天三顿，除了我谁受得了你的狗脾气啊。我当时望着顾小北的样子心里跟刀割似的，如果他当时说不分手，或者只是说一下“你要不要再考虑看看”，我绝对扑在他怀里说不要分开。可顾小北太听我的话了，电脑删除文件都还让你确定一下 Yes or No 呢，他直接就把我的话给执行了。

其实我很清楚，如果当时顾小北要我嫁给他，我二话都不说直接跟他去民政局，就怕岁数不够。

结果顾小北要我帮忙并不是为了他而是为了姚姗姗。他说姚姗姗想要出本书，要我联系一下我认识的出版社的编辑。我望着顾小北很长时间没有说话，姚姗姗也在旁边望着我，她那表情不像是求我帮忙，简直跟一老板吩咐小秘打文件似的。

我说好，没问题。

姚姗姗在那儿特不相信我似的，很平淡地说，没想到你还真帮忙啊，我还真把您看错了。

我知道她在那儿绕着弯子骂我，只是我不想理她，一来我太累了，二来看着顾小北全心全意为她奉献我心里有点难受。

我什么都没说就拿出手机拨了和我关系最好的那个编辑的电话，电话接通了，我说，刘编辑，是我呀，麻烦您个事儿。

林岚我的大作家啊，您有事儿尽管说。

我有一姐姐，想出书，您把这事儿帮我办了成吗？这可是我亲姐姐。

挂了电话我看都没看姚姗姗，闭着眼睛继续睡了。可是我知道她的脸色很难看。我闭着眼睛还是看见顾小北的脸，忧伤像水似的一漾一漾的。看得我特别难过。我记得以前顾小北在我面前都是笑容满面的样子，灿烂得跟朵花似的。

那天快要结束的时候，小茉莉唱了一首歌，《你是我的幸福吗》，听得我特伤感，她一边唱一边看着白松，白松跟孙子似的她唱一句马上回答一句“是的”。估计我是累得伤了神经，回忆层出不穷，以前白松对我的好全部翻箱倒柜。白松追我的时候知道我的男朋友就是顾小北，可是他还是对我好，每天打电话告诉我要记得吃饭，我走什么地方他都开车送我，有时候他送我和闻婧去看电影，闻婧又不要他进去，说什么一个大男人跟着俩妇女看电影太那个，于是他就在电影院门口等，等得趴在方向盘上睡着了。我看着他熟睡的样子特别难过。我不想接他的电话谎称我手机没钱了，然后我马上就会发现自己手机话费里多了好几百块钱。我感冒了躺病床上，他买了大包小包的药和补品偷偷翻墙进女生寝室，看见同样翻墙进来坐在我床边上的顾小北后放下药和补品转身悄悄地离开。白松可是我们班最子弟的子弟啊，走哪儿都是一皇帝对谁都颐指气使的，可是在我面前却从来没说过一句脾气话，从来没跟我急过，眼睛里的柔情蜜意和顾小北一模一样。白松长得不比顾小北差，倒三角的体形修长的腿，一大票女生在他身后寻死觅活的，可是他就是只对我好。谁的心不是肉长的啊，很多次趁顾小北不注意的时候我都悄悄地掉了眼泪，因为我看着白松离开的背影觉得自己就像我寝室姐们儿说的“真该拖出去枪毙了”。甚至当时我都想过，如果不是先遇见顾小北，我绝对是白松的女朋友了。就在去年的圣诞节，白松约了我最后一次，因为那次我向他最后摊了牌，我实在不忍心白松继续在我身上耗下去，否则别说别人把我拖去毙了，我自己都要自残以告天下。那天我对白松说了“我们绝对不可能”，而且反复强调“绝对”两个字，说得咬牙切齿跟面对敌人逼供似的。那天白松很难过，我看得出来，一米八几的人了跟个大孩子一样在我面前眼睛红得跟一小白兔似的。他表情特别痛苦而严肃地问我，他说，林岚，如果没有顾小北，我可以照顾你一辈子吗？我当时心里觉得一阵恍惚，又忧伤又绝望。我点了点头，然后白松的眼泪刷刷地就下来了。他说他明白了，也就一句话，相见恨晚。他走的时候提出可不可以抱我一下，我当时革命意志特不坚定，一时松动就被他拥抱了，这下可好，一拥抱就出了大乱子。因为我靠在他肩膀上的时候就看到了白松身后的顾小北，那是另外一个小白兔。我当时特别想有人过来打死我，只要不打我的脸。

之后的三天我打顾小北的手机一直没人接，要不就是直接被挂断。他也没来学校上课，我一个人走在空荡荡的学校里觉得跟被抛弃的孤家寡人一样。越想心里越气，于是直接冲到顾小北家对他说分手，本意是想吓吓他，结果顾小北格外听话，这个威胁也就弄假成真，我骑虎难下，估计是骑了一烈性东北虎，于是我和顾小北就这么成了路人。

很久之后，我才知道，那几天顾小北之所以没有接我的手机，是因为他的手机掉了。

小茉莉一曲完了，我还陷在回忆里，闻婧永远没心没肺的，自己在那儿笑得支离破碎的也不管我是否在忆苦思甜。正当我顾影自怜的时候，她突然塞给我一张纸条，我借着昏暗的灯光折磨自己的眼睛，然后看到了一个画得很丑的笑脸，和一句 tomorrow is another day。闻婧这人就知道捅水位警戒线的决口，我眼泪当时就往上冲，想要去厕所，手刚放到包间的门把手上，眼泪就哗哗地下来了。

回家我上网就把顾小北给我的姚姗姗的小说给发出去了，顺便把那首《你是我的幸福吗》的手机铃声下载了，我换手机铃声的时候听到那个旋律一遍一遍地响,心里难过得穿山越海。

那天之后我就一直忙公司的事情，公司要参加一个广告大展，指名要陆叙和我去，我心想我没怎么在公司抛头露面怎么就找上我了呢，后来知道是陆叙把我卖了，他成心不让我有好日子过，他说林岚我帮你争取到了参加比赛的资格，我们两个共同完成作品参赛。他说的时候声音特高贵就跟皇帝赏赐小太监似的，要不是公司上司在，我早磨刀霍霍向他去了。

一工作起来就觉得日子过得特别快，跟飞似的，我总是在被一大堆文件埋葬的时候感叹我的青春就这么被陆叙扼杀在摇篮里，陆叙总是拿眼横我，说你一把年纪地讲话要不要脸啊。我总是在办公室里和陆叙用武力解决问题，一般我比较矫健，动作快，懂得先发制人后发制于人，于是每次都是对陆叙下了毒手之后马上撒丫子跑到大办公室去装模作样地喝水或者复印文件什么的，陆叙追出来跟只狮子似的在我身边转来转去始终不敢下手，他生气的时候特冲动，跟一幼儿园的孩子没什么区别，居然打女人，我再怎么丑那也能看出我是一女的啊，估计他性别识别能力有问题，把我和他当好哥俩了，可也没人这样打好哥们儿的啊，估计没把我当人。我突然想起闻婧嘴贫时的口头禅：你再怎么也得把我当个人不是。

我知道陆叙从小就被父母惯得一身毛病，含在嘴里怕呼吸不到新鲜空气，拿出来又怕被沙尘暴吹出雀斑。加之有个很温柔说话大气都不敢出的女朋友，所以养成和我一样的狗脾气，可是如来佛眼睛是雪亮的，一物降一物，栽我手上算他倒霉，我当初和闻婧以暴制暴来争取初中合法地位的时候小样儿你还不知道在哪儿玩儿泥巴呢。

其实我和闻婧开始明白暴力解决问题最快最有效也是微微教我们的。微微有一孪生妹妹，和她长得那才是真的连爹妈都分不清楚，经常逮着微微叫妹妹，而微微也特别不给她爸妈面子，无论现场有几个人照样大声说“我是姐姐”，跟背唐诗似的抑扬顿挫，弄得她爸妈脸儿都绿了，生出俩孩子自己都分不清，这可真够新鲜的。在幼儿园的时候微微就开始扮演暴力解决冲突的保护者形象，最大的爱好是和一帮男生骑马作战。一次一挺漂亮的小男孩看微微的妹妹长得挺好看的，就走过去拉她的手，说我来了半天了，一个小朋友都不跟我玩，你过来陪我。说话的腔调一听就知道是跟他老爸学的，将来肯定一腐败者。微微的妹妹哪儿应付得了这阵仗啊，立刻哭着跑去找姐姐，微微见妹妹被欺负了马上冲过来，一挥手就是一拳打那小男孩眼睛上，立刻摆平了争端。后来那小男孩成了我的同学，就是特别子弟的白松。在不知道微微有一个妹妹之前，白松一直被一个问题困扰着，他说，我就没弄明白，一小姑娘打人的方法咋那么迂回呢，还要先跑开去扮娇弱哭会儿然后再过来兜脸一拳。

那天我在房间里研究新的广告创意，我妈打电话来了，嘘寒问暖的，我也在想还是物以稀为贵，没见着我我妈也怪想我的。于是有点自我感觉良好了，谈着谈着话就往高了处说，我想也没想就说，妈，您也挺想我的吧，要不我搬回来。我妈估计是被陆叙的电话吓结实了，一听这话当即就把电话摔在了地上，我听到咣当一声心都碎了。这一什么老太太啊，我不就随便说了句我要搬回去住吗，又不是说我杀了三四个人要跟家窝几个月，至于吗？我挺不高兴地把电话挂了。估计我妈也觉得做得过了，连打两个电话过来解释说她不是那个意思，说我要回来她当然欢迎。我心里呐喊着这年头做人真虚伪，差点儿就想说“那好吧我回来”了。

电话响了第三次，我心想这老太太还真没完了，于是接起来说，妈，我知道了，您真不是那意思。

然后就听到电话里刘编辑的声音，他嘿嘿笑了笑说，林岚，几个月不见怎么逮谁都叫妈啊？

我说，哦，刘编辑啊，您好您好，刚跟我妈闹矛盾呢，您找我什么事啊？

也没什么，就告诉你那本书我们出估计有点儿问题。

什么问题啊？您可真帮帮我，那可是我亲姐姐。

林岚，你看过她的小说没？这种东西初中生写得都比她

好，我知道你想帮她，可也不能骗我是你亲姐姐啊，你姓林她姓姚，这姐妹可真够亲的。如果你实在要出，那我可以完全从帮个人情上给你出了，可是版税和印数我最多给到百分之五和五千册。

我听了这话心里在想怎么跟顾小北交代啊。

挂了电话之后我就坐在沙发上考虑这个问题，最后决定自己帮姚姗姗贴点钱，把版税升到百分之八，也就几千块钱，就当我欠顾小北的。

于是我拨了电话给姚姗姗，我直接告诉她出书的事情可能有点儿问题了，不过我会尽量搞定的。

电话那边姚姗姗气定神闲地跟我说，不行就算了，也没指望过你。然后她竟然把电话给我撂了。

我招谁惹谁了。我也把电话狠狠地撂下了。我决定不再管这件事情了。我欠顾小北又不是欠你姚姗姗，你又没和他结婚凭什么享受他的福利。

在我撂下电话三分钟后，顾小北的电话就来了，姚姗姗告状还告得真快。

顾小北在电话里说，林岚，我知道你想要钱，你开个数，只要不太离谱，我出钱，你帮她把这本书给出了。

我听了这话心全部凉了，顾小北，我和你一起六年，两千一百九十天啊，我是个什么样的人你不了解吗？我会要你那几个破钱？

尽管我告诉自己不能哭我为什么要哭我又没做错，可是我的眼泪还是很不争气地流了出来。我不知道姚姗姗在顾小北面前说了些什么，只是我很心酸地想到以前，随便什么人在顾小北面前说我一个不是，他立马跳起来跟人急。只是回忆里的那个顾小北却不知道在什么地方了，音容笑貌，散落天涯。

我听着顾小北说完，然后擦掉了眼泪，装着很轻松很平淡其实自己心里特别难过地说，顾小北，原来我林岚六年来在你心目中就是这样的一个人。

然后我对着话筒大声地喊：顾小北，你现在五分钟之内马上赶到我公司楼下的咖啡厅，迟到一分钟我他妈灭了你！

然后我拿着带给陆叙的我在学校的素描作品就出了门，那是送去作为我的基本功考核用的。我气冲冲地坐上车跟一母狮子似的朝那个司机怒吼：快点开！那司机吓得一哆嗦估计他以为我是一女悍匪。

当我冲到那里的时候顾小北已经到了，姚姗姗也在。他们两个坐在那儿喝咖啡，顾小北一脸严肃低着头，姚姗姗则特挑衅地看着我。

我走过去抡圆了胳膊给了顾小北一个耳光，看上去劲儿挺大的，其实只有他和我知道，根本就不疼，你要我真打他我还不忍心。顾小北低着头什么话都没说，只是眼睛亮亮的。

我说，顾小北你这个忘恩负义的白眼狼……

还没说完姚姗姗跳起来顺手给我一巴掌，啪地一声全咖啡厅的人都听到了。她还在那儿叫嚣，说，林岚你别真把自己当回事儿，顾小北什么时候轮到你来打啊！她那一巴掌真够狠的，矫健敏捷，我想躲都来不及，结结实实地挨了一下，脸立马就肿了，我怀疑她是一练自由搏击的。

估计我是被那一巴掌打蒙了，半天立在原地没动静，我从小还没挨过谁的巴掌呢，顾小北都不敢打我你算哪根葱啊。等我想起来要还手的时候顾小北已经把我按住了，他望着我，眼睛里面全是哀伤和怜惜，他说，林岚，够了。我刚想挣扎，姚姗姗这厮反手又甩我一嘴巴，动作和刚才一样快，我又没闪躲过去。然后我就没劲了，我就任顾小北抓着我的手，最后无力地对他说，放开我，求你了放了我吧。

顾小北一听我这么说吓得手立马就松开了，我看看他发现他眼泪都出来了，他说，林岚你别这样。我什么都没说，把被打散的头发重新梳理好，然后拿着我的素描想走了。我收拾着我的画，突然想起闻婧的那句口头禅：再怎么着你也得把我当个人不是。我看着顾小北心里想，你现在把我当个人吗？想着想着就觉得喉咙堵得慌，立马不敢想了，怕哭出来。我不是怕在顾小北面前哭，以前在他面前没少哭过，靠在他肩膀上鼻涕眼泪都往他身上蹭。主要是我不想在姚姗姗面前哭，那多没劲呀。于是我转身就走，走之前我气沉丹田，特沉稳地对顾小北说，顾小北，你丫真是一孙子！

当我转过身去的时候，姚姗姗猛地拍我的肩膀，我回过头去，一杯咖啡迎面扑来。

那些咖啡沿着我的头发我的衣服我的脸往下淌，满屋子里的人都在看我，我竟然没觉得有多丢人，我只是觉得心口一阵一阵难过跟刀割似的。那些咖啡彻底弄脏了我的素描，我拿袖子用力地擦也擦不掉。我蹲在地上，终于哭了。其实这些素描都是我和顾小北在一起的时候画的，我有一张他就有一张，现在我的都没有了，就跟合同一样，我手上的合同没了，再也不能要求顾小北履行他曾经的山盟海誓了。看着那些银灰色的细致漂亮的阴影明暗我越想越难过，然后突然一只手把我从地上拉了起来。

我回过头，看到陆叙，他看着我的样子以为我被人欺负了（其实我也的确被人欺负了），于是撩起袖子就要冲上去，我抱住了他，眼泪流在他一万多块的西装上，我说陆叙，别，别。

然后我拉着他离开了。走的时候我对着顾小北说，我再也不欠你什么了。

顾小北的眼睛里像是钻石，和以前我看到的眼神一样，充满光芒，热泪盈眶。

我和陆叙进了电梯，在电梯里面我终于忍不住号啕大哭，陆叙在我旁边手忙脚乱地不知该做什么，于是从口袋里摸出一方手帕递给我，我一看见就想起顾小北和他有一个习惯，于是哭得更伤心，陆叙是彻底崩溃了不知道怎么劝我，靠在电梯墙壁上一声叹息。

后来陆叙告诉我，那天他见着我哭都吓傻了，以前一直觉得林岚会哭那是不可能的事情，山无棱天地合都不可能。随便什么情况下那也是一雷厉风行的新女性。他说那天一见到我蹲在地上哭心里比被人割了几刀都难受，于是就想冲过去把那男的给了结了。

我听了心里特别感动，拍拍他的肩膀说我很感动，于是决定你请我吃饭。

陆叙立马答应然后一仔细琢磨就“嗷——”的一声惨叫，说又栽我语言陷阱里了。

自从被姚姗姗扇了两耳光之后，我就很少去想过去的事情了，我总是告诉自己人生是新鲜的，我就是尼采就是太阳，我要过新生活谁挡我谁死。于是那些费尽心机想要忘记的事情真的就忘记了。

我和陆叙的参赛广告如同一匹毛发油亮的小黑马，杀气腾腾地冲进了决赛圈。公司也特别开心，准备下点猛药，把负责评审的那几个人先用糖衣炮弹轰炸一番，于是就在王府弄了桌飞禽走兽把那几个人叫了去，也叫了陆叙和我。

本来我打扮得花枝招展晚礼服长裙及地，可是一想晚上免不了被人灌酒，想想自己穿得不食人间烟火跟一仙女儿一样却在那儿撩着袖子面红耳赤地在一大帮男人中间说“咱哥俩谁跟谁啊，喝!”，感觉就跟看见某某在《综艺大观》里说“您瞅那小丫挺的嘿,煽情吧”一样。于是换了套便于舒展手脚的职业装。

在楼下看见接我的陆叙，穿得人模狗样，结婚都可以。我看见他那套几万块的Armani心里在笑，有种你等会儿别往上滴菜汤。

席间依然是觥筹交错，我从小与闻婧一起在饭桌上练就一身太极功夫，善于把酒杯在不知不觉中推来推去，以柔克刚，以虚无化真招，这是我父亲教我在饭桌上长胜的秘诀。可是陆叙那人真傻，每个人敬他的酒他端过来就喝，我心里狂叫，你以为那是纯净水啊，眉头都不皱一下。也不知道他是酒量好三五杯不屑还是人傻被人灌。后来证明了是后者，因为短短半个小时之后，陆叙就对我说，林岚，我头好晕啊。

然后我就开始帮他抵挡一杯一杯的进攻，所有人都对我的酒量叹为观止，只有我心里在叫苦，你以为这真是纯净水啊。

其实我不用管陆叙的死活的，只是突然想起如果他醉倒了我还要把他背回家去，这可就是一超级任务了，我宁愿帮他喝酒，喝醉了叫他背我回去。

那些人真是黑啊，一个个跟姚姗姗似的猛灌我，一个个笑容可掬地见缝下蛆。到最后敬酒的理由说尽了什么“庆祝王府的菜越来越好吃”之类的都弄出来，真是惊世骇俗，我仰头喝酒的时候心里想妈的王府又不是我开的你敬我。喝到最后那些人原形毕露，放浪形骸完全就是禽兽样，桌面上的飞禽走兽和桌下的禽兽打成一片，我在蒙眬中像是看了场《动物世界》。

那天晚上饭局散了之后，我和陆叙走了出来，因为我头昏所以也没打车，准备散步散回去，陆叙这会儿缓过来了，精神抖擞的，可苦了我，早在饭局没结束的时候我就偷偷进厕所去把山珍海味给吐出来了，为了能和他们打持久战。到现在胃里空得跟遭洗劫似的，想吐都没原材料。陆叙走到我前面半蹲下来，两只手伸到后面来，我说你要干吗？他头也不回地说，上来。我一听立马蹿到他背上去，慢了怕他后悔。这家伙女人都打当然不会跟君子似的一言出了累死九匹马都追不到。

那天晚上我在陆叙宽阔的肩膀上睡着了，而且接二连三地做梦跟演连续剧似的，估计我在梦里又是号啕大哭，鼻涕眼泪全往陆叙几万块的 Armani 上蹭，因为我在梦里又想起了顾小北，想起了以前我们一起去四川峨眉山的时候他也是这样把我背上山的。那次我特豪迈，跩得跟二五八万似的放着长长的缆车不坐口放狂言要自己爬上去，结果爬到半山腰就不行了死活要顾小北背我，开始顾小北不愿意，后来被我暴力解决了

他喘着粗气跟一火车似的把我背了上去。他说我这种子弟就知道压迫善良的小老百姓，他说以后老了得让我背他算还给他的。我说你傻吧，老了就坐轮椅了，谁还用背的啊，随便你要去什么地方我推着你把小北京给逛完了。顾小北一句话丢过来把我噎个半死，他说装什么大头蒜啊有种你推我上峨眉。我冲他一勾拳说你有人性吗叫一小老太太推你上峨眉。上到金顶之后他躺在床上就不动了，装尸体，一睡睡了一天一夜，打都打不起来。

只是当初说着要白首偕老的人，前几天还抓着我的手让他女朋友连甩两个嘴巴，我能不哭吗？

那天晚上在我的记忆中一直都很模糊，只有一个细节我记得特别清楚，那就是我吐了，吐在陆叙的 Armani 上，可是他

一点反应都没有，就跟吐在一件地摊儿上淘来的破衣裳上一样，依然背着我健步如飞。我闻着陆叙身上的香水味道觉得有点像我家蝴蝶用的洗发水，很亲切，于是我就沉沉地睡过去了。

蝴蝶是我家的小京吧狗，欺软怕硬跟我一样，见着陌生小孩儿狂吠把自己当狼狗使，见着陌生的魁梧大汉就跑墙角去拉都拉不出来。

之后我就一直忙碌，没哭过也没伤心过，只是偶尔会一下子觉得忧伤，特别是一个人安静的时候。这样的状态一直持续，我和陆叙依然在办公室打架，偶尔一起去买菜去他的厨房做饭，因为我不想弄脏我的厨房。

那天我刚刚回家，就接到闻婧的电话，我挺高兴的，因为好久没和她联系了。我往床上一倒，摆出最舒服的姿势准备和她电话马拉松。结果闻婧在电话里支吾着半天说不清楚一句话，我敢肯定她做了对不起我的事儿，正心虚呢。于是我特宽大地说，有什么事你就说，我绝对不怪你，咱俩谁跟谁啊。

闻婧还是磨蹭了半天才断断续续地说清楚了，其实也就是一句话，顾小北生日，要我去。

我拿着电话一下子蒙了，我已经很长一段时间没有想起顾小北了，甚至差点就忘记了顾小北的生日。我握着电话半天没说话。

我问闻婧，是顾小北叫你来当叛徒的吗？他自己怎么不来找我？

闻婧在那边嘿嘿地笑，没说什么。

我说，要请客当面邀请别人，让旁人带话算什么，没诚意。说完我就把电话撂了。

放下电话我坐在沙发上有点儿难过。以前都是离他的生日还有一个月的时候我就在琢磨送他什么东西了，挖空心思变着法儿让他高兴。可是现在呢，连生日都要让闻婧来提醒我。

正在往事沉痛的回忆中，电话响了，我接起来，听到顾小北的声音，他说，林岚，我过生日，请你一定来，一定来。

顾小北生日那天我去得比较晚，我和闻婧一起打车过去的，他请客的地方在一家新开的酒家，气派非凡，门口奔驰宝马保时捷停得跟万国车展似的。顾小北和姚姗姗站在门口，对每一个来的人笑脸相迎,两人看上去格外般配,金童玉女似的。

在车上我告诉了姚姗姗扇我耳光的事情，闻婧一听就从位子上跳起来了，然后开始破口大骂姚姗姗。我看见前面司机师傅脸儿都听绿了，估计没想到这么个文静的丫头骂起人来跟沙尘暴似的。最后闻婧骂累了，看着我，摸着我的脸问我还疼吗。我说当然不疼了又不是昨天打的，她要真给我打到两巴掌疼一个月的地步，我早叫人把她老窝给推平了。

闻婧说，怪不得顾小北跟孙子似的生日都不敢请你，叫我给你打电话，我还以为他是对你旧情未了呢，真他妈见鬼。

闻婧问我送什么给顾小北，我说送红包，实在。闻婧听了挺伤感的，其实我也挺伤感的。我说送浪漫了送精致了送出水平了那碉堡又不乐意了，估计又要对我下毒手，所以和你们一样我也送红包。

下了车顾小北就过来了，姚姗姗也在我面前林岚长林岚短的装得一副跟我特瓷实的样子，好像他妈扇我两耳光的人不是她。其实我知道为什么，顾小北的父母还在面前呢，顾小北的父母做事还要看我爸的脸色呢，何况是姚姗姗这个看顾小北父母脸色吃饭的人，她敢甩脸色给我看?

顾小北的父母很亲热地拉着我的手问长问短的，就跟对待

自己的孩子似的。其实当初我和顾小北分手的时候他父母就特别不同意，狠狠数落顾小北，以为是顾小北抛弃的我，顾小北也不辩解什么，一切都照单收了。他爸爸妈妈早就认准了我是他们家的媳妇，分手之后看见我总是对我说等不生小北气了就回来，准备过门做顾家的媳妇。想着这一切我挺难过的，我用力地握着闻婧的手，她更用力地握着我我知道她怕我哭。

姚姗姗在旁边见顾小北的爸妈这样对我有点儿不乐意了，她望着顾小北，顾小北没有理她，只是一直望着我，我看到他眼睛里面全是内疚和温柔。可是还有什么用呢，你觉得我们还可以回到过去吗？我把红包递给顾小北，他接过去的时候我看到了他的手的颤抖。他肯定想不到我会直接送红包给他的。

进门的时候闻婧一脚踩在姚姗姗的脚上，可是顾小北装做没看见，于是姚姗姗只能狠狠地瞪了闻婧一眼。她也只能这样，她要敢像扇我一样扇闻婧两耳光，闻婧当场就会把她给废了。

饭局开始之前顾小北站在台上对下面的几十桌的人做生日感言，看着他西装革履发表演讲的样子我突然就想起当初他站在高中学校主席台上穿着校服竞选学生会主席的样子，而一恍神间，几年都过去了。

顾小北家的确有钱，每桌饭菜我估计都是两千块以上水准的。我和闻婧挥舞着鸡爪子决定把痛苦溺死在食物中。

吃了一会儿之后，顾小北过来了，他看着我和闻婧两个人说可不可以陪他去每张桌子过一圈，敬一下酒，他知道我和闻婧酒量好。闻婧没说话，照吃不误，我知道她是故意摆脸色给顾小北看的。我看见顾小北站在那里很尴尬，于是我站起来说，我陪你去吧。闻婧拉了一下我，说，你他妈昏菜了啊。

我没昏菜，我只是知道顾小北酒量不好，怕他被人灌醉了，我就曾被姚姗姗灌得吐了，吐的滋味不好受。

我站在顾小北旁边，陪着他一桌一桌敬过去，每个人递过来的杯子我都接过来一饮而尽。顾小北看着我，他对我说，林岚，你别这样。我看都没看他继续喝酒，我说，没你什么事儿。其中一个人在和我喝酒的时候，一个劲儿地夸我漂亮，说顾小北真有福气，我没有解释，顾小北也没有解释。恍惚中我觉得自己似乎真的还是顾小北的女朋友,一切只不过是梦而已。

回到饭桌上的时候闻婧已经替我盛好了一晚热汤，叫我喝下去，说解酒。我端起碗就喝，咕噜咕噜地一口气喝下去，眼泪一滴一滴掉在碗里我都没敢告诉闻婧。

闻婧说，你瞧你丫那操行，那小王八羔子一对你温柔你就又什么都不知道了。

我摇摇头，抓着闻婧的手说，别说他了，以后不会了，今天就算我欠他的，我还了。

闻婧看着我没有说话，可是我看到她眼睛里都有眼泪了。

正说着，姚姗姗走过来了，身边跟一男的，一脸横肉跟一民工似的。她走过来，对我说，林岚啊，刚一圈酒敬下来让您受累了，我们家顾小北就会给您添麻烦。我心想，顾小北什么时候变你家的了。

操，他妈的真恶心。闻婧把筷子往桌上一摔，大声地吼。然后她望着姚姗姗说,我不是说您,我是说这些个菜,您继续说。

姚姗姗脸上讪讪的，她说，这不我把我表哥叫过来了吗，他想敬你一杯，我说人家林岚刚喝过一圈呢，后来想，林岚是谁啊，哪儿是那种喝一圈就倒的窝囊废啊。

我说呢，我怎么看怎么像一民工，原来是你表哥，怪不得。闻婧说。

整个桌上的人都闻到火药味了，我拉拉闻婧，别在顾小北生日上弄那么难看。

姚姗姗表哥听着就不乐意了，说，小姑娘怎么讲话呢！

闻婧站起来说，我就这么讲话你拿我怎么着吧，给你脸了，你丫把我惹急了今天我要你死在这儿。

姚姗姗挡住了她表哥，说，你哪儿惹得起闻大小姐啊，人家父母可是高官。我们是来敬酒的，来，林岚。说着就把酒杯递给我。妈的又是啤酒杯装白酒，不弄死我不爽心啊。

我刚要接过来，闻婧已经抢过去了，她对姚姗姗表哥说，你哪儿配和林岚喝啊，你先过了我这关再说。于是闻婧一抬头一杯就下去了。

姚姗姗表哥一看姑娘家喝酒都这么豪爽立马来精神了，也是一仰头就喝下去了，看他们俩的样子我真觉得他们杯子里装的农夫山泉。

短短几分钟的时间闻婧已经喝了三杯了，全桌的人看得目瞪口呆的。其实我也不知道闻婧的酒量到底有多大，只是没见她喝醉过。可照这样喝下去，就是一李白那也得喝死。

最后姚姗姗表哥估计撑不住了，摆摆手说了句“女中豪杰”就走了，姚姗姗在那儿低低地骂了句“真他妈窝囊废”。我把酒杯递到她面前，问她要不要和我喝两杯。她很不自然地笑笑然后走了，我冲着她的背影说“真他妈窝囊废”，说得整桌人都听见了。我看见姚姗姗都气得发抖了。

我刚坐下来，闻婧突然伸手紧紧地抓住我，我刚想抬头问她怎么了就看见她一脸痛苦的表情，她说，林岚，跟我一起去洗手间。

还没走到马桶面前闻婧就吐了，吐得昏天黑地的，像是要把胆都给吐出来。我站在旁边被吓着了。闻婧一直吐，看着她痛苦的样子我在旁边觉得特别难过，我说闻婧我对不起你。

闻婧抬起头来，对我笑了笑，痛苦的表情依然在，她说，你真傻，你有什么对不起我的。我他妈就是……

还没说完闻婧就又吐了，我在旁边心都碎了，眼泪大颗大颗地往外滚。从小我和闻婧就在一起，每次我惹事儿了闻婧总能帮我摆平了。我是那种特能惹事儿的孩子，用我妈的话来说就是一事儿精，走哪儿惹哪儿，逮谁招谁。可是每次都有闻婧帮我收拾烂摊子。

我走过去抱着闻婧，趴在她肩膀上呜呜地哭了。闻婧看我哭了也有点慌了，她就见不得我哭，她以前说过看我哭比看我被人操刀砍都难受。我还记得当时我还骂她你这什么破修辞啊。

闻婧说，林岚，没事儿，真没事儿。一听她这样说我算是彻底豁出去了，在厕所哭得惊天动地的。

从厕所走出来，经过走廊的时候，我看见了顾小北和姚姗姗。姚姗姗的半边脸红红的，好像还肿了起来，她在那儿眼泪汪汪的，看上去梨花带雨楚楚动人的样子，只有我知道这副美人皮囊下面是比蛇蝎都蛇蝎的心。

我和闻婧转身走了，没理他们，只是在离开的时候，我心里在想，顾小北，我们真的谁都不欠谁的了。

从顾小北生日宴上回来我就开始发烧，一直昏睡两天。当我再次睁开眼的时候我已经回到我爸妈那个家了。我妈告诉我是她把我接回来的，她打电话给我的时候我在那边发烧说胡话，拿着电话哭，又说不明白什么事儿，把她都吓傻了。我看着我妈觉得这小老太太其实挺关心我的，于是乐呵呵地冲她笑。

之后每天都有人来看我，一个接一个，先是闻婧来，跟我猛吹她那天多英勇神武，就跟那个在厕所猛吐的人是我一样。我说是是是，你最牛掰。

然后是白松，他一来就说这么大一个人了还生病。这多新鲜啊，难道就只能小孩儿生病啊。然后白松和我聊初恋，说他的初恋就被我毁了，我现在才知道我是白松真正意义上第一个喜欢的人。我怕他跟我算陈年旧账就没敢搭话。于是转换话题问他怎么喜欢上小茉莉的。他看着我，想了会儿，特严肃地说，你知道吗，李茉莉和你和闻婧不同，她不是个有钱人家的孩子，有天和我逛街的时候她看见了一家卖布娃娃狗熊之类的店打折，她站在门口看了很久，然后很犹豫地小声对我说，白松，你帮我买个娃娃好吗？绝对不超过五十块钱。我看着她心里觉得特难受。当时我就想我一定要让她过得好点儿。听了白松的话我对李茉莉的印象一下子都变了。也许她真的从小就被教育为一个淑女，而不是做作呢。对比一下我和闻婧一双靴子就几千块我们真该拖出去斩了。后来白松走的时候我对他说，好好照顾李茉莉。他笑笑说当然。

之后来的是微微，有钱人就是有钱人，大包小包的人参鹿茸熊掌往我家提，东西多得都够开药店了，把我妈看得目瞪口呆的。我妈也不是没见过世面的人，逢年过节下属送的东西也不是没档次的货，可也没见过像微微这么送东西的。我拉着微微坐在我床边，我妈端碗鸡汤进来，微微自告奋勇地要喂我，喂着喂着自个儿吃起来了，真没人性。我告诉了微微我和闻婧怎么遭了姚姗姗那厮的毒手，还没说完，微微从床边跳起来，把碗一摔说我去她大爷！我看见我刚买回来的瓷器摔个粉碎噌就从床上蹦起来了，我挥舞着拳头冲她怒吼：我靠，你摔的可是我的碗！

最后来的人是陆叙，我指使着他帮我又递面巾纸又削苹果又倒水的，把他当一小奴才使唤，难得生次病当然充分利用。我看着陆叙听话的样子跟一小绵羊似的我简直觉得那个在办公室里追着我殴打的人不是他。那天我又对他讲了我和顾小北的事情，当然事件里的人物名字全部被我换成了ABCD。我说得格外兴高采烈，口若悬河。说到最后看到陆叙的表情挺怪异的，又难过又严肃，还有点儿心疼。我见苗头不对就不说了，可还是惹祸了，还是大祸，因为陆叙突然说，林岚，我喜欢你。他说如果没有人照顾你，你肯定是不把自己当人的。

没几天我病就好了，本来就不是什么大病，我又生龙活虎地去上班了。到了公司，陆叙很惊异我居然恢复得这么快，前几天还一副要出病危通知单的样子，现在居然跑来上班来了。他问我要不要多休息两天，我说不用不用，我是一野草，雨打风吹天打雷劈野火焚烧，只要有春风，我就阴魂不散。陆叙说知道贫了那病真好了。

刚坐下来电话就来了，微微打来的，她说新开了家酒吧晚上请客，叫我一定去，说闻婧也在。我说那好，我肯定到。

下班的时候我问陆叙要不要跟我一起去喝酒顺便见见我的俩好姐妹。陆叙说没时间要工作。我说你这人真没劲，你要结婚那不出半年肯定脑袋冒绿光。说完之后大摇大摆地走出了办公室，一转过门就在走廊上飞奔，我估计陆叙一时没整明白。果然，马上我就听到了他办公室里椅子挪动的声音，然后大门打开，陆叙追出来要揍我，不过我已经跑进电梯了。

晚上我按照微微“怎么妖孽怎么打扮”的指示把自己弄得支离破碎地往酒吧冲。微微新开的酒吧在三里屯，我告诉她现在三里屯已经不吃香了，现在年轻人谁还去那儿啊，也就一些中年愤青在那儿耀武扬威把自己当土皇帝。微微格外鄙视我说我不懂行情，她说投资就是要在谷底的时候下猛药，狠建仓。微微经营的行业光怪陆离什么都有，开始的时候在广告界打拼，后来广告界被她玩儿得一手遮天了又开始插足影视界，然后又把罪恶的黑手伸向舞厅酒吧，就差没做性产业领袖妈妈桑了。

我打车一路过去，满眼都是小妖精，耀武扬威地把一个个还没发育完全的小身板儿暴露在北京的空气里面，穿得比我的内衣多不了多少。我坐在车上看着无数新鲜的花朵横空出世心里感叹人老珠黄。那天在网上碰见个八七年出生的小女孩儿，我想拉近和年轻人的关系就在那儿装纯情，说我们来聊初恋吧。结果那丫头打过来一句话“谁还记得初恋啊，我只记得我的初夜了，你聊吗”。我差点儿一口水喷在电脑上昏死过去。

微微新开的酒吧弄得跟盘丝洞似的妖孽横行，我一进去就看见一个大腿女人在台子上领舞，蛇一样扭来扭去。“大腿女人”是闻婧的叫法，她说这叫借代，以局部代整体，以特征代共性。酒吧里音乐跟地震似的，每个人说话都跟吵架一样吼来吼去。

我冲进最里面的包间，我知道微微她们在里面。本来我进去只想着见微微和闻婧的，结果顾小北姚姗姗白松小茉莉以及一大票我不认识的人都在里面。我当时有点犯糊涂，以为自己走错了。微微见着我拉我过去在闻婧旁边坐下来，自己却跑到姚姗姗旁边坐下来。闻婧在那儿啃西瓜呢，对我喉咙里含糊地吆喝一声算是打过招呼了。

姚姗姗对微微毕恭毕敬的，估计她也听说了微微的大名，学广告的只要在社会上有点见识的都知道微微的名字。微微经不住糖衣炮弹一样在那儿和姚姗姗一口一个姐妹的，看得我直反胃。

闻婧有点看不下去了，她直性子，没我那么虚伪。她噌地站起来说要上洗手间。微微也很不会看脸色，说要和她一起去。她们进去的时候闻婧脸色特别差，出来的时候两个人的脸色变得更加差，我心里有点虚了，她们俩要吵起来我还真不知道帮谁，手心手背儿的事儿啊。

我不知道洗手间里发生了什么事情，反正闻婧火大了，她那个人,什么都写在脸上。她站起来把酒杯一摔说,林岚我走了。

微微也来气了，站起来说，闻婧你别真把自己当事儿，我是看林岚的面子把你请来的，你别在我面前耍你的小姐脾气，我他妈不吃那套。

我就小姐脾气你怎么着了吧，你要把我惹急了我他妈跟你丫死磕！你这家酒吧不想开了你就他妈动动我试试。

微微豁地站起来，我看见她脸色变了，我知道她是真生气了。她说，我今儿个就要动动你，我让你看看螃蟹他妈的就是横着走的！说完一甩手一巴掌就抽过来了。

我正在想闻婧这下子肯定一重伤，结果啪的一声微微反手挥的幅度大了点儿竟然一嘴巴抽在姚姗姗脸上，立马把她打得目瞪口呆的。不只她，我都目瞪口呆的。

闻婧跳起来，妈的你敢打我，我爸都没打过我，说完一块大西瓜就朝微微砸过去，结果一偏，劈头盖脸地砸到姚姗姗头上。我心里立马明白过来了，当时就想哈哈大笑，可是既然姐妹儿把戏演得这么逼真，我也不好 NG 啊，于是我也跳了出来装大马猴，我说，微微，闻婧怎么也是我姐妹，你敢抽她！说完我就端起桌上的一匝红酒，心里想今儿个谁挡我我灭谁！我刚想泼过去，顾小北站起来了，他拉着我的手，没说话，可是我知道他是在求我。我当时愣在哪儿，跟一电影定格特写似的。正僵着呢，微微对顾小北吼：你他妈别仗着林岚喜欢你就真把自己当事儿，你要敢出手我要你今天出不去这门！顾小北望着微微，他知道微微的脾气，那可是说一不二，打哪儿指哪儿。他抓着我的手松开了，我当机立断特别矫健地就把一匝酒

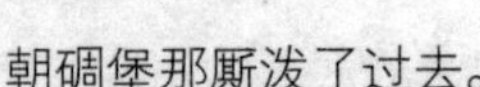

朝碉堡那厮泼了过去。

我和微微闻婧用一句“有种出去单挑”跑出来了，走出包间的时候我听到身后一声响亮的耳光声，只是我不知道是谁给了谁一耳光。我也不想知道了。

出来后闻婧和微微就开始笑，我也跟着笑，觉得心里特舒畅，微微还在那说我，傻B，你干吗指着我的红酒泼，你不知道泼啤酒啊，你那一泼泼掉我几百块呢。早知道你要泼，我他妈就在里面装颜料了。

生活开始朝一个越来越简单而明快的方向滑过去，我依然是一快乐的小青年，偶尔做个捧着洗脸盆接钱的梦。生活中惟一让我觉得不稳定的就只有陆叙了。

上次他在我家说了喜欢我之后我什么反应都没有，躺在床上装尸体。其实我内心跳得跟鼓似的冬冬冬冬。不过那次之后，陆叙也没提过这事儿了，我都怀疑是不是场梦。不过后来证明不是，因为陆叙把他那个温柔多情的女朋友约出来了，要跟她分手，因为他有喜欢的人了，就是我，他说他不能再骗她，既然心里已经不喜欢她了就要告诉她。我说我又不是你女朋友，陆叙说，你不和我在一起我也要和她分手，因为我心里已经背叛她了，我不能骗她。说得特严肃，跟琼瑶对白似的。

那天陆叙打电话叫我去一咖啡厅等他，说要和我一起向他女朋友提出分手。我心里想这关我什么事情啊我为什么要抛头露面的。电视剧里的第三者不都是隐藏人物吗？

陆叙来了，坐在我对面，他叫我等一下，说他女朋友马上来。那天我穿得很正式，因为听说他女朋友是个特别温柔安静贤惠的女人。我总不能弄成个女狒狒去见她吧。

正喝着咖啡呢，我一抬眼看见闻婧走进来了，我刚想和她打招呼，见她套不伦不类的行头立马笑得跟一蛤蟆似的。

不过三秒钟之后我就笑不出来了，我都哭得出来，闻婧也一样，因为陆叙冲她叫，闻婧，这边。

那天陆叙缓慢地跟闻婧说了分手的事情，我在旁边恨不得有人过来打死我，打脸都成。早知道陆叙的女朋友是闻婧，我宁愿被砍死也不去招陆叙。我看见闻婧坐在我对面，一句话都不说，我心里跟被爪子抓似的难受。我想伸手过去拉闻婧，可是她放在桌子上的手一下子就缩回去了。

那天我都不知道是怎么结束的，就记得陆叙在那儿口若悬河，我和闻婧在那儿各自心怀鬼胎。

我想，这生活怎么跟连续剧一样傻B啊。

第二天闻婧跑到我家楼下找我，我赶紧跑下楼站在她面前，我一米七二的个子站在她面前跟一米二七似的。我见两个人都不说话不是办法，刚说一句“闻婧，我对不起你……”还没说完闻婧跳起来抡圆了胳膊给我一耳光，看上去挺重的，其实一点都不痛，就跟我打顾小北一样，她舍不得打我，就跟我舍不得打顾小北一样。我眼泪一下子就出来了，我倒宁愿闻婧抽我，狠狠地抽我。

她转身就走了，走之前说了句让我痛不欲生的话，她说，你从小就喜欢和我抢东西，我哪次都让你，这次我也让你。

从那天之后我就呆在家里，闻婧一直没来看我，倒是顾小北来了，我倒在他肩膀上使劲儿哭，眼泪鼻涕全往他身上去了。我闻着他身上的味道觉得像是前世一样久远。突然想起姚姗姗每天都是靠在这个肩膀上的，我立马觉得恶心，我推开他，我说你滚。顾小北看着我，眼睛红红的，他说林岚别这样。好像他就只会说这一句话。我说，你管我怎么样，我爱怎么着怎么着，看不顺眼你滚啊，谁要你在这儿装好心狐狸啊。顾小北转身出了我的房间，轻轻地关上了我房间的门。我抓起床头的那只碗就朝门砸过去，看着那些碎片我都不知道心疼，前阵子还为了这只碗和微微发飙呢。

我一直躺在床上，公司也不敢去，我老是觉得自己对不起闻婧，觉得夏天像冬天似的寒冷。开始的时候陆叙每天都在楼下叫我，我对我妈说你要敢让他进门我就死在你面前。最后一次我冲到阳台上破口大骂，骂着骂着自己就哭起来，陆叙在下面听到我哭就慌了，他说，林岚你别这样。我心里冷笑，这年头谁都只会说这么一句话。我挥挥手说你走吧，说得丢魂儿似的轻得自己都听不见，可是我那一挥手，一盆花就这么被我挥下去了。

暑假结束的时候，学校分配实习的指标下来了，我叫我爸动用了他四通八达的人际关系把我弄到上海去了。我不想呆在北京了，我要再呆这儿准挂了。

收拾东西的那天我接到了闻婧的电话，开始的时候大家都没说话，我心里挺怕的，后来闻婧叹了口气，她说，你丫说走就走太没人性了吧。我一听马上甩开嗓子哭，因为我知道闻婧这样和我说话就是原谅我了。我一直哭一直哭，觉得肺都要哭没了。闻婧在那边慌得手忙脚乱的，她说，你别哭，别，我他妈听你哭比看你被人操刀砍都难受。后来闻婧说，你丫真够狠的，拿盆花去砸陆叙，他被你砸得头破血流的都不肯走，还是站在楼下等你，后来昏倒了被社区大妈拖医院去了。我听了心里觉得跟刀割一样。

闻婧说她原谅了我，因为她知道，其实她一直在陆叙面前伪装着温柔的女人，即使陆叙和她在一起爱上的也不是真实的她，所以她决定还是自由点儿好。她最后说了句，林岚，我估计那小王八羔子是真爱你。

我走的那天一票人来送我，跟一出国考察团似的，我看着陆叙不在心里空得跟冷清的机场候机室一样。我猜他现在还裹着白纱布躺在医院里呢。我对微微白松和顾小北闻婧分别暴力了一会儿，然后就转身进了通道。我走得真坚决连头都没回。

刚要上飞机的时候，我的手机响了，有短信进来，是陆叙。

"我就站在候机室的后面，你进通道的时候一回头就可以看见我，我以为你会恋恋不舍的，可是你真的连头也没回就那么走了。"

上了飞机，空姐礼貌地叫我关机了。我关掉手机的一刹那眼泪奔腾而下跟黄河泛滥一样。我突然想起了陆叙表扬我的话，"创意层出不穷跟黄河泛滥似的"。

飞机轰鸣着跟一怪物似的冲上了天空，我的头靠在玻璃上昏昏沉沉的，一直做梦，梦里挣扎来挣扎去的，梦中我又看见了年少时候的顾小北，微微，闻婧，白松，看见我们高中的时候在学校耀武扬威的就是一帮子该死的子弟，我们在高中校园里横冲直撞流血流泪，梦里的阳光灿烂得一塌糊涂，可是我却看到忧伤纷纷扬扬地跟飞花似的不断飘零，不断飘零，数都数不清。在梦里我一直没有见到陆叙，我想不起他的脸。

飞机进云层，冲撞，我的眼泪挥洒在九千米的高空，真豪迈。

不知道是我的错觉还是上海位于海边所以台风大，我觉得飞机降落的时候晃晃悠悠的，着陆之后也一蹦一跳地跟碰碰车似的。当时我在飞机上的伤感劲儿还没涌完呢，于是特心灰意冷地想干脆把这个飞机弄翻得了，我也死得痛快，闻婧微微肯定会为我的死泪流成河，不过顾小北白松和陆叙那三个小王八羔子会怎么样我就不知道了。

下了飞机我把手机开机，刷地进来五条短消息，我握手机的手都给震麻了，五条短消息全部是火柴发过来的，其中有一条让我很崩溃。火柴说，妈的你装什么处女啊，你丫倒是哼哼哈哈弄出点儿声响来助助兴啊！

火柴是我一初中同学，我和白松微微等人在学校里横冲直撞跟小坦克似的谁都不怕，就怕她。像我和闻婧这种看上去特别二五八万的，其实也就嘴上贫，绝对纸老虎，撑死一硬塑料的，所有的人都说我们是披着狼皮的羊，除了顾小北，他硬要坚持说我是穿着防弹衣的狼，还是一大尾巴狼。微微和我们比起来算是见过世面经过风浪的人，和火柴一比也绝对是小巫见大巫。火柴的妈妈生她的时候难产而死，所以她爸就特恨她(真不知道这什么逻辑)，三天一小打，五天一大打，但火柴从小就特坚韧，跟冷酸灵一样。一般的小孩儿都是未雨绸缪的，大人的巴掌还没落下来就扯着嗓子哭，哭得左邻右舍都惊动了，全部赶过来以为出了什么大乱子，大人的巴掌也不好意思再落下来了，比如我和闻婧，我们就是这样的孩子，仔细想一下我们从小就那么奸诈且天不怕地不惧的，怪不得顾小北整死说我是穿着防弹衣的大尾巴狼。但火柴是打死都不哭的，只是用一种如剑如刃的目光瞪着她爸，等她爸打累了她就站起来冲她爸冷笑。火柴十五岁的时候就离家出走了，从此闯荡江湖，那个时候我和闻婧白松还在初中悠闲地虚度时光。火柴离家时对她爸说的最后一句话是：你他妈就是一傻B。

我们高二的时候，火柴回来看我们，刚见她的时候我看她嘴唇红肿以为她被人打了，后来才知道那是最新款的唇膏，一支够我花一星期。我们和她勾肩搭背地走在校园里，遇见曾经的老师，老师很关心地问火柴现在在做什么，火柴笑脸如花地说做小姐呀。那个老师撒丫子就跑。

在我们大一的时候，火柴又来看我们。这时候火柴已经不做小姐了，做妈妈桑。她挥斥方遒地说，我不再是个受压迫者了。火柴说她现在在性产业方面混得如鱼得水，她说她老用安徒生的名作来让人记住她火柴姐的大名，我当时还在想怎么纯洁的儿童读物会和性产业联系在一起，火柴马上就解答了，她说她每次自我介绍的时候都说，我就是那卖女孩的小火柴。当时我心里就想真是一盲流。白松说她双手沾满处女的鲜血，而我当时则联想起火柴往宾馆酒店送小姐过去的画面，跟当年贩卖黑奴一样，都是罪恶的人口交易。

忘了说了，火柴的本名比处女都处女，叫唐淑娴。

我从通道口出来，老远就看见一美女雷厉风行地朝我飘过来，说实话火柴长得越来越好看了，一头酒红色的离子直头发，一副冰蓝色的太阳镜，一件一看就是精品的吊带刺绣，想当初她离开我们的时候还是一青葱岁月的小丫头，如今已经是一尤物了。我可以清楚地看到那些贼眉鼠眼的男人把眼光在她的上三路下三路来回打量，美女就是好，特别是在这个眼球经济的时代。以前我和闻婧走哪儿都是焦点，不过在火柴面前，算了吧，我心甘情愿当绿叶。

火柴冲到我面前，摘下墨镜，我刚和她用暴力彼此拳来腿往地表达了分别多年的思念，结果她丢过来一句话：操，你丫什么破飞机啊，没油了还是怎么着啊，飞这么久？她倒是面不改色心不跳的，我站在她面前恨不得死过去，周围的那些男人估计早脑充血了，谁会想到一个美女的外表下是颗悍妇的心灵呢。还是让我扛了吧。

火柴到上海都大半年了，一点江南吴侬软语的温柔没学会，还是一口京片子。

火柴问，你丫不跟北京呆着，干吗跑上海祸害人民来了?

我说，我想首都大众也不容易，我不能老跟一处祸害人民啊，于是就来了。

我这人嘴也闲不住，一有人跟我贫我立马接上去。

火柴说，你丫别跟我贫，到底怎么回事儿啊?

我低着头拉行李，面无表情地说，没什么，我就是拿一花盆把一小青年砸医院里去了，跑这儿来躲避法律的制裁。

火柴踢我一脚，说，滚你丫的，就你爸和闻婧她爸在北京那张牙舞爪的样子，别说拿一花盆，你就是拿一火盆把人给砸歇菜了你丫也不用跑啊。告儿我，到底怎么了。

我深吸一口气，然后说，我被顾小北的女朋友扇了两耳光我觉得很没面子就躲过来了。我发现我说这句话说得特别顺溜。

火柴说，哦。然后就没下文了。我心里不由得很佩服她，不愧是见过世面的人啊，比如微微啊闻婧啊，哪个听了这话不一跳三丈高啊，您看人家火柴，多镇定。我们这些儿女情长在她眼里估计都是云烟，不真实，飘渺，虚幻。我突然发现自己躲避到上海来特没劲，跟王八似的，被欺负了就知道往壳里躲，我在这儿伤春悲秋的，顾小北估计在北京过得特欢畅。

我和火柴各自沉默低头走了一两分钟，火柴突然跳起来挥舞着拳头冲我吼：我操，林岚，你说什么呢！顾小北的女朋友不是你吗?!

刚走出机场大厅我的手机就响了，我一看，是陈伯伯。我来上海之前我爸特意帮我找了个人说是在上海照顾我，其实也就是找了个估计挺牛 B 的人，怕我惹事，因为我妈总说我是一事儿精，走哪惹哪。

我接起手机就问陈伯伯您在哪儿呢，纯情得跟朵花儿似的。我估计闻婧听到我这口气灭了我的心都有。电话里那人说，往前看，往前看，看见那宝石蓝的车了没？我甩过脸去就看到一中年男人冲我热情地挥手。

我拉着火柴跑过去，一个黑色西装的估计是司机的人把我的行李放进后面的行李箱里，我过去拉着陈伯伯的手热情地表达了家父对他的思念以及对以后工作和生活上合作前景的展望，就跟两国领导见面似的。

我正得意呢，突然心就冷了，彻底冷了，我忘记了火柴站在我后面，她要是一兴奋来一句：先生穿得挺光亮的啊，弄个妞吧？我绝对当场死在那儿。不过事实证明我低估了火柴，她也和陈伯伯握手，展望了一下未来，讨论了一下时政，跟一女强人一样。

在车上我有点累，就闭着眼睛躺着，火柴依然和陈伯伯你来我往地，通过他们的谈话我又发现了这个世界上有眼有珠的人少得可怜，因为陈老头说了句让我很不平衡的话，他对火柴说，你一看就是个知识分子，和林岚是同学吧？我睁开眼发现火柴用一种特复杂的眼光看我，似笑非笑的，我知道她什么意思，我没理她。

车一会儿就冲到静安寺那边了，满眼的小洋房，陈伯伯对我说，我在这儿有栋房子，你先住着。我倒是没什么感觉，火柴却吞了口水。我小声问她怎么了，她停了很久，最后蹦出几个字：丫真有钱。

我看着窗外，到处是春深似海的树木，浓郁得似乎要流出水来，那些一大团一大团的绿色把整个夏天弄得格外潮湿。树阴下是各种风情的美女缓缓而行。我想以后我也是一小资了，想想就很快乐，这就是我的新生活啊。

说实话这屋子真够大的，下面一层是客厅和厨房，上面一层是两间大得离谱的卧室。别说就我一个人了，我琢磨着估计一匹马都够住的了，没事还能撒丫子跑跑。有钱人就是好。不是老说上海住房紧张住房紧张吗，新闻联播净瞎白话。

送走了那位大爷，我和火柴躺沙发上，一人一句地回忆我们青葱的岁月，本来我还想套点文化名词儿抒发一下我对火柴这么久没见的思念来着，结果丫就只顾着给我讲她辛苦的“创业史”了，末了丫整一句结尾，跟实话实说似的，特精辟，她说：“你看，我就是这么一火树银花的女子，多斗转星移啊，多欲罢不能啊，我容易吗我……”我当时一听这话血压噌地就上去了，缺氧，她的成语真是用得鬼斧神工的，我一时还不能接受这种奇幻的风格。火柴说累了，冲我一挥手，“弄口水喝。”我巴巴地满屋找纯净水，找到了又巴巴地给她送到跟前儿去。

的确，火柴也真不容易，当年离开学校的时候她才多大呀。我躺在沙发上，想着这些年来的事情，我浑浑噩噩地念书谈恋爱喝酒混饭局，三不五时地血洗了我爸的钱之后再去血洗燕莎赛特，仔细想想我手里到底留下了什么呢？顾小北叛变革命，找了一新鲜的花朵，陆叙被我用一花盆砸医院去了。微微忙于事业，一女强人，和我这牛仔裤大T恤的大学生根本就不是一个阶层的，至于闻婧，我硬是在她心上砍出了一条大大的伤口啊，估计现在还在淌血呢。我真该拖出去毙了。

我说火柴，我翻过身头冲她问道，你不是在北京混得风生水起的吗，怎么跑上海祸害人民来了?

火柴说："我一姐们儿，原来也是一小鸡头，在北京混了好些年了，依然是一小鸡头，丫气不过，就跑上海来了，来了没几天就跟我打电话，口气那个激动啊跟哥伦布发现新大陆似的。"我靠，她还知道哥伦布，这个大文盲，我一听她讲书面语就头晕。当初小学语文考试，叫写逝世的同义词来着，她在试卷上写了个"歇菜"交上去了，还特得意。

火柴接着说："于是我就过来帮我姐们儿打基础，这一来就三个月了，估计再有三个月我就得回去了，北京啊，我首都的人民啊，我可想死你们了。"

看她那特激动的样儿我又头晕起来。

火柴说着说着手机响了。她接起来说："喂，您好，需要我为您做什么吗?"嗲得跟一牛皮糖似的，我差点从沙发上滚下来，我正要发作，突然火柴的语调就变了，跟骂儿子似的，"滚你丫的，我还当是我亲爱的客人同志，你丫接电话你倒是先出声啊，我姐们儿来了，没工夫跟你贫，滚你丫的，你才一小鸡头，人家是一作家！好了我马上来，她要去我就带着她去好了，估计你丫还没见过活的作家吧，操，滚蛋……"

火柴接完电话，冲我眉飞色舞的，问我晚上要不要一起出去，那个来上海创业的姐们儿请客在一家迪厅跳舞。

我忙说，得了吧您忙您的，我还得收拾收拾东西呢。

火柴没等我说完就打断我的话，说有什么好收拾的啊，妹妹我明天就陪你去血洗上海，缺什么买什么。我一想这感情多好啊，就同意了。

晚上我斟酌了一下形式弄了个特闪光的吊带刺绣和一条紧身牛仔裤，配合着我亲爱的小姐妹火柴，穿得跟俩亲姐妹似的。我估计我妈要知道我给她弄这么一女儿回去，毙了我的心都有。我坐在火柴白色的小本田上，脸贴着车窗，车玻璃被我摇下了一条缝，上海的夜色带着些微咸咸的湿气扑面而来。我想，这就是我的新生活啊。

我只顾跟着火柴走，也没注意到了什么地方，等电梯门一打开震耳的音乐突然响起的时候，我才猛然发现我已经进来了。

我放眼这么一望，和北京差不多嘛。

火柴拉着我直接冲向一小角落，借着灯光我看到一帮男女，偶尔还听到一声“滚你丫的”。我当时没反应过来，这是在北京还是在上海啊，昏菜了吧我。后来火柴告诉我，这一帮子人都是北京城中的祸害，到上海来出差，知道火柴挣俩钱也不容易，那句文化词儿怎么说来着，“在家靠父母，出门靠朋友”，于是纷纷跑火柴这儿献爱心来了，表达表达友谊。

我刚坐下来，对面一男的就对我嬉皮笑脸的，一脸肥肉闪闪发光，我估计丫正发情。果然，他把脸凑过来说，这位姐姐长得真好看。我当时血压就上去了，激动啊我，您说您都一大把年纪的人了还管我叫姐姐，我长得哪儿那么蹉跎啊。他叫着不恶心我听着都恶心，说句实话，我宁愿他叫我妈。火柴一巴掌推在丫油亮亮的大脑门上，说，滚你丫的，人家林岚可是一知识分子，一作家，谁他妈跟你狗扯羊皮的啊，操！

火柴刚说完，对面一女的就站起来了，打扮得挺漂亮的，比火柴看上去稍微大点儿，那女的一把拉住我的手，那个激动啊，跟慰问灾民似的，吧唧丢过来一句话：“哎呀，您就是那位作家啊，您看看，您看看，我长这么大还没见过活的作家呢！初中净在语文书上看鲁迅那老头了。”要不怎么说物以类聚人以群分呢，这女的说话跟火柴一个德行。火柴指着那女的对我说，这就是我那来上海创业的姐们儿，柳如絮。我笑脸如花地伸手迎接，心里想：多好一名字啊，就这么被糟蹋了。握完手她立马把服务生叫过来，摸出一叠粉红色的钞票，我也没看清楚多少，“啪”的一声摔他脸上，“去弄两瓶最好的酒过来。”本来来之前我听火柴讲柳如絮的“创业史”，觉得她离乡背井又无依无靠的，日子肯定过得很忧愁，本来准备了一肚子热血沸腾的话想安慰她来着，一看她这老佛爷的架势，我歇了吧我。

酒拿上来了，刚才对面那被火柴推了一巴掌的男的贼心不死，又递过来一杯酒。我从下飞机开始就一口水没喝过，于是接过来一饮而尽。我估计那男的本来想灌我来着，行家一伸手就知有没有，一看我拿酒那架势他立刻没屁了。亏他没见着闻婧，我是把红酒当可乐喝，闻婧是把白酒当红酒喝，明显比我高两个段数。而眼前这男的，绝对是把红酒当白酒喝的，轻轻舔一口还他妈龇牙咧嘴的跟喝烧刀子一样，我真想揍丫！

放下酒杯火柴叫我去蹦会儿，我一想跟这儿坐着看着那男的也添堵，于是就跟着火柴去了。

中国人口真是多啊，我和火柴挤了半天挤进了舞池，刚站稳我一回头就看见一张抹布一样布满皱纹的脸。多蹉跎啊，吓死我了。这大妈的年纪我目测着最少也四张多吧。怪不得别人说“古老的北京，年轻的上海”啊，真年轻啊。

我刚惊魂甫定，台上的 DJ 就开始喊口号了，舞池里的人全疯了，双手齐用，紧跟指挥。那 DJ 说得多好啊，说得真好啊，我怀疑丫是一先锋诗人。

提到先锋诗人，我就想起我在大一学期末的那档子事儿。那时我在学校是学生会宣传部部长，其实这也和我爸面子大有关系。而顾小北是学校的学生会副主席，所以我和他跟校长副校长一起坐在嘉宾席上看节目。坐在顾小北旁边的是学生会主席，但学校领导都宠着顾小北，不怎么买那主席的账。这主要也是因为顾小北的父母都是纵横商场的豪杰，每次学校拉赞助都是顾小北出马，而且都是一万两万地拉回来。如果换作那主席，别说一两万了，就是一两千也得把他给拉歇菜了。而且顾小北拉赞助特别狠，拉完康师傅就马上拉统一，拉完麦当劳马上就拉肯德基。那天我左边是顾小北，右边是一特蹉跎的副校长，有个节目就是一先锋诗人朗诵诗歌。瞧丫穿得特朴素，结果一张嘴就甩出一句：女娲啊，您的隐形眼镜儿，碎了吗？一脸严肃的疑问表情跟大尾巴狼似的。我旁边的副校长一口茶就喷出来了，那个激动啊，一张嘴一双手直哆嗦，结果一副粉红色的假牙扑通掉茶碗儿里了。我当时一恶心，于是也跟那儿直哆嗦。

挤着挤着我和火柴挤到俩巨海的音箱旁边，感觉跟地震似的。火柴指指上头，我心领神会地就跳到音箱上去了。我和火柴居高临下，放眼望去全是黑压压的头顶和舞动的爪子。一束追光打过来笼罩了我和火柴，我望过去，那个灯光师正冲着我们笑呢。火柴立刻扭动腰肢回报他的这束追光。我和火柴奋力地跳着，前段时间热播的电视剧里不是有句话吗：灯光下的人生是最完美的人生。我和闻婧还有火柴都是从小学二年级就学跳舞的，先芭蕾后民族，都是腿长、脚背直、膝盖小的主儿，凭我们的基本功，全身上下除了头盖骨，哪块骨头不能动啊。台下那群只会摇头一脸春心荡漾的妞儿们，和我们哪是一个段数的啊。灯光师又打了三束追光过来，我回头看火柴，她特兴奋，跟那儿跳飞天呢。以前我和闻婧凭这个飞天舞在北京还拿了不少奖呢！

跳着跳着我感觉一团东西向我倒来，像个人，我用手一推，结果推在一团肥肉上。我定睛一看，一特壮实的大爷赤着膀子上来了，我心里就在琢磨：就他那吨位，怎么弄上来的啊？我估计母猪上房都比这容易。丫跳得也特勃发，而且跳得特另类，下半身纹丝不动，上半身直哆嗦。胸口两团肥肉甩来甩去的。用句特流氓的话来说，丫胸部比我和火柴的都大。

正跳着呢，牛仔裤里的手机震了，我摸出来一看，差点从音箱上翻下去，陈伯伯的手机号码闪烁在我手机屏幕上，我估计要让他知道我在这种混混场所，我在上海的日子就不宁静了。

我把手机拿给火柴看，火柴当机立断把我朝洗手间拖，她说那儿的隔音效果特别好，上次她在那儿打电话给别人说是在图书馆看书别人都信了。

结果冲到门口女洗手间的门被关得死死的，火柴一看男厕里没人，就抓着我冲进去了，我哆哆嗦嗦地把电话接起来，然后听到陈伯伯的声音，他问我在干吗呢，这么久才接电话，我说洗澡呢。陈伯伯告诉我明天去一家公司面试，他给安排的，到时候过去报上他的名字就一切 OK 了，然后告诉了我那家公司的地址和面试时间，我听了很兴奋，因为那是家著名的跨国广告公司，多少人前赴后继地往里冲啊。

挂掉电话我冲火柴特贼地笑，我说银子！然后挥挥自己的手机。

正好我和火柴要出门的时候，一个男的突然进来了，他看见我和火柴脸上表情跟吞了只苍蝇似的。火柴说，别惊讶，小兄弟，我儿子进来太久了，我来看看他。说完拉着我出去了。我不知道那个男的什么表情，反正我听了真想骂火柴。到这儿来玩的人谁可以年轻到当你儿子啊？

早晨的阳光总是美好的，我每天醒来第一件事情就是在想我还活在这个世界上，享受着美好的阳光，展示着我美好的岁月，看着无数人满世界奔走，我会觉得自己生活得很充实。

这是我在上海的天空下醒来的第一个早晨，本来我昨天把手机闹钟设定到了早上七点，因为我今天有个面试，睡昏过去了我就可以在上海永久地沉睡了。不过我早早就醒过来了，从枕头下摸出手机看看才六点，我都有点佩服自己了，昨天晚上玩到那么晚今天居然还是起得来。

我这人有个坏习惯，晚上睡觉不关手机，而且喜欢把手机放在枕头下面。以前顾小北就老教育我说有辐射，你不想得脑癌就晚上把手机给我关了放到床之外的地方去。记得有次顾小北还是说这个事情，我就骗他说我关了关了，然后照样开着机把手机丢到枕头下面就睡了。结果半夜被个电话惊醒，接起来就听见顾小北在那边跟狮子一样冲我咆哮：叫你关机关机！听见没！本来挺迷糊的我被他一吓吓得特精神，于是就睡不着了，起来跑到网上去打《传奇》。

我记得《传奇》刚风行那会儿我和顾小北经常手拉着手在里面游山玩水，也不动刀动枪的，就在里面讲甜言蜜语。顾小北怕《传奇》上男的勾引我，硬是给我弄了个男的帐号，用他的话来说，传奇里都是些大老爷们儿，人妖都抢手，何况你是一真女的。这话多新鲜呀，我还真是一女的。于是就出现了我和顾小北两个男武士跟那儿讲情话，旁边的人狂叫受不了两个破玻璃这种场面。做武士也是顾小北的意思，他说做别的烦，就做武士，会砍人就行。我总是在心里鄙视他，粗人！其实我背地里还有个帐号，是个道士。每次我都是看见有队人马要攻城了，我就屁颠屁颠地去加入，然后站在背后摇旗呐喊，也不上去打，时不时地丢张小符上去做做面子，顺便不时地冲回老大身边说没药了问他要钱。然后要到了就去存起来。我真是奸啊。不过上次我也栽过一回，我看见好像城被攻下了，就兴高

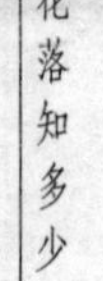

采烈地往里冲，结果浩浩荡荡出来一大群敌人的队伍。我吓得直哆嗦，就狂喊：别杀我，我是奸细，卧底的！结果证明他们的眼睛比较雪亮，还是把我杀了。我躺在地上还不服气，还在叫，妈的奸细都杀，没人性。跟顾小北打的时候什么他都让我，但是掉了宝物他绝对不让我，抢得比谁都快，其实他拿到之后卖了钱也是给我用，我就想不明白了为什么他不直接让我拣。有次刚把宝物打出来，掉在地上，结果我也死了，我就死在宝物上，我躺在那儿特悠闲，也不退出游戏，心里想我不信我躺在这儿你还能拣起来。顾小北站在我旁边，穷叫你倒是退呀退呀！我心里冷笑我说我就是不退，反正我死了，有种你就鞭尸。我正得意呢，电话响了，顾小北，他在电话里冲我吼，林岚你给我退了！我闭着眼睛也能想象得出他一张脸皱起来拿我没办法的样子。

我和顾小北在一起的好笑的事情多了去了，只是现在回忆起来会让人觉得伤感。望着窗外的阳光我突然想到北京这个时候一定很漂亮，树木绿绿的，护城河的水也绿绿的，满天的鸟叫满地的小京叭跟着老头老太太的脚边跑，我突然想起我家的小京叭蝴蝶，顺便想了想也许顾小北和姚姗姗正在《传奇》里游山玩水呢。

阳光太刺眼了，不然为什么我的眼中会有泪水呢？

我坐在床上就这么在阳光下花了接近十分钟追忆我的似水年华，我发现我记忆里最深刻的还是顾小北，笑的，哭的，抱我的，哄我的，那个在大冬天早上骑车帮我买早饭的，那个躲在厕所里哭泣的顾小北。我这么多年的青春全部都是从他身上流淌过去的，一切的时光经过他的洗涤之后都带上了他的味道，我可以逃避照片逃避情书逃避礼物，可是这种味道一直围绕在我的身边，挥也挥不散。

等我刷牙洗脸弄好后已经差不多该去那家公司面试了。我打扮得很端庄，用闻婧以前的话来说是我打扮得很处女。我顶着我的处女造型开着火柴借给我的白色宝马小跑奔驰在上海宽阔的马路上，带着如同改造后的社会女青年的心情朝浦东奔过去了。

火柴的车开起来真的很拉风，我是个没本儿的人，所以开得很保守，我怕哪个交警看我不顺眼了把我拦下来要个本儿来看看什么的，那么我就歇了。而且我也不敢像闻婧那么把汽车当飞机开，就是在北京我都不敢，何况是在我鬼都不认识一个的上海。

本来今天火柴要跟着我一起去的，早上她打了个电话过来，鬼似的在电话里跟我叫，说什么一定要跟我去，说要发展一下高层的业务。我想着一大清早的，反正也没什么事情，就开始跟她在电话里贫，我说火柴你得了吧，人家一个一个有的是钱，天上飞的水里游的，汽车上躺的，马上骑的，什么女的没见过啊，估计你难以打入内部。

火柴说，我操，就那帮丫挺的，一个一个西装鸡，除了知道道琼斯和人民币，丫的他们知道什么啊……

我当时就想把电话摔下去挂了，不过突然发现是手机。我就知道不能跟火柴贫，一贫起来准没完，我不得不打断了她的话。我说得了我的姑奶奶，您改天去发展事业，我得先把我的事业建立起来，就这样了啊。

挂掉电话我就在想，幸亏没带她去，不然我真的不能保证她会不会在等候面试的时候在大厅里撒丫子跑业务，我曾经见过火柴敬业的样子，那是在北京的时候，她还是一小妈妈桑，接待的客户质量和数量都有限，逮着一个就不会轻易放手。我记得那次火柴特严肃地说了句让我扛不住的话，她一脸大尾巴狼的样子盯着那个男的说，兄弟，你丫不至于吧，就给两百？你丫骑匹马都不只这点钱啊。

真是想想我都后怕。要把火柴弄那儿去，估计我得挂了，陈伯伯估计也扛不住。

到了写字楼，我乘电梯上去，在电梯里我想起在北京我跟着微微去面试的情景，那个时候走得多有架势啊，踢正步，抬头挺胸的。而一转眼，我就一个人在上海开始找工作了。要不怎么总有人说，生活，就是一场戏。比电视剧都让人跌破眼镜。

我上网逛论坛的时候曾经见过一漂亮 MM 的签名档：我左手拿刀右手拿叉，把生活慢慢享用。当时就觉得是一智者，比我们这种俗人强了去了。

坐在大厅里等待面试，我身边一个一个看上去都挺牛的，每个人手里都是台笔记本，噼里啪啦狂打键盘，看上去跟一作家似的，我都觉得自己跑错了地方，我又不是来应聘打字员的。还有更牛的在用手机打电话，用耳机打，我靠，你又不是在开车，装什么啊。

刚坐了一会，我就听到叫我名字了，我赶紧进去，我怕我在外面再多坐会儿会把我坐歇菜了。进去之后我坐下来，面试我的是个估计三张多的男人，满脸痘痘，一张脸跟荔枝似的，特青春，我心里就乐。不过我还是装得挺淑女的，这关系到以后买米买油的事情。

我刚想拿出我以前的平面设计给他们看看，然后顺便再对他们介绍介绍我的情况，结果我刚运口气准备演讲，对方吧唧丢句话过来：你北京的吧？

我一听觉得有点儿不对，我说我是某某学校出来实习的。

他很惊讶，说，不是北大的啊？我很谦虚地说不是。心想我的学校也不是一个见不得人的学校啊，再说了，现在的大学哪个不是一样的啊，抽烟，喝酒，谈恋爱，最多的还是旷课睡觉，我就不信在北大睡觉就能把人睡聪明了。

我继续说，您要不要先看看我的作品啊，我以前也在广告公司做过的……

我还没说完呢，他就很粗暴地打断我，我怀疑他内分泌失调，我都这么耐心了，你干吗摆出一副我欠你两百块钱的样子啊，怪不得一脸的青春证明。他说，广告谁不会做啊，主要是看文凭，看见没，看见没？他挥舞着手上那张简历表对我说，刚出去那个人，人家就是复旦的。我偷瞄了那张表一眼，差点没吐出血来，简历上那个人是化学系的！我靠，这是广告公司还是化肥厂啊？

我算是彻底对这家公司失去信心了，我站起来，准备走，那个人望着我，又叫，你干吗你干吗？

我靠，我是真受不了了，你就不能好好说话啊，每句话都跟见鬼似的叫。我回过头去，很温和地微笑着对他说，不好意思，我走错地方了，我是学广告的，我专业不怎么对口，我要去钢铁厂试试，估计他们要我。我知道那家伙被我说得心里堵，我管你呢，我说了畅快就行。

我刚要走出去，电话就响了，我一看是陈伯伯的，接起来就发牢骚，我说，陈老板，不带你这么玩儿你晚辈的吧，这什么破公司啊……我噼里啪啦地说了一长串，然后陈伯伯在那边一声没吭，等我停下来了我觉得电话里静得跟坟墓似的，说实话我心里悬得慌，一急就忘记了分寸，把跟微微说话那操行给弄出来了。我琢磨着准得有阵骂。

结果停了两分钟，陈伯伯叫我把电话拿给那个面试的人，我也很疑惑地递过去，那个人更加疑惑地接过来，但听了一下声音就立刻立正抬头挺胸了，跟盖世太保见了希特勒一样。那个人一边点头说着是是是，脸上一边一阵红一阵白的，我立刻就明白过来是怎么回事了，孙子正挨训呢。于是我又重新坐下来了，把桌上那杯水拿过来哧溜哧溜地都给喝光了。

那个人接完电话把手机还给我，表情特尴尬，就跟便秘一个表情。他冲着我嘿嘿地笑，我也在那儿装蒙娜丽莎，我倒要看谁先沉不住气。结果我赢了，我发现人一旦装得跟老佛爷似的一般最后都会赢，上次微微也是这么用罪恶的黑手把陆叙那个小青年给拿下的。

那个人说，林小姐啊，怎么不早说是陈老板介绍来的啊，你看这弄得多尴尬啊。一边说还一边搓手,弄得特诚恳的样子。

我想了想还是给他台阶下，毕竟以后一个公司的，弄得太难看干吗呀。我说这都怪我，没说清楚，真不好意思。

他一听我这么说，立刻就不紧张了，然后说，林小姐是高才生啊，月薪方面你放心，四千五，外带奖金不算，您看合适吗？我听了很淑女地点了点头，心里笑得恨不能昏死过去。

他对我伸出热情的双手，我也赶忙握过去，时光倒流，我想起在北京的日子，现在是在上海，四千五啊！

出了房间，一个秘书带我签了几份合同，然后又看了下具体的福利，还有就是去人事部登记了一下，然后我走了。

开车回家，路上我拨了个电话给我妈，我特牛掰地跟我妈说，妈，我工作搞定了。我妈在那边一连说了好几句“太好了”，听她那口气挺激动的，我以为她在酝酿什么经典台词呢，结果她最后整了一句“陈老板就是有本事！”我差点想把手机丢出去！

回去之后我打电话给闻婧，她说听到我的声音就跟听见鬼叫似的。我说不至于吧，我去个上海，又不是去伊拉克。

结果闻婧听了这话就跟听了什么一样，立马开始跟我咋呼开了，我想我没说什么过分的话啊，你又不是伊拉克的。闻婧在电话里冲我义愤填膺地怒斥我的罪行，归根结底就是我把北京那帮子人弄得乱七八糟的然后丢下个烂摊子自己跑上海逍遥来了。闻婧告诉我，顾小北从我走了之后每天泡图书馆，很多时候闻婧都看着他捧着一大堆书行走在去往图书馆的路上或者匍匐于从图书馆回宿舍的路上。

当闻婧告诉我这些关于顾小北的事情的时候，我的心里变得有点空荡荡的，我突然想起很久以前，在我还没有认识顾小北之前，我就经常看见他捧着很多书去图书馆，那个时候还刚进高中，我看见顾小北穿着干净的白色衬衣米色的粗布裤子走在学校铺天盖地的绿阴下，我觉得他长得像是童话世界里的一个王子。那个时候我和闻婧两个小丫头其实蛮色的，看着帅哥就有点找不着北的那种。我说两个月之内我要把这个人拿下。然后两个月后，我和顾小北就手牵手地走在护城河边享受革命同志般亲密无间的情感了。

在那两个月里面，我在微微和闻婧的指示下，无数次地和他在图书馆偶遇，无数次地碰巧和他出现在同一个食堂的同一张桌子上，无数次地骑着单车从他身边裙角飞扬地飘过，我当时心想，就算不喜欢我，在我这么频繁的露面下也应该记住我这张充满革命热情的笑脸了吧。后来在经验丰富的微微的帮助下，我顺利地把顾小北拿下了。现在想想，真是苦肉计啊，微微要我骑着车去撞他，然后无限娇弱地瘫死在他旁边等着他惊慌失措地抱起我往医院冲。我就一猛子扎进他怀里，一辈子不出来了。微微当时很意气风发，像在指导一场战争，她说，撞他，往死里撞，别怕，你就一辆永久，再怎么撞也不能把他撞咋的，然后你就在那儿装尸体，你就只管躺着，剩下的事情我和闻婧来处理，你就放心在那儿睡。闻婧当时在旁边也是一大尾巴狼的表情，特真诚地说，没事儿，微微说撞，准没事儿。

其实现在想想，那句民间大众的话怎么说的来着，从一个人的小时候就可以看见他长大的样子。想想真有道理啊，微微从小就是那种善于发号施令的人，闻婧就是那种没大脑，有热闹看就特撒欢的人，而我，天生就是那个最倒霉最倒霉的人。

为什么说倒霉呢，理想和现实总是有差距的啊。计划得倒挺好，就撞一下，结果我瞄着他冲过去，一开始他骑得挺悠闲的，当我冲过去的时候他突然加速了，我本来做这事就有点紧张，一看他加速我更紧张，也忘了握刹车，结果两个人用极快的速度咣当撞上了，我倒在地上，龇牙咧嘴的，疼得叫都叫不出来了。我能感觉到血从裙子下沿着小腿流下来，我估计着肯定摔断腿了。我回过头去想叫微微闻婧她们过来，告诉她们不演了，赶快把我送医院去，不然我跟这儿流血不止的肯定流歇菜了。结果她们以为我演戏忒投入呢，还气定神闲地在那儿和我打手势，叫我躺下，躺下。我吸了口气，然后怒吼：我操，断了断了，还躺！

那俩丫头看我表情估计真出事了，才屁颠屁颠地跑过来，结果闻婧一见血从我小腿哗啦啦地跟自来水一样流下来，立马叫得比谁都响：我操，你怎么这操行啊，跟流产似的！我本来就痛得有点头晕，一听这话我更缺氧。正不知道怎么办呢，顾小北过来一把把我横抱起来，然后一句话都不说就往校医院冲，表情特酷。这和我们预想的一样，多少给我点安慰。我突然想起《大话西游》的台词：我想我是猜中了结局，却没猜中这经过！

我头靠在顾小北脖子上，看着他的侧面，小伙子真英俊，眼是眼口是口的。闻着他身上的味道，我敢肯定他用香水。很久之后我才知道我错了，他从来不用香水，他身上都是洗完澡后沐浴露的味道。当时我就在这种香味里特幸福地闭上了眼睛，顾小北抱着我往前勇敢地冲，我都忘记了自己还在流血，鲜血沿着我们爱情的道路洒了一地，我和他就这样开始了我们血淋淋的爱情。想想真挺牛掰的。

在腿断的日子里我受到了前所未有的关心，我妈执意要把我接回家休养，我借口说学习不能耽误，硬死撑着要住在学校，我妈见我那样差点儿跟我掐起来，不过我很坚定，具有革命党人的意志，于是我妈那个纸老虎就被我拿下了。

当时我想这个第一次见面印象应该算很深了，我正琢磨着怎么跟顾小北第二次邂逅呢，他自动送上门了。出院第一天早晨，我就看见顾小北骑着他的那辆漂亮的跑车等在我楼下，他总是穿着白色的衣服，我估计他肯定特自恋，真把自己当王子了。我说你干吗呢。他看看我，面无表情地说，送你上课。说完指了指他跑车的后座。看得出来，是新装上去的，说实话，装了之后真难看，一辆好好的车，毁了。从那天起，顾小北一直送我送了一个月，在一个月之后我的腿好了，可是他还是送我上课，因为我已经是他的女朋友了，比计划提前一个月完成任务。那个后座也一直装在他的车后面，每次看到我就会觉得温暖，同时小腿隐隐作痛。

现在回想一下，当时顾小北对我的告白真的是一点都不浪漫，根本没有王子的感觉，反而让我觉得像个愣头青。那天我从他车上下来，我说，顾小北，我的腿好得差不多了，以后也不用送我了。他看着我，一双眼睛睁得蛮大的，愣了半天，然后说，我还是送你吧。我说为什么啊，我又不是真废了，要不我跳两下给您瞅瞅？正说着呢，微微闻婧来了，顾小北跟没事人似的继续说，要不你做我女朋友吧？说实话我当时心里很甜蜜，我抬头看微微闻婧，眼光充满了哲学意味。其实我是在向她们说，看吧，我说我能拿下吧。结果正得意呢，顾小北说了句让我吐血的话，他接着说，反正都让我骑了这么久了。我不知道是他故意使坏还是他真的就那么纯洁，反正微微和闻婧是笑得又喜庆又下流。我当时心里就在想，我怎么交这么两个朋友啊。

从那之后我和顾小北就手牵着手走遍了北京城，那些山山水水都见证了我们的爱情，记忆深处一直是在艳阳高照的夏天里，我们坐在北京各个麦当劳里喝着一杯可乐，在大冬天里，我躲在顾小北的大风衣里，从他领口露出两只小眼睛，感叹银装素裹的北京真美丽。

当我从回忆里回过神来的时候，就听到闻婧在电话里狂叫，不知道为什么，我觉得眼睛有点儿疼，喉咙也有点儿，我不承认是我哭了，我的眼泪早在北京就流完了，在姚姗姗抽我两个大嘴巴的时候，在顾小北按住我的手的时候，在陆叙被我砸进医院的时候，在我收到陆叙短消息的时候，我的眼泪就流光了。

我挂了闻婧的电话，躺在床上，抱着枕头，心里难过。我突然想起陆叙了，也不知道他怎么样了，头有没有好，我想起那天晚上喝醉了陆叙把我背回去的情景，想起那件被我吐得花里胡哨的 **Armani** 西装，我就看到一阵莫名其妙的忧伤从地板上飘过去。

说实话，我有点儿想和陆叙打架。我有点儿怀念有个人在办公室里扯着脖子和我叫板的时光，可是这一切都远去了，从今天开始我要像所有那些白领MM一样，在办公室里扮演奴才或者高贵的冷血公主。

我突然想起陆叙漂亮的眼睛，很多时候，他就是用那双眼睛睁得大大地瞪我，看着我不说话。

第一天上班我穿得挺整齐的，因为我妈在前一天晚上对我进行了一个小时的教育，这让我想起以前开学的时候都有学前教育，校长在上面唾沫横飞。没想到我脱离了一个魔爪又跌进了另一个魔爪。我妈告儿我说，林岚，你给我老实点儿，别以为我不知道你，哼，背了我你就翻江倒海的，陈伯伯随时都会给我汇报你的情况，要让我知道你在上海依然是个事儿精，小样儿你看我怎么治你。我当时是真想把手机丢到楼下去啊。你说这什么老太太啊，一大把年纪了不好好说话，居然对自己的亲生女儿说"小样儿看我怎么治你"!

放下电话我有点儿郁闷，不过想想也挺自然的，我估计我的性格就发源于我妈这个伟大的源头，然后经过千山万水的流淌就汇聚成了一条澎湃的长江。用我妈的话说，事儿精。对于这一点，闻婧和白松都表示很赞同。惟独顾小北意见不一样，我记得当时是在昆仑，我妈过生日，请了闻婧他爸和白松他爸，闻婧和白松都是算做带来的家属。我那个时候胆子挺大的，心一横牙一咬就把顾小北带去了，心里琢磨着这也是我的家属。因为当时我就一心想着早点嫁给顾小北，一到结婚年龄我就是拖也要把他拖到民政局去，夜长梦多的道理我是烂熟于心呀，像我这么平庸的女人，满大街都是，所以我决定套牢顾小北，我觉得他肯定是只潜力股，狠建仓，准没错。我妈见到我带顾小北去的时候眼神很复杂，如同北京那些无穷无尽七弯八拐的胡同。我当时挺勇敢地迎接我妈的目光，装得挺大头蒜的，其实也是一只纸老虎。那天当闻婧和白松都赞同了我妈的意见之后，顾小北弄了句意味深长的话，他说，她怎么能叫事儿精，事儿精和她比，差远了！我当时没怎么反应过来，等我明白过来，顾小北已经在偷笑了。我当时挺郁闷的，没想到我这么个知识分子也会被这么一个文盲给拿下了，讲话比我都会绕。

到了公司，那天面试我的那个一张脸跟荔枝似的男人站在大门口迎接我，挺热情的，嘘寒问暖。我心里这个感叹！这个世界上谁都不能彻底的牛B，总有比你更牛B的人，有钱的能用钱砸死你，有权的能用权玩死你。用眼前这个人来打比喻的话，就是陈伯伯比他牛B多了！

公司里的人和其他以前我见过的外资里面的人差不多，每个人都是一张似乎刚从冰箱里拿出来还没解冻的脸，有些还带着霜花。我突然挺想念在北京的工作环境的，起码还有个陆叙和我打架。这里的人都是中英文夹在一起说，而且还不用普通话，我一坐下来就听到我旁边的那个男的对着电话讲了句“格责case（这个case）”！真让人受不了。

我收拾了一下我的桌子，其实也没什么好收拾的，把自己的笔记本放上去就OK了，然后我从背来的那个大包里拿出了几个画框挂在了我的工作台前，顺便拿出了一盆小仙人掌和一个玩具猫，那个猫我很喜欢，色迷迷的眼神和闻婧一样，看到这个猫我就想起闻婧。等我放完了之后我周围的男女都用鄙视的眼光看我，我挺无所谓的，我一个一个地鄙视回去。

那个荔枝男人叫张浩，他让我叫他JIMMY，我努力地动了动嘴唇，终于叫了声JIMMY，叫了之后自己都觉得痛苦。他叫了个看上去挺沉默的男的过来帮我装软件。那个男人二话没说粗暴地打开我的电脑，然后开始塞无数的光盘到我的电脑

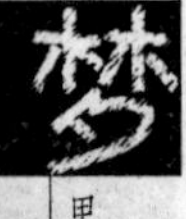

里面。我看着我的电脑上的灯不断地闪烁听着光盘旋转的喀嚓喀嚓的声音，一瞬间竟然觉得有点充实。我突然想起自己的高三了，那个时候我都怀疑自己有自虐倾向，每天就知道做题目，做得天昏地暗的。那个时候顾小北还在我的身边，很多时候我都是看书，看着看着就躺在他胳膊上睡着了。醒来的时候看到他的眼睛，有点怜惜又有点责备。我当时沉浸在这样的目光里，甚至想一辈子沉沦下去，那该有多好，高考见鬼去吧。

安装好了之后，那个男人丢给我一摞很厚的书，他说，这些软件你在下午前自己学会一下，然后从明天开始，你会接手一些平面处理的工作。

说实话我翻开书的一瞬间就彻底丧失了信心了，因为是全英文版的，我突然后悔自己外语当初怎么只学到六级而不去学到专业八级呢？

我就这么开始了我的新工作，在上海这个我不熟悉的地方学着十几种新的软件，在翻动书页的间隙顺便喝一口公司里难喝的咖啡。我突然觉得自己已经远离了北京那个纷繁复杂的城市，那个储存了我太多感情的城市。远离了那些我生命里一直汹涌的人群，远离了二十多年来我一直赖以生存的土壤。我觉得自己像是一棵树，自己把自己连根拔起，然后跋涉了千山万水，再让自己扎下根来。可是也只有我自己知道，在把自己连根拔起的时候，自己有多疼。

等我搞定那一大堆突然出现在我的电脑里的软件的时候我才发现已经下午两点了，我都忘记了吃饭。我刚准备起来吃饭，结果张浩过来通知我开会，我问他什么事情，他说见制作部的新部门经理。我想了想说好没问题我马上来。

其实我真的挺饿的。

所有的人都到齐了，然后那个新上任的部门经理也从会议室隔壁的休息间里过来了，他进来的时候对大家问了声好，很谦虚的样子。我一口水就喷了出来，五雷轰顶什么滋味！就是我那时的滋味！

那个下午我就望着那个经理滔滔不绝地谈他的理想谈他的计划，看着他挽起袖口挥舞着修长的手臂，神采飞扬，看着他干净的衬衣，看着他格外漂亮的眼睛和睫毛，看着他眼睛中格外光亮的神采，和望着我的时候特奸诈的目光。

我的心里一直难以平静，我发现在发生了这么多事情之后，陆叙还是当初的那个样子，和我第一次见他的时候一样，干净得如同平面广告上的男模特，看着我的时候一脸奸诈。我觉得很温暖。

会议结束之后我去休息室冲咖啡，陆叙走过来了。他站在我的面前，低着头看我，和以前一样，面无表情，瞪着大眼睛看我。

我望着他，我想要说很多话，可是怎么都说不出来，这样的气氛让我觉得有点儿矫情，弄得跟电视剧一样，于是我决定打破尴尬，再怎么说我也是外界评论的不同凡响的新锐的小说家呀。不能弄得跟台湾那个阿姨一样。

我照着他的脑袋一巴掌拍过去，我说，你头好啦?

其实我知道没好，因为我透过他的头发都可以看到那条伤痕，我也可以想见他头包着白纱布躺在医院的样子，说实话我有点儿心疼。

他依然冲着我吼，和在北京那个狮子没区别，他吼：当然没好！你丫下手这么狠！说完冲我的肩膀就是一拳。有点儿疼，可是我觉得很快乐，这是我离开北京这么久以来第一次这么快乐，尽管我和火柴她们在一起的时候笑得挺猖狂玩得也挺疯狂的，可是我的心是悬的，我觉得自己在走钢丝，现在我看到陆叙了，听到他的声音了，他又开始打我了，我觉得宁静。

我抬起头，陆叙朝后跳了一下，跟个小孩子一样，他肯定以为我要开始还手了，按照我以前的脾气我早扑过去了。可是我没有，我笑了，笑得特别开心，眼泪都笑出来了。陆叙突然变得很温柔，一瞬间我错以为是顾小北站在我面前。我拉着他的领口开始哭，可我不是难过，真的不是难过，就是想哭。我想我是累了，站了这么久了，累了。

我靠在陆叙的胸口上有点儿想睡觉。我闭上眼睛，那一刻，我多么希望陆叙是我哥哥啊，亲生哥哥！

我不知道陆叙是怎么调动到这公司的，反正我知道他有的是能耐，估计广告界也被他玩儿得差不多了，跟微微一个德行，是我们业内的祸害。您想呀，这广大的劳动人民还有多少人挣扎在贫困线以下啊，还有多少孩子在希望着希望工程啊，还有多少像我一样的祖国栋梁青年在辛苦地面试找工作啊，可陆叙他一声不响地就从北京跳到上海来，还跳过来当我的顶头上司制作部经理，您说这不是祸害是什么?!

不过后来我知道了陆叙过来的一系列经过和其中的千丝万缕山山水水。那天是在新天地的一家咖啡店里，我和他坐在那儿等一个客户，那个客户车堵高架桥上了，说要晚点儿来。我接的电话，我特春风地跟他讲没关系，我们等着，您慢慢堵，咱们不急。放下电话我挺高兴的。我的确不急，难得有个机会可以明目张胆地在上班时间到外面喝咖啡。每天都呆在办公室里，冷气飕飕地吹，整个楼层里除了我的桌子有点生气之外，其他人的桌子都干净得跟太平间似的。不过好像陆叙这个人还有点情调，他在他那个红木的巨大的办公桌上养了只乌龟，我那天进去给他送文件，一不留神被我瞅到了，要不怎么说我没心没肺了，我脱口而出，嘿这小畜生，长得跟你倒挺像的。说完了想跑都来不及，被陆叙按住暴打了一顿。我被打得龇牙咧嘴的，后悔怎么进来的时候把门关了，要不然我也让外面的那些群众看看，他们的上司是如何与一个弱女子叫板的！

对比呆在办公室里的日子，坐在新天地充满怀旧情调和欧式风格的咖啡厅里是多么惬意啊。虽然是九月，可是阳光却很稀薄，不热，挺好。趁着空闲，我与陆叙聊天，不知不觉陆叙来上海也一个月了，回想他刚来上海的时候，真好像梦一样。于是我问他，嘿，陆叙同志，当初你是怎么跳到上海来的啊，还一跳就是经理级别的，我怎么就逮不着这样的好事儿啊？

陆叙望着我，喝了口咖啡，用他那双大眼睛望着我，说实话他一身西装坐在这么有情调的地方的确挺有气质的，我就看到他后面的两个漂亮 MM 一直在看他。他慢条斯理地跟我讲他从北京到上海来的经过。原来他那个时候是要辞职来上海的，公司不答应，正好这边有个部门经理空缺，可是已经安排人了，于是陆叙就主动要求减薪两千，条件是公司派他到上海来。陆叙说这些事情的时候特别利落，两三句就讲完了，轻描淡写，而且还特别温柔，脸上如同头顶的阳光一样金灿灿地流转，感觉像是一个年轻的爸爸在讲故事给自己的小女儿听，可是谁都知道这些并不是无关痛痒的东西。说实话我听着陆叙讲这些事情心里挺难过的，我觉得对不起他。北京毕竟是他成长大的城市，说走就走，我知道离乡背井的痛苦，所以我深深地理解并且尊敬他。那句文化词儿怎么说来着，“同病相怜”。于是我决定以后陆叙打我的时候不再猛烈地还手，只是随便搏击几下表示意思就行。

从陆叙到上海来之后我的生活开始变得比较有趣，因为我和他“同居”了。可是我们是纯洁的男女关系。

陆叙刚来上海的时候的确是人生地不熟的，公司给了他一套单位里的单身宿舍，有一次我因为找他看一份文件，去了他的那个宿舍，然后觉得心里特不是滋味。那间宿舍只有十平米，放了陆叙的电脑桌后就剩不下什么地儿了，陆叙的床铺在地上，日式的、白色的床单挺干净的。一般男孩子的单身宿舍要多乱有多乱，以前在大学的时候我和闻婧偷偷进过男生公寓，然后被一大堆袜子和球鞋给刺激出来了，还没走出门闻婧就大叫恶心恶心！所以看到陆叙的宿舍后我挺惊讶的，居然这么干净。不过说实话我也挺过意不去的，想着自己仗着父亲认识陈伯伯就住那么大一栋小洋楼，再想想陆叙这个从小娇生惯养的人居然毫无怨言地住在这种地方，我恨不得找个没人的地方躲起来狠狠地给自己几个大嘴巴。于是我就怂恿陆叙出去找房子，然后对他大肆宣扬媒体欺骗群众，上海住房根本就不紧张，我这人讲话特没谱，因为从我那语气来理解的话那就是上海到处都是便宜房子，等着人去住！陆叙听了也没说什么，沉默了一下，然后抬起头对我说，那好。

后来我就利用一切时间来帮陆叙关注房产信息，上班的时候自然不用说，开了无数的网页，找到有用的就利用公司的打印机打下来，然后放在文件夹里送进陆叙的办公室。他打开文件夹的时候挺愤怒的，我知道他最讨厌工作不认真的人，不过我一点儿也不怕他，我看着他样子特镇定，心里想我是在帮你找房子，小样儿有本事你就发作！下班回家之后我也在帮他留意，看看有合适的就打个电话过去问问，然后记下来。天地观音如来佛，我真是一个大善人！

那段时间的每个周末，陪陆叙看房子成了我的一个比较固定的周末节目。其实说是看房子，一般都是上午出去看了一两家，然后我就耍赖，开始怂恿陆叙去逛街，看电影，购物，等等等等。陆叙这人挺大方的，比较舍得花钱，不过他有自己的原则，就是一定要买名牌，买实用的东西。比如那次我看上个 LV 的手提袋，他随便问了问我说你是不是很喜欢啊？我白了他一眼说废话。然后他就没说什么了，不过出商场的时候我就提着 LV 的手提袋踢着正步走出来了。从那以后我就经常把陆叙诱拐到无数的专卖店里，在自己早就看好的猎物面前不断地徘徊，叹气，然后等着有所斩获。我从陆叙那儿占的小便宜多了去了，我自己都不好意思说。不过陆叙也有牛脾气的时候，比如他就不喜欢帮我买那些小女生特喜欢的东西。一般电影里不是老爱演什么男生为了追女生，于是就买气球啊，熊啊，荧光棒啊什么的。每次我一装纯情想弄个这种东西来玩玩的时候陆叙总是拿眼睛横我，说您一把年纪了扮什么清纯啊。一般我都会用武力解决，要么我把他打服了，他给我买，要么我被打败了，我自个儿掏钱买。不过那种东西玩一会儿就腻，于是我就让陆叙拿着。每次我看见陆叙一身西装那么大块头的男人抱着个狗熊走在街上我就乐，而且他满脸愤怒又不好发作的表情让我觉得特有意思。

后来找了很久之后我就开始烦。本来要找合适的房子就不容易，好不容易找到了，每次我和陆叙一开口，房东一听我们的京片子，马上用三分之一的眼珠子看我们，抑扬顿挫地说：北京的啊？我靠，我心里就在琢磨，敢情你们上海跟北京有仇还是怎么的啊！而且那些精明的妇女都是喊出天价来跟你谈，那次有家条件不错的，我们刚一问价格，那女的脱口而出，三万五一平米，不二价！我靠，我当时心里就想说滚你丫的，这是你丫曾经蹂躏了好几年的地方，又不是秦始皇跟这儿窝了三

年，你丫当是在卖阿房宫呢！

于是我放弃了，在找房子找了一个月之后依然没有进展的情况下，我对陆叙说，得了，你直接搬我家来吧，我家宽敞着呢，多匹马都能住下。

当时是在车如流水马如龙的淮海路，陆叙听了很长时间没反应，呆在那儿面无表情地盯着我，过了很久我都以为他是中风了，他才一脸通红地特结巴地问我：和……和你住？

我当时就明白过来了，这小青年别看样子挺干净的，满脑子和别的男人一样翻涌着色情的东西，我知道他在想什么。于是我用特不屑的眼光看着他说，下流！还是火柴说的好啊，她说男人都是下半身动物。那些男人口口声声对你说给你下半生的幸福，其实是说给你下半身的幸福！

陆叙又是一脸愤怒地望着我，怒发冲冠地冲我咆哮，我怀疑他上辈子肯定是一狮子，他冲我吼，林岚，我是考虑到你一个姑娘家，给外面的人知道了不好，我下流？我是一真正的东郭先生，好心救了只白眼狼！

我看着他那样儿就想笑，东郭先生，你怎么不说自己是柳下惠啊？

最后陆叙还是搬进来了，一来实在找不到好房子，他的那个小宿舍也实在不能住人。二来那天他跑到我家看了一下，然后目瞪口呆两分钟说不出话来。的确，当初我第一眼看到这房子也是这反应。我和陆叙也算是从小在小资环境中产阶层中长大的，看了这房子也喷血。在陆叙表情严肃地谴责我奢侈谴责我搞特殊化谴责我不知道艰苦朴素谴责了十多分钟之后，他冲我挥挥手，意气风发地说，我决定搬进来了。说完冲我特奸诈地笑，两个眼睛弯弯地，说实话，挺好看的。

虽然我主动让陆叙住进来了，可是说实话，我心里没底儿，我整天就在琢磨如果哪天我妈要知道我在上海同一男的生活在同一屋檐下，我妈肯定直接从机场飞过来掐死我，没跑儿！所以我整天都在防熟人，我对陆叙约法三章：第一，不准带外人回来；第二，不准接电话；第三，我不在家的时候，有人敲门不准去开。我威胁陆叙说，如果被人知道了我和你住一起，我肯定歇菜了，不过我死了你肯定也活不了！说完我突然想起一电影里的台词：我先自杀，再杀你全家，然后我再逃之夭夭。以前香港娱乐圈不是说嘛，防火防盗防记者，我觉得我是在防火防盗防熟人！

说实话我以前还从来没和别人一起生活过，除了在学校被迫和几个姐妹们挤在十平米的宿舍里。而且在我大学的三年里边儿，我是隔三差五地就打车往家跑，一回家就一猛子扎进浴缸里跟跳水皇后似的，我是实在受不了学校那个罪呀，洗个澡要从底楼提水提到宿舍，提得我腰疼。我妈特看不惯我这么娇气，每次都站在浴室外面忆苦思甜地让我听妈妈讲那过去的事情。我妈总是跟我讲她比我小的时候就一个人下乡了，讲她在希望的田野上挥洒着火热的青春，讲她如何任劳任怨艰苦朴素，总之一句话就是她当年比我牛多了。我心里想装什么大头蒜呀，上次我爸还告儿我你当初在农村因为抬不起一筐砖头而眼泪婆娑呢。不过大部分时候我都只敢在心里嘀咕嘀咕。因为记得第一次我就这么表达了一下我心里真实的想法，结果我妈破门而入，抓住我的头就往水里按，我一不留神被呛了好几口水。当年日本鬼子什么样啊！我妈走出去的时候还回头冲我飞了个媚眼，特挑衅地说，小样儿我还治不了你！我差点儿一头撞死在浴缸上。

其实和陆叙住在一起也没觉得有什么特别严重的事情，不过偶尔在我早上穿着睡衣涩着一双眼睛走进浴室看见个男人赤着上身跟镜子面前刮胡子的时候，我还是忍不住尖叫。不过叫了几回后也不敢再叫了，因为有次我一叫唤陆叙就在下巴上拉了条长长的口子，那天的情形我记忆深刻，因为陆叙一边下巴淌血，一边特愤怒地对我说，长得挺漂亮的一女的，叫起来怎么跟牲口似的！我当时被鲜血淋漓的画面吓傻了，忘记了打他。之后的几天陆叙一直贴着创可贴上班，小样儿特滑稽。

和陆叙住久了我发现我并不了解他，一直以来我觉得他就是那种在溺爱的环境里长大的，没经过风浪，没经过挫折，工作起来就没人性，不懂得情调。可是我发现我错了。当我看到他坐在地板上带着耳机听那些有着妖艳封面的摇滚 CD 脸上有着如同孩子般的表情的时候，当我看到他拿着小铁锹在花园里种向日葵的时候，当我看到他的电脑桌上放着盆小仙人掌的时候，当我看着他拿着一本画册坐在厨房里等着炉火上的汤熬好的时候，我恍惚地觉得自己像在看着曾经的顾小北，我忽然发现他们居然那么相似。

我发现自己还是忘不了顾小北。有时候一闭上眼睛，我就看到小北那张忧伤的脸。在梦里，他的身边总是不断有花落下来，我不知道那代表什么，我不想去找算命的人来帮我解梦。自从上次我去寺庙一个老和尚说我会走财运，结果第二天我的钱包就掉了之后，我就再也不相信那些为我占梦的人了。

我想，之所以梦见，是因为太想念吧。

生活就这样一直过下来了，没什么波澜，有时候我都觉得似乎我以后就会这样一直过下去了。生老病死，草木枯荣，我

踢着正步挺牛掰地走向我的三十岁。多豪迈啊。

被电话吵醒的时候我发现阳光已经很刺眼了。其实我很早就听到电话了，不想接，让它响。我这人天生适合在恶劣的环境中继续维持我舒适而安逸的姿势，比如这种情况，我估计就算你再弄三个电话来一起响，我仍然能睡得口若悬河。不过陆叙不行。我梦中就觉得有人在打我，而且打得特狠，我睁开眼就看到陆叙穿着一睡裤光着上身站在我面前拿枕头砸我。我当时大脑中就联想起电视中纯洁少女被禽兽玷污的剧情，我拉着被子护在胸前，“你要干吗?!”陆叙没回答我，眯着眼睛，用手指着那电话。我明白过来了，他估计被电话弄得受不了了。因为我曾经叫他不准接电话的。我看着陆叙一头乱发跟狮子似的走回他的房间，觉得自己当时有那种想法真的比较下流。

电话是火柴打来的，我一听到火柴就知道我不能再睡了。我爬起来靠在床头儿，跟丫在电话里贫。我说，姐姐，跟哪儿发财呢?

我今儿自我放假呢,林岚出来陪我溜达溜达吧。你到上海这么久还没怎么逛过吧,整天跟写字楼里窜上窜下的,你不累啊?

说实话，有点儿，每天在单位，用十几种不同的软件处理无穷无尽的设计，一个平面陆叙非要我拿五种不同的设计出来，很多时候我就埋头于那些设计画稿中感叹我的青春流淌，哗啦啦跟抽水马桶一样一去不再回来。

于是我跟火柴说，好啊，今天把你妹妹带哪儿去啊?

买衣服吧，到上海来之后都没怎么见你逛过街，你丫在北京可是每个星期都血洗燕莎赛特啊，怎么一到上海从良啦?

我说得了姐姐，你别贫了，赶紧过来接我。我收拾收拾，一会儿就行。

挂上电话我就起来了，开始梳妆打扮。别人都说上海的女

人只能用精致来形容，我虽然是一北京柴火妞，可是我毕竟也混到上海来了呀，多能耐啊，而且我是跟火柴小姐出去，再怎么也不能反差太大呀。

等我收拾得差不多了，陆叙正好起来，睡眼蒙眬地在浴室里刷牙。我坐沙发上跟那儿看电视呢，突然看到前阵子我和陆叙做的一个广告正在播出，说实话，那个广告挺成功的，商家也乐意往电视台砸钱，所以最近一段时间几乎每个频道都能看到我和陆叙伟大的创意。听到广告的声音，陆叙拿着杯子叼着牙刷就出来了，站在我面前，盯着电视看，看了半晌，说了句，真是杰作啊！我当时正在喝水，差点儿想把杯子朝他砸过去。我抬头看他，发现他还是不穿衣服满房间乱晃，我也没管住自己的眼睛，在他上三路下三路来回打量。没办法，谁叫他身材好，跟模特似的。结果陆叙估计觉得我在看他，于是也回过头来看我。我有点不好意思，于是先发制人，我说你以后能不能穿上衣服再出来溜达？他盯着我，纯情的大眼睛眨了眨，半晌说，看吧，我不收你钱。我正想从沙发上腾空而起，门铃响了，我大手一挥，去开门。陆叙就拿着漱口的杯子开门去了，门一打开，火柴笑脸如花地飘了进来。看到没穿衣服的陆叙，她一下子没反应过来，蒙了，我也蒙了，陆叙也站那儿没反应跟化石似的。我突然才想起我怎么能让陆叙去开门呢！靠！

我酝酿了一下，正想解释，结果火柴对我劈头一顿痛骂，她说，林岚你大爷的，你要叫小白脸也不找我，我是干这行的啊，什么男的给你弄不来啊，我手下的那些小弟弟比他帅的比他结实的多得跟兵马俑似的，你说你守着姐姐我这个巨大的仓库你还到外面找鸭子，你姐姐我容易吗，我跋山涉水来到上海，我兢兢业业，我永垂不朽……

我一听她这么说一口水差点儿从气管里咽下去。倒不是她

误会我招鸭，而是我听到她说成语我缺氧，中国多么伟大的文化就这么被糟蹋了，还永垂不朽呢，我靠！

“姐姐，火柴姐你消停一下，你停一下，”我想插话，可是火柴说话真够快的，机关枪，我急了，嗓门一吼，“火柴你大爷，你丫嘴给我闭了！”

整个世界清净了，我真不容易。

我看火柴那样我也不想和她解释什么了，她这个人比较敬业,看见什么情况都首先用她的专业眼光去分析。我拉着她就出门了,临出门前火柴还冲着陆叙发话问他是哪个姐们儿手下的。

我把火柴塞上了车，然后自己也坐了进去。等火柴把车发动了，我说，你怎么满脑子都是黄色思想，我们是纯洁的男女关系。

火柴挺轻蔑地看了看我，说，都男女关系了，还纯洁，我操。

我听了有半晌说不出话来，然后我心里只有一个想法，火柴哪儿像文盲啊，我真怀疑她是中文研究生毕业的。

上午大半天火柴带着我把上海高级的消费地方挨个逛了个遍，从美美，伊势丹，到恒龙，梅陇镇，甚至一般小资不敢去的东方商厦都把我领进去了。当我们在梅陇镇逛的时候火柴问我，她说，这梅陇镇本来是消费者的天堂，可是小资和中产们都渐渐来得少了，你知道为什么吗？我说不知道。火柴说，因为这里老打折。我听了一口血含在嘴里不敢喷。其实我一直都比较怕逛这种地方，以前在北京的时候逛燕莎，虽然也经常血洗商城，但是那毕竟是用父母的钱，而且好不容易买个东西回去都不敢多看，肉疼。像上次我一冲动买了个玻璃水果盘子，七百多块，我妈差点儿杀了我。我拿在手上都觉得抽筋，当时是怎么想到要买的呢？还有经常香奈尔的一套衣服，买回去几乎没怎么穿，大部分时间我都穿着牛仔裤大T恤在北京城里展示我热情洋溢的笑脸，跟一乡下小妹儿一样。所以今天我是打定了主意不花钱，免得再肉疼。我要把握和男人看美女一样的心态，美女可以随便看，但是没听说过看了个美女就要娶回去生孩子的。

不过火柴显然和我思想不是一个档次上的。估计在上海这大半年纸醉金迷的生活已经彻底把她培养成了一个超级小资。我看她买一套护肤品需要动用信用卡我就觉得心寒，因为我知道一般她钱包里都有两千左右的现金的。这个社会主义的败类。

走在路上我一边看美女一边数落火柴不知道节俭，如同当年我妈说我一样。我说得很起劲的时候，我们正在路过一个天桥，天桥上有个乞丐正在落魄地看着我。突然火柴的手机响了，可是她不听，我提醒她电话响了，她却挺平静地指着那个乞丐对我说，是他的手机，我的手机没40和弦。我当时一听血压就上去了，40和弦?！我的手机还没和弦呢！这什么社会啊，要饭的都这么有钱。火柴看我的样子，然后继续对我说，林岚你不知道吧，上海这样的乞丐多了去了。上次我路过一乞丐，正好兜里有一块硬币，坐地铁剩下的，于是我咣当砸丫小饭盆儿里，结果丫看了看我，说了句，算了吧，你也很困难。我操。不光上海，我成都的姐们儿告诉我成都的乞丐更牛B，都是打车去天桥要饭的，牛B吧?

我听了什么都不想说，只是暗下决心一定要去换一个手机。

吃过饭我和火柴坐在星巴克里喝咖啡，窗外阳光明媚，窗内冷气十足，我觉得这样的生活真的让人舒服，比起在北京眼泪纵横的日子，我觉得这样的平淡是幸福。我这样对火柴表达了我内心的想法。可是火柴冷笑了两下对我说，你他妈装孙子不是不可以，不过自个儿的心可是自个儿疼。我听了这句话突然觉得心像被一个人的手狠狠地捏了一下，不是很疼，但特别沉重，这让我难受。因为我突然想起以前，在第一次知道姚姗姗是顾小北女朋友的那天，闻婧在洗手间也是这么对我说的。我突然觉得自己像是坐在北京八月流火的夏天，坐在强烈到可以弄瞎人眼睛的光线下，那些以前的事情全部曝光。我觉得有点儿像我小时候喜欢的漫画《三叶草》，那个时候我就指着黑白对比强烈的画面对闻婧说，你看这种感觉，像不像所有的事情都曝光在烈日下面？说那句话的时候我觉得自己真有文学细胞，可以去做作家了。那个时候我和闻婧还都是扎着马尾巴的小丫头片子，穿着白色的小裙子在学校里横冲直撞耀武扬威。可是几年后的今天，我居然真的成了个作家，成了个有点起色的广告人，也已经从祖国的北部跋涉到了繁华的南方，沧山泱水四季春秋，可是我都差不多找不到以前生命里的那群人了，那些人的面容都有点儿模糊，除了我眼前的火柴。我不由得有点儿伤感。

火柴和闻婧一样，都很会看我的脸色。火柴说，怎么着大小姐，又伤感了？你别一伤感跟这儿开始念诗就成，我就怕听书面词儿。

我知道火柴在故意逗我，我也跟她贫，我说你别用成语就成，我一听你念成语就想自我了断了。

火柴在我脑门上拍了一巴掌，我突然有点儿小感动，感动自己的这些朋友这么多年了还是在我的身边，跟我们当初的时候一样，一点都不生分，还是这么瓷实。以前我都听人说，初中和高中的朋友是最真的，可是还是会随着时光而变得疏远。我突然觉得上苍对我还是比较温柔。

哎，跟我讲讲你和小北的事儿，你上次也没怎么讲清楚。

火柴搅拌着咖啡上的奶油，开始盘问我。

于是我跟她讲了这一段时间来我混乱的生活，讲白松对我的表白，讲顾小北和我的分手，讲那个碉堡如何用白酒灌我和闻婧，讲微微生活的辛酸和风光，讲闻婧的男朋友是如何爱上了我，讲闻婧怎么给了我一小巴掌碉堡怎么给了我一大巴掌。我讲完后突然发现，那些曾经我以为完全忘记的东西，其实那么深刻地刻在我的生命里，我沉溺在生活中，沉溺在工作中，用最好的演技扮演着坚强的新女性，可是只有自己知道，我还是那个软弱的、爱哭的大四的小女孩。

我本来以为火柴会像微微闻婧她们一样听完我的故事就大骂姚姗姗然后安慰我，可是火柴没有，她一句话都没说，我也不再说话，两个人悄悄地喝着咖啡，我看着咖啡上的奶油觉得它们化得真难看，像眼泪弄脏的化妆的脸。

沉默了很久，火柴说了一句话，她说，生活根本不能和小说电影比，生活比它们复杂多了。

从咖啡厅出来我和火柴都没怎么说话，可能是刚刚的谈话太过于沉重，或者傍晚的气氛太过于宁静，我走在上海干净的街道上看着夕阳涂满了大街,觉得像奶油涂在面包上,特温馨。

当我和火柴溜达到百盛门口的时候，我突然看到百盛门口站了个我熟悉的人，姚姗姗！我当时感觉特不真实，好像我一回忆完那些人然后那些人就出现了一样。当时我愣在路边，火柴踢我，她说你丫中邪了？我摇摇头，特平静地说，我看见姚姗姗了。火柴也挺吃惊的，她顺着我的目光望过去，我说，穿白衣服那个。

结果火柴立马开始叫，她说，不会吧，不是说是一鼠王长得特妖孽吗，怎么感觉跟蛤蟆似的？你看那一口牙，我操，里三层外三层，收割机啊！

我一听有点蒙，再怎么说姚姗姗也是挺漂亮的呀，怎么成一蛤蟆了？

我顺着火柴望过去，原来她以为我说的是门口穿着白制服宣传产品那个女的。

不过正当我要指给火柴看的时候，我发现连我自己都找不到姚姗姗了，我甚至怀疑自己出现了幻觉。

回到家的时候已经九点多了，我打开门，然后差点儿直接摔进去，我看见陆叙和陈伯伯两个人坐在沙发上，彼此都很端庄，跟国家元首见面一样。怕什么来什么，怕什么来什么，真是怕什么来什么啊！！我当时的感觉是万念俱灰，脑海里立马浮现出我妈从北京冲到上海来掐我的场景，吓得我直哆嗦。我什么都不奢望了，我只奢望陆叙开门接待陈伯伯的时候穿着衣服，我就阿弥陀佛了。

不过我马上镇定了，我发现我这人和火柴那种人有本质的区别，就是我比较镇定，善于用马克思列宁主义分析问题，我在想只要我不承认我和陆叙是同居，陈伯伯绝对拿我没办法，陆叙再笨也不会去承认我和他是同居关系。想到这里我镇定了。走过去一张脸笑得跟花似的。

陈伯伯，来怎么不告诉我一声啊，你看我都不在家里。哥，还不给陈伯伯倒杯水来。

我看了看陆叙的表情，他正喝水，一口水含在嘴里都咽不下去，表情跟吞了只苍蝇似的。我也不管了，我要先解除警报再说，我也不管恶心了，一口一个哥叫得特欢畅。

我说陈伯伯，还没给您介绍呢，这是我表哥，他刚从北京过来看我，我妈老不放心我，就叫我哥过来看看，您说我多大岁数人了，还不放心，我妈那人，真是，哈哈哈哈哈……

我觉得我笑得都快抽筋了，不过没办法，我还是得跟那儿装大头蒜。

我看陈伯伯脸色没刚才那么严肃了，笑眯眯地问我，是吗？呵呵。那是你妈担心你,怕你在上海不听话。我也先走了。

送走了陈伯伯，我心里长长地舒了口气，关上门我对陆叙说,不是叫你别开门的吗？今天幸好我聪明,不然我肯定歇菜了。

陆叙望着我，表情挺同情我的，他说，林岚我告诉你一件事情，说了你可不要哭。

我有点儿摸不着头脑，我说你说吧，我坚强着呢。

陆叙说，你没看出陈伯伯表情有点儿不对吗？

经过他一提醒我也觉得好像陈伯伯脸色不是很正常，刚才也没注意。不过我觉得我的话没什么漏洞啊。我问陆叙，怎么回事？

陆叙说，你的这个陈伯伯是我最近一个月都在合作的客户，今天来找我谈生意，我以为他不认识你，就直接叫他来这儿了，结果他告诉我这是他的房子……刚你进来，我本来想告诉你的，不过你动作实在太快了，一进来就叫我哥，还硬要说我是刚从北京来的。

我听了陆叙的话都想哭，我怎么这么背啊。

我想，这下肯定死了，我妈估计得从北京追来把我领回去，思想教育是免不了了。我估计还有经济上的压力。至少三个月不给我银子花。

我挥挥手,挺悲壮的,我说算了,我去睡觉了,反正也是死。

我正上楼，陆叙在楼下叫我，他说，我还想跟你说件事情，说了你也不要哭。

我心里想今天是不是见鬼了，你到底要说多少事情，还要不要我活啊。不过我想估计没比这事儿更悲壮的了，于是我就说你说吧，反正都死，再鞭一下尸我也无所谓了。

于是陆叙就说了，我听了差点从楼梯上滚下来，说实话我倒真希望我滚下来，最好能把我摔歇菜了，直接摔医院去，清净！人要倒霉了喝凉水都塞牙，穿道袍都撞鬼！

陆叙说的是，今天我接了个电话，是闻婧打来的。

我躺在床上翻来覆去地睡不着，脑子里总是出现那天闻婧在我楼下打我一巴掌的场景，想起她说“你从小就喜欢和我抢东西，我哪次都让你，这次我也让你”时心酸的表情。尽管之后闻婧一直跟我说她不喜欢陆叙了，可是我不傻，喜欢一个人不是说不喜欢就不喜欢的。我知道闻婧心里很难过，可是她能说什么呢？但她什么都不说我更难过。

我翻身起来给闻婧打电话。电话通了，我拿着话筒却不知道要说什么，跟做了什么亏心事似的。支吾了半天才说句“喂，是我”。闻婧也没说什么，两个人在电话两边都不说话。过了一会儿，闻婧说，林岚，我知道你要跟我讲什么，没事儿，我和陆叙已经没关系了，真的。我一听就无话可讲了，但一思索，不对呀，我和陆叙又没怎么着，关系依然如同玉龙雪山一样纯洁啊。于是我一嗓子给闻婧叫过去，我说滚你丫的，你想什么呢？闻婧也跟我撒泼，她说，林岚你一离开这小北京就出息了，真前卫，都开始跟男人同居了，你妈知道估计得掐死你。你别忘记了你妈知道你和小北从高中起就谈恋爱的时候你妈那脸，跟水母似的，我看着都心寒……

我打断了闻婧，我知道她一贫起来跟火柴没什么区别。惟一的区别是闻婧不说成语，听上去就如同火柴是个大学生而闻婧是个小鸡头似的，我真觉得这是对中国教育的绝妙讽刺。

我听闻婧似乎没事的样子，于是我也没那么紧张了，我就跟她讲我在上海的生活，讲这一段时间自己是怎么样在这个陌生的城市匍匐前进的。我也对她讲了那天我和火柴在街上看到一对尾戒的事情。那天我和火柴在逛街，突然看到金店里在卖一对白金的尾戒。那个款式和我现在手上戴的一样。我摸着自己的戒指差点儿在街上哭出来。因为顾小北也有一只，这曾经是一对尾戒。我不哭不是因为不难过，而是觉得哭了肯定得弄花我化的妆，本来长得就不好看，一哭就更不得了，怪吓人的，吓着别人我良心也过不去，于是就忍了，像歌里唱的那样，眼泪往肚里流。我记得是在我刚进大一的时候，情人节，顾小北站在我们学校门口，站在冰天雪地里等我。他满脸通红地把戒指拿给我，然后还很慌忙地解释，说这是尾戒，说他没什么企图。说实话我倒真宁愿他有什么企图，比如来句嫁给我啊什么的，那么我就完完全全地把他套牢了，没跑。我拿在小手指上比划了一下，太大，于是直接套无名指上去了。我挺无所谓的，结果我戴好后看顾小北，他都快摔下去了，站不稳，跟缺钙似的。他一张脸红得跟一小番茄一样，我都担心他会不会爆血管。我记得那天他用他白色的长大衣围着我，两只眼睛跟星星似的，在雪地里显得特别明亮，一闪一闪地，特别好看，让我想起我小时候看的那个什么红星闪闪放光彩的电视剧。顾小北看着我特认真地说了句话，他说，要是你能戴一辈子就好了。我当时把头埋在他大衣里，用句特矫情的话来说就是，我当时觉得很幸福。

闻婧听了也挺感慨的，她说，她是看着小北和我一起从血淋淋的开始一直走到了没有告别的结局，这一路看得她都挺感动的，真不知道这世界是什么样子，也许老天特他妈爱玩儿，怎么糟践人怎么玩儿。闻婧问我，你还爱小北吗？我说，爱。

闻婧说，那你爱陆叙吗？我想了想，说，不知道，不过我比较希望他是我哥。闻婧听了没说话。我不知道她在电话那边是什么表情。于是我岔开话题，我说对了，你知道姚姗姗现在在哪儿吗？还跟北京祸害人民还是转移到别的根据地去了？闻婧说，我又不是她姥姥，我哪儿知道啊，你问这个干吗？我压低声音说，我在上海好像看到姚姗姗了！然后我的耳朵就被闻婧那震耳欲聋的叫声摧枯拉朽了，她在电话里跟唱美声似的叫唤，她说妈的她想怎么着啊？你都躲到上海去了怎么还不放过你啊，追杀呢？你丫是不是见鬼了，别逮谁都是姚姗姗啊，那种女人可不多见啊，起码一千年的道行，你一个人碰见她你还是躲吧，不然估计又得挨俩嘴巴。

我挥了挥手，仿佛姚姗姗那张妖媚的脸就在我面前可以挥散一样，我说，算了，别说她了，一说我就心跳，觉得跟撞邪似的。闻婧突然说，对了，我跟你讲，你还记得上次姚姗姗领来跟我们喝酒的那个民工吗？就是她嘴里的那个什么小表哥。我说记得啊，怎么了？她说，丫居然是我爸单位开车的，这下好了，看我不弄死他。我说你给我安分点儿，别仗着你爸就欺负别人，人家辛苦开车容易吗？我随便教育了闻婧几声就把电话挂了。

我走出房间，抬头就看见陆叙。我警惕地问，你干吗？陆叙冲我扬扬手中的杯子，说，喝水。我说，你喝水干吗跑到我房间门口喝啊？他挺不可思议地望着我说，是你把饮水机搁这儿的啊！我指着楼下的饮水机说，楼下有，你干吗跑楼上来喝？陆叙说，姐姐！我从房间出来，难道我喝口水还要跑下楼啊！他看我的眼神明显带着鄙视和不屑，我知道他在像看一个病人一样看我，这让我有点儿郁闷。我指着他一脸肯定的表情说，你肯定是在偷听我和闻婧讲电话，对不对？招了吧，姐姐我还可以……还没说完我就冲回房间把门关上了，因为我看到陆叙一脸愤怒的表情，我想再不跑我今儿肯定跑不掉一顿打。关上门我依然听见陆叙在外面说我疯子。我可以想象他一脸愤怒跟狮子一样的表情，特逗。躺在床上我就在想陆叙这小子偷听我向闻婧表达我对小北的感情，下流。其实我不介意陆叙听到，我更愿意他听到了我说的那声“我挺希望他是我哥的”。睡之前我又想了想陈伯伯是否要举报我。想了想后觉得陈伯伯跟我妈比较瓷实，肯定不会袒护我，于是我心里也横了，我说反正就这样了，我妈也挺喜欢陆叙的，有事我把陆叙推出去顶着，我先跑。这小算盘打得挺好的，我妈哪儿是我对手啊，我的脑袋那肯定奔4，我妈那一副脑筋，从小就不是我的对手，撑死也就一计算器。于是我特安稳地睡了，估计梦里笑容也挺甜蜜。

诗人总是说时光飞逝，日月如梭，有时候想想挺对的。当我想到要计算一下日子的时候我突然发现我都快来上海半年了，周围都开始洋溢着圣诞节的气氛。上海比北京西化，当我穿行在满街的 Merry Christmas 中时我就在想我圣诞节的时候一定也要弄一个尖顶的小红帽来戴戴，我幻想着自己能像十六岁的时候一样梳着纯情的小辫子抱着个狗熊耀武扬威地走在冰天雪地里。

平安夜那天晚上我的公司比较变态，加班，我听见一层楼的人都在嚎叫，不清楚的人肯定以为屠宰场搬写字楼里来了，新鲜！因为这家公司是外资的，所以那些洋鬼子们比我更痛苦。我这人比较善于安慰自己，我一旦看到比我痛苦的人我就挺乐的，什么都能承受。晚饭的时候我接到火柴的电话，叫我晚上去她一姐们儿开的歌舞厅，我一听就哆嗦，我怕又遇见上次的那种上吨位的大叔管我叫姐姐，这大过年的，多刺激人啊，我还是歇了吧。于是我告诉火柴说我不去。火柴问我有没有安排，我说还没呢，我想说要不去海边看日出吧，我刚表达了一下我的意思,火柴咣当就把电话挂了。她肯定以为我疯了。

下班的时候已经晚上七点多了，我刚收拾好东西准备出发，看见陆叙站在我的工作间前面。他问我，你想去哪儿啊？我说不知道呢，我打算去看日出，去海边吹吹新一年的风。我说完之后做了个防御姿势，我怕他和火柴有一样的反应，而且他比火柴激烈，是要动手的主儿。结果陆叙低下头对牢我的眼睛，想了想，说，好吧，我也去。先去吃饭吧。

晚上陆叙请我去吃日本料理，说实话我对日本菜有点儿扛不住，我就对那个豆腐比较感兴趣，吃上去跟果冻似的。我吃相不大雅观，不过陆叙挺有风度和气质的，我看着他吃饭都觉得是种享受，跟看表演一样。于是我问他，我说陆叙，从北京到上海来你习惯吗？问完之后我有点后悔，其实我一直怕面对我和他之间的关系，我像个鸵鸟一样一直把脑袋埋土里，心里想着爱谁谁，反正我装不知道。陆叙喝了口清酒，看着那个酒杯，对我说，林岚你知道我为什么要到上海来吗？我一听就哆嗦，心里想这下撞枪口上了。我埋头吃豆腐，没敢接他的话。陆叙说，其实我就觉得你像个孩子，永远不知道怎么让自己幸福，别看你平时一副小坦克的模样，其实我知道你内心一直都挺怕的，你很用力地在生活，用力地抓住你的朋友、父母、爱人，你才觉得自己并不孤独。我觉得你一个人到上海肯定得哭，所以我就来了。做不成你男朋友，站在旁边也蛮好。

我猛点头，跟小学时听老师念课文时一个表情。我说是呀，不做男朋友多好啊，我真希望你是我亲哥。

我说完之后看了看陆叙，我看到他对我笑，笑容挺好看的，可是眼睛里全是飘洋过海的忧伤，很深沉，像我在峨眉金顶看过的那些散也散不开的雾。我看着心里觉得挺难受的。

吃完饭出来的时候已经九点多了，上海的晚上很冷，但是我从小是在北京长大的，在北京零下十几度的天气里我依然在雪地里撒丫子飞奔，何况是在上海。我和陆叙裹着长风衣围着长长的围巾站在路边上，车子一辆接一辆地呼啸着从我们身边穿过去。当一辆莲花开过去的时候，我撞了撞陆叙的胳膊，我说，那，你最喜欢的车子。陆叙点点头，他说，我以后也买一辆莲花最好的跑车，载着你把上海北京给兜完了，然后你想去哪儿我就载你去。他说话的时候口中一大团一大团的白汽弥漫在空气里，他哈哈大笑的时候更是如此。我看他笑得挺豪迈的，也没考虑可行性，我不是说他买不起莲花车子，毕竟莲花不是劳斯莱斯，我是觉得他肯定把我当一旅行箱了，想带哪儿就带哪儿，我怎么琢磨着我是个人来着？不过我看着陆叙的笑容觉得挺幸福的，嘿，像我哥。我就记得自己曾经无数次地跟我妈讲，我说妈您也不是老太太，再和我爸努把力，帮我生个哥吧。我记得我说的时候我妈在看电视，她特狠心，直接拿遥控器砸我，结果啪一声遥控器爆掉了，电池也弹出来了，当时我惊呆了，我妈也吓傻了，我妈愣了一下然后说了句让我想大义灭亲的话，她说，哎呀，你什么脑袋啊，快把电池拣起来装上，我看看坏了没？我当时真想掐她，这一什么老太太啊，起码关心下你女儿的头啊，二十多年前您老肚子里溜达出来的可不是一遥控器啊！

不知道什么时候开始下雪了，当我发现的时候雪已经很大了。我突然想起白毛女，那个时候她脑子里就是北风那个吹啊雪花那个飘，要债的来了。转眼中国已经变得这么繁华，我走在上海的夜空下不由得有点儿感慨。这点儿我像我爸，他就老感叹中国发展迅速。我记得我爸说过的最有意思的一句话就是他吃饭时看着一桌的飞禽走兽时说的，他说，我怎么觉着中国像个暴发户啊。

我和陆叙顶着大雪面无表情地走在路上，身边的那些情侣和不是情侣的人在怪叫，我开始还有点蒙，后来明白过来了，这是在南方啊，下雪跟地震似的一样稀罕。不过在平安夜下雪的确挺有气氛的，我看着黑色夜空上的雪花心里也觉得很快活。我和陆叙坐在人民广场的喷泉边上就听到我旁边一女的在感叹，跟念诗似的，吊在她男朋友脖子上，跟个狒狒似的晃来晃去，一边口里跟机关枪似的念念有词，她说，哎呀，雪啊，下雪啦！这真是下雪了吗？这下的是真雪吗？这雪是真的吗？我靠，我有点儿缺氧，丫真该去当一作家，我歇了吧我。

我和陆叙坐在喷泉边上，彼此都没说话，喷泉还没开始喷水，有很多穿着时尚的小孩子在里面跳舞。周围的高楼全都开着明亮的灯，以前总是有人形容上海是个光怪陆离的城市，看来蛮有道理的。我就觉得自己像是生活在一列高速奔跑的火车里，满眼的色泽满耳的呼啸，我突然想起林忆莲唱的“我坐在这里看时间流过”。我碰碰陆叙，我说你说点儿什么吧。陆叙转过头来望我，他问，你想我说什么。我捧着手哈气，我说随便，你别跟那个女的一样弄排比句出来就成。陆叙哈哈地笑，牙齿蛮好看的。我发现一般男孩子的牙齿都比较好看，比如顾小北，比如白松，估计男孩子小时候没我们那么爱吃糖。他望着我说，你不是要去看日出吗？去不去？

我挥挥手，我说我也就随便说说，这么晚了你打辆车给我看看，这不是去徐家汇，这是去海边！哪个司机敢去啊，谁不怕有命去没命回来啊，看你一脸奸相不是汉奸就是土匪的，谁肯载你去啊，借他仨胆儿，试试。有人敢去我管你叫大爷。

陆叙问，你认识的人谁有车的，借来开开总可以吧。你的那个陈伯伯呢？

我一听他说陈伯伯我就脚软，我现在是求神拜佛巴不得他和陈伯伯从此不要再遇见，问陈伯伯借车让咱俩去海边，得了，别添乱了。我还想多活几年呢。

说完之后我突然想起火柴，她那辆小跑可以借我开开呀。我一有这想法就比较兴奋，拿起电话就打。电话响了很多声才接起来，我从电话里就听到一帮子人乌烟瘴气的声音，我握手机的手都有点儿麻。我问火柴在哪儿，火柴说在一盘丝洞里，小妖精多着呢。我一听这修辞倒挺新鲜的。我说我要借车，开去海边玩儿。火柴在那边挺惊讶，她说妹妹不带你这么玩儿的吧，去海边？你以为上海的海边是夏威夷啊？你以为可以看到海上生明月天涯共此时啊？你以为……我赶紧打住了火柴的话，她一贫起来就没完没了，还净是书面语，头疼。我说你借是不借啊？火柴没答我，我听那动静像是在跟周围的一些人说些什么。过了会儿，火柴说，这样吧，我也跟你去，妈的这帮人没劲，还不如和你去跳海，你等会儿，我研究下线路，等下我过来接你们。说完就把电话挂了，我想纠正她我是去看海不是去跳海，都没逮着机会。要跳海我也穿个小泳衣去呀。

挂了电话我对陆叙说，搞定了。陆叙“嗯”了一声点了点头，挺平静的。

火柴开车过来接我们的时候已经是十点多了，她看见陆叙和我一起，眼神就在我上三路下三路来回打量，表情真下流。人干一行久了都得有职业病，真理！

车朝浦东开过去，我问火柴，我说你认识路吗？别把一车人拉什么荒郊野岭的地儿被土著杀了。

火柴回过头来，特鄙视的目光看着我，她说，人都说胸大无脑,你丫胸也不大啊,智商怎么那么低啊,这上海有土著吗?

一句话噎得我跟吃了三个煮鸡蛋没捞着水喝一样，堵死我了。我回过头去看陆叙，他一张脸有点红，肯定在顺着火柴的话联想，一样下流!

车一路开过去，高楼大厦越来越少，我看到越来越多起伏的黑色的小山丘，我心里有点儿慌，我说火柴，你别开错地儿了，你把地图给我我翻翻，确定下大方向也好呀。火柴说，没问题，有我在要什么地图啊，我就是一活地图!我心里就在嘀咕，我靠，你还活地图呢，我是宁愿相信你是活雷锋都不愿相信你是活地图。以前在学校的时候火柴连教室都跑错，经常一猛子扎进一教室坐下来，在别人座位上鼓捣了半天，末了还瞅着旁边的人说“你丫坐错地儿了吧”。

车终于开到不能前进的地方了，道路前面乱石嶙峋，周围都是一些平房，有着一些昏黄的灯火。周围人都不能见一个，我感觉有点儿像聊斋。不过耳边还是传来一阵一阵海浪的声音。从这一点来说，这大方向应该是对了的。火柴挺得意的，靠在她的宝马小跑上，冲我飞了个媚眼，然后说了句：活地图，真是活地图。我感觉跟在拍那个啥好啥啥就好的广告似的。陆叙倒是挺乐的，他说，火柴你可以来拍广告了，人又漂亮又会摆POSE，不像某人只能做幕后，你天生就是台前的料。我听了有点儿胸闷，陆叙总是这么说话挤兑我，但你只能自个儿在心里琢磨，还不好发作，一发作他准得说你自个儿对号入座闹的，跟他没关系。

火柴听了挺来劲的，她说，真的？那我可要试试了，以后做生意更牛B,加个头衔广告明星,那钱来得不跟自来水儿似的。

我说得了吧你们两个，改天接着畅想未来，你们先把海边给找着了。我刚说完就看见远处路灯下走来一老太太，挺高兴的，终于见了个人，于是我蹿上去，仰起我纯真的小脸叫了声“阿姨”。老太太本来走得挺缓慢的，一听我叫了声阿姨，仿佛恢复青春一般撒丫子就跑，我眼前一花就没人了，我怀疑她是搞田径的，琼斯。我有点儿茫然，火柴特牛B地纠正我，她说，这你就不对了，这年头，你要叫姐姐。刚说完，又来一老头儿。火柴自告奋勇地说，这次让我来。我刚看到她花枝乱颤地走过去特清脆地叫了声哥哥，那男的也撒丫子跑了。我心里特舒坦，叫你牛B，这下玩儿现了吧，该。

陆叙走过来说，算了吧，咱自己找，世上本没有路，走的人多了，也便有了路。

我说得了吧，人多？这儿就咱仨！

世上本没有路，走的人多了，也便有了路。鲁迅叔叔不愧是大师。当我站在海边，看到黑色的海浪汹涌而来又滚滚而去，我在风里一瞬间觉得伤感。其实我一直都不太喜欢那种小资情调，我觉得矫情，我喜欢看到人们在阳光下真诚的笑脸，听到人们在被窝里哇哇的哭声，我喜欢在网上溜来溜去地看笑话，发水帖，砸板砖，我不喜欢看那些宝贝们书写的星巴克咖啡新天地外滩还有所有或地老天荒或烟火摇曳的爱情，我喜欢真实，我觉得每个人的感情都很真实，可是还是有太多傻子要沉浸在别人虚构的故事里，假惺惺地流着眼泪说我胃疼。你胃疼买四大叔啊，跟这儿装什么林妹妹啊。我也曾经看书看电影哭过，可是那都是触景生情，在别人的轨迹里看到自己曾经那么认真那么虔诚可是却无比悲凉的足迹，想到自己一路这么千山万水地跋涉过来，我就想哭。我记得以前王菲出《寓言》专

辑的时候我就特喜欢听那首《新房客》，每次我听见她梦呓一样地唱出“我看到过一场海啸，没看过你的微笑”时我就特难过。那个时候我还和顾小北在一起，我向他表达我听这首歌时的惆怅。那时候我还比较矫情，远没有现在这么洒脱这么现实这么庸俗，我满脑子还是风花雪月的事情。所以我挺爱装伤感的。可是顾小北总是纵容我，我曾经怀疑丫是铁了心把我的脾气往坏里死命地惯，好让以后都没男的可以忍受我，那么他就把我吃定了。那个时候顾小北说，没关系，我天天笑给你看，其实我笑起来蛮好看的，我牙齿比你好看。我知道他不经常笑的，他不和我在一起的时候对谁都是一脸很平静的表情。所以我看到他露出牙齿对我笑我觉得特窝心。

火柴站在我旁边也没有说话，我就看到风把她的头发吹得群魔乱舞。她突然问我，她说，林岚，啥感觉？

我想了想，挺认真地说，忧愁。

我想起以前中学的时候看过一篇文章，就是讲人站在海边的时候特别容易感怀，容易想起以前的事情。我想起自己的高中自己的大一大二，那个时候自己真的是一个忒不知足的女的，呼风唤雨的还整天闹忧伤。我问火柴，我说你觉得我现在世俗吗？

火柴叹了口气，我在她叹气的一瞬间觉得火柴变了个人。以前我一直觉得她没心没肺的，生活在纸醉金迷的世界里，穿行在各种不同的妖精洞穴，嬉皮笑脸地看着男人们下流的欲望，可是这一瞬间我觉得火柴也挺忧愁。是的，忧愁。

火柴说，每个人都会变得世俗，这没法子改变，那些不愿意接受社会改造重新做人的所谓的理想小青年们就是你现在看到的苏州河边仓库里那些所谓的艺术家们，看上去挺牛B的，一开口就跟你谈弗洛伊德问你是不是想杀了你爸娶你妈杀了你妈嫁你爸的那些小傻B，其实还不是一样被蹂躏也不能反抗？我接待过无数的这样的小青年，丫们找小姐，装得挺清高的，跟你谈理想谈人生谈油画里那些裸体的女人一点都勾不起他们的欲望，其实丫们只是因为没钱。我一小姐们儿接过一小愤青，搞行为艺术的，丫做完之后就讲了一大堆人生啊什么的屁话，结果末了我姐们儿听不下去了，说你丫没病吧，上什么课啊，给钱了我好走。那小青年说，咱们就没感情吗？你就不欣赏我吗？还问我要钱？这多没劲啊！然后又开始讲。我姐们儿就走了，没要他钱，走的时候说了句“我他妈终于知道自己不是这个社会上最可怜的人了”。说得多好啊，说得我当时听了心里想哭。

我侧过头去，黑夜中我看不清楚火柴的脸，我从来没听过火柴这么严肃地讲话，所以一瞬间我也蒙了。

那天晚上我们仨就一直坐在海边的礁石上聊着漫无边际的闲话吹着翻山过海的牛。我本来想象的海边应该是有柔软的白沙，有飞鸟，有仓皇的黑色云朵，有月光下粼粼的海面。可是这儿只有黑色的礁石黑色的天空黑色的大海，像一个最深沉最诡异的梦魇。我累了就靠在陆叙肩膀上睡，陆叙把他的衣服脱下来披在我身上，我睡醒了就继续和他们聊天，累了又睡。到后来我都分不清楚自己什么时候醒着什么时候是在梦里，我记得那天我有幻觉，觉得黑色的天空上一直有飞花飘落下来，粉红的，粉白的，无边无际。梦中陆叙似乎一直在我旁边说话，我很努力地想听清楚，可是却总是听不明白，所以我一直摇头摇头，然后我恍惚地看到陆叙一张脸，特别忧伤。

从海边回来我就觉得头特别痛，比上次撞微微车挡风玻璃上都痛，跟要裂开似的。我估计我海风吹多了，感冒。我摸了下自己的头，也不知道烫不烫，觉得手跟脑袋一个温度，估计问题不大。早上陆叙敲我的门，他说再不起来就迟到，扣我钱！我有气无力地说我病了，不过我还是会去上班的。陆叙在外面听到我生病，语气变得比较温柔，他说，你没事吧？我说，没什么，就有点头痛，你先去吧，我等下马上就来。也许是我说话的口气太轻松了，陆叙真以为我没什么，我听到他冬冬冬地下楼去了。

我挣扎起来，随便收拾了一下就出门了。我穿得特别厚，弄了两件保暖内衣外面还穿了件羊毛衫最外面我还套了件特臃肿的羽绒服，我琢磨着去南极都成了，这小上海肯定没问题。我走在街上觉得太阳很猛，有点儿像夏天，我全身都在冒汗，我觉得头顶似乎有白气在向上冲，感觉我有点像个特大号的行动电水壶，呜呜地冒着热气在大街上横冲直撞。我记得我妈小时候每次我发烧的时候就用两床特厚实的棉被把我裹起来，跟个粽子似的，她说出身汗就好。所以我现在挺笃定的。不过周围的人的眼光看我很奇怪，特别是那些穿短裙子的小姑娘，估计没看过电水壶跟大街上溜达。我突然想起以前看杂志看到他们写各个城市的人的穿着，说在广州人勤于煲汤，懒得打扮，拖拉、宽大、累赘的日韩服饰在那儿特别有市场，因为丑得完全不用费脑子。上海女孩子却有在零下三度穿裙子的勇气，而且不穿袜子，牺牲自己取悦他人，可歌可泣。

我到公司的时候刚好没迟到，所以我带着一种很了不起的目光去和陆叙打招呼说早上好。陆叙什么都没说，对我竖了下大拇指，然后就进办公室了。

我泡了杯咖啡开始看今天的文件，不过头还是疼，还是觉得全身冒蒸汽跟洗桑拿似的。中途我去拿文件给陆叙的时候就觉得天旋地转，脚跟踩在棉花上似的使不上劲儿。我刚走到陆叙办公桌前面，就觉得眼前一黑，陆叙那张脸在我面前晃了一下就没了，我一歪人就栽下去了，头重重地撞在办公桌的边缘上，我靠，那桌子可是大理石的啊！我一撞被撞清醒了，脑袋上那个包让我想哭。陆叙有点儿慌，起身撞开椅子过来搀扶我，他摸了摸我的额头，手一碰就缩了回去，还整了一句特没人性的话，他说，你脑袋怎么跟热水袋似的啊，忒烫了吧！我这才明白自己在发烧。陆叙说，不行，我得送你回去。我听了说，这怎么行，工作那么多呀。陆叙说，你装什么装啊，再工作你就得到泥巴里去了。我说这可不行，不工作没钱吃饭。陆叙说，你省省吧，你会没钱？再说我又不扣你工资，让你带薪养病好了。我一听，心里就舒坦了，我就是要达到这个目的。我虽然生着病，但头脑还是够的，我妈说我从小没大智慧，小聪明特多。

我走出办公室的时候突然想起今天好像要接待从北京来的一个平面模特，这个模特是要为我拍一套平面广告的，总不能让人家来了以后找不到人吧。我把这事情跟陆叙说了，陆叙说你别操心了，你的事情我帮你接。

我躺在床上，口里叼着温度计，眼睛盯着天花板，感觉自己特傻。陆叙把我从医院领回来之后给我倒好了水，在我床边放了盘水果，然后特温柔地摸了摸我的额头之后就去上班了。上了班的人始终不一样，我回想起以前自己在学校生病的时候顾小北总是寸步不离地守着我，人家说久病床前无孝子，可是久病床前多情人呀。以前我总是想着什么时候感情淡薄了我就闹场病，横了身子把自个儿扔床上跟小北每天大眼瞪小眼，柔情蜜意。可是一晃神儿我就自个儿呆在上海的一栋小别墅里僵卧孤村徒自哀了。真是点儿背。

我在家一直昏睡，也不敢打电话告诉我妈我生病的事儿，不然我妈肯定飞上海来收拾我，本来她就退休在家，特悠闲，而且一直想管我，她巴不得我永远是那个在她胳肢窝底下长不大的疯丫头，闯了天大的祸她都冲出去替我扛了，然后回家再跟我掐。其实有时候我特崇拜我妈，她才是一真正的坦克！

不知道我睡到了什么时候，反正醒来窗户外面都已经黑了。我挣扎着起来，发现头还是昏，还是走不稳。我坐在楼梯上硬是不敢往下走，我琢磨着一不留神肯定得栽下去，要真栽了那就指不定能不能捞起来一副全尸了。于是我坐在楼梯最上面一级，坐在那儿等陆叙回来。

不知道从什么时候下起了雨，所以陆叙回来的时候我看到他全身都湿了，头发一缕一缕的，吧嗒吧嗒往下滴水，我从楼梯上伸出手指着他，我说别动！他刚想迈步，停了下来，望着我，挺迷惑的。我说别进来，满屋都是水。陆叙又跟咆哮的狮子似的冲我吼，他说，你是一什么女的啊，我冒雨出去给你买吃的东西，还嫌我弄脏屋子啊？弄湿了又不要你来拖地！我摊摊手，我说是你自己没打伞的习惯，这不怪我。陆叙这人和我一样，下雨，下再大的雨也不打伞。

他抬头望了望我，一副不和我计较的表情。他说我帮你买了瘦肉和蛋，我帮你熬粥。然后我就听到他在厨房里叮叮当当的。

陆叙弄了一会儿，就走上来，在我旁边坐下来，我闻到他头发上一股雨水的味道，很清新，我一直都不讨厌下雨，我觉得雨后的世界特别干净。我撞撞他，我说要不你先去洗澡吧，别像我一样感冒了。他斜眼看我，笑得挺奸的，说，看不出你还挺关心我的嘿。我说得了吧，我只不过是怕你也病了没人照顾我，我讲好听点儿，险恶的用心都要用美好的事物来包裹，明白吗？陆叙又摆出那副不和我计较的表情，他说，你这个人，无论什么情况下都要装得挺牛的。我也很得意，我双手交叉在胸前，有点儿国家领导的气质，我说，你不得不承认，我绝大部分时候的确挺牛的。陆叙听了只是笑，不说话。

我突然想起今天我撂下的工作，于是我问陆叙，我说今天那从北京来拍广告的模特到了吗？你有没有好好接待人家啊，毕竟咱是老乡啊。陆叙说，你就别操心了，有我在什么事情都不会出乱子。陆叙说，对了，你是怎么认识这模特的？我说，其实我也不认识，是广告的商家指定的，我估计里面多少都有猫腻。你是不知道啊，现在北京，有无数的这样年轻漂亮要身材有身材要脸蛋有脸蛋的女孩子正等着这样的机会进入影视圈，拍广告，先混个脸儿熟，一步一步来。只要认识哪家大老板，不用费什么劲随便勾兑一下，事儿就成了。陆叙说，那女孩子的确挺漂亮的，身材也好。而且和你是同行，也是学广告的。今天我在跟她讲平面创意的时候她也挺专业的，提了很多很好的意见，我在你的方案上做了一些小修改，晚上给你看看。我说不用了，你决定就成，反正你是我上司，你的能力我更没话讲。我头疼，不想看这些东西。陆叙说，那就好。不过那女孩子真挺好的，这年头有能力又漂亮的女孩子不多了。说完拿眼斜我。他每次都来这套，我偏不动气，我笃定。我也拿话噎他，我说是啊，这年头这种女的就是招人喜欢，别说那些大老板挡不住，就是年轻的杰出青年那也没辙，就算是以前对别人说过什么我不爱别人我只爱你的那种男人，一样在她面前歇菜，说完我还拿眼瞟了陆叙一眼补了句，你说是吧？

陆叙不说话，一脸要愤怒又不好发作的样子。我心里想这样的话我也会说，你自个儿琢磨去吧，憋死你。

厨房里计时器响了，粥好了，我装没事人儿似的站起来踢踢陆叙，我说扶我下去吧，我饿了。陆叙站起来，恶狠狠地说

林岚你真是一妖精。天地良心，我妈作证，我确实是个人。

陆叙扶着我刚走一步，他马上说了句让我站不稳的话，他说，那女孩子跟你一个学校的，好像和你同一届，你应该认识吧，好像叫姚姗姗来着。她是不是你朋友啊？我怎么觉得好像我见过她，但我忘记在哪儿见过她了。

我当时腿一软差点儿就滚下去见马克思了，我说我靠怎么是那女的啊？

陆叙拿眼横我，林岚你怎么说话呢，人家又没开罪你。

我要能蹦我早蹦起来了，我冲着陆叙吼，你们这些男的一个模样，见了漂亮女的除了流口水你们一个个北都找不着，被卖了还跟那儿大着舌头吧嗒吧嗒帮人数钱呢。我靠！

陆叙也火了，他说，林岚你怎么跟狗似的逮谁咬谁啊！说完把手一甩，结果就是这么一甩我就顺势滚下去了，十五级台阶，我撞了五下，我特清楚，我摔在地上动都动不了，眼前全是流星。我挣扎起来，没哭没叫，而是特镇定地说了句陆叙你大爷的，说完一阵椎心的痛从我的脚上传来，我痛得晕过去了。晕过去之前我看见陆叙特慌张地从楼上跳下来，我看见他一张脸跟火烧似的，隐约地我还闻见了厨房里皮蛋瘦肉粥的味道，我觉得口水流得比眼泪都多，我确实是饿了。

我躺在医院的床上，看着白色的天花板白色的床单白色的枕头，看着点滴一滴一滴地从瓶子里流进我的手背，闻着消毒水的味道，心里特忧愁。

谁弄成我这个样子都得忧愁，我左脚打着石膏，右手绑着绷带，被扔在床上动都不能动。我盯着坐我旁边帮我削苹果的陆叙，我什么话都不说，我要用我的目光让他内疚。结果他根本就不敢正眼看我，递苹果给我都把眼珠子丢地板上，跟找钱包似的。哼，你也知道内疚！你推我下去的时候不是挺牛掰的吗？

我已经在医院躺了三天了，陈伯伯和我公司的几个同事来象征性地看望了我一下，我想起以前我在北京，别说住院了，就是窝家里睡几天那看我的人都跟旅游团似的，而且人来了还得带一大堆东西。忧愁，这也忒忧愁了点儿。

每当别人问到我怎么弄成这模样的时候，我就特轻松地告诉他们，我说，没什么，就是陆叙把我从楼上推下去了，我随便骨折了一下，没事儿，真没事儿您甭操心。一边说我还一边拿眼横陆叙，每次他的脸都特别红，开始几次他还小声解释说他真不是故意的，后来他不说话了，低着头默默地承受群众目光的批判。

陆叙削好了苹果，递给我，我想起姚姗姗在顾小北面前特矫情的样子，我也来劲了，我说你帮我分成一小块一小块的，我不好咬。陆叙哦了一声然后就开始分苹果。分好了我吃了一小块，然后一挥手说弄口水喝。然后陆叙起来巴巴地去给我倒水去了。我想当年老佛爷什么待遇啊，也就跟这差不多了吧。于是我内心原谅了陆叙，其实压根儿我就没生过他气。

正吃着苹果，手机响了，我一看是火柴的，我接起来，就听到她在那边说，嘿，妹妹，忙什么呢？有空吗，姐姐带你出去玩儿，给你介绍几个特牛 B 的搞广告的大爷。

我说，我在医院呆着呢，去不了。

火柴挺疑惑的，她问，谁歇了？

我一听这修辞我就受不了，我说你妹妹我跟这儿躺着呢。

火柴听了居然开始笑，还笑得特喜庆，她说，这倒真够新鲜的，你丫居然也会住院。哪家医院？我过来溜达溜达。

我告诉了火柴医院地址和我的病房，然后把电话挂了。

没多久火柴就过来了，一看到我手脚又石膏又绷带地就开始叫唤，火柴说，哟妹妹，几天不见怎么这打扮啊？够新潮的。昨个儿我在舞厅见一妞，光着膀子就上来了，我当时觉得她挺前卫的，今天看到你，我觉得你丫比她牛B多了，真是鬼斧神工，偷天换日啊……

"停！停！"我不得不很粗暴地打断了火柴展示她扎实的成语功底，因为我看见我旁边那床的老太太呼吸都有点儿困难了，眼珠子根本找不着，剩一对白眼在那儿翻上翻下的，我估计火柴再说下去能把她说歇菜了。

火柴站在我床尾，冲我打石膏的脚重重地拍了一巴掌，怎么弄的啊这？

我痛得龇牙咧嘴的，拿起一个苹果就砸过去，火柴手一挥就接住了，直接咬了一口。

我再一次地用眼斜着陆叙把我弄成这副模样的原因陈述了一遍，火柴听到一半就特激动，又来劲了，她说，陆叙你不是吧你，林岚对你丫多够意思啊，这谁的心不是肉长的啊，你丫可够狠的。你说说林岚容易吗？没名没分地就跟你窝一小屋子里，那么高的楼梯就是一条狗那也得摔死啊，你丫怎么这么丧尽天良啊，怎么这么奸淫掳掠、永垂不朽啊……

我听前半段说得挺好的，听到后面我差点昏死过去，我看了看我旁边那老太太，得，刚拿下来的氧气罩又套上了。

我赶紧制止了火柴，我说，得，我明天出院，你改天到我家，我一个人听你贫，别跟这儿祸害人民了。火柴说那好，我正好晚上也有事儿，我就先走了。我说好好，您忙您的，生意不能耽误。

火柴走之前丢给我一个信封，我一打开就掉两千块钱出来。我说这是干吗？火柴很妩媚地回了个头，说，咱不想买那些什么白金黄金的，直接给你钱，实惠。咱不玩儿那些虚的，你想买什么吃的自个儿买去，或者叫陆叙去。末了还补充一句，咱俩的感情就跟人民币一样坚挺！

我琢磨着火柴那句话，暗暗叫绝。

我出院回到家，躺在沙发上，心里很难过。我也说不上为什么，就觉得心里没底，悬得我发慌。我觉得自己真的比较背，走哪儿都和姚姗姗纠缠不清，我就在想上辈子我是不是操刀把她给剁了啊，这辈子这么纠缠我没完没了的。我知道陆叙已经忘记上次在咖啡厅他见过姚姗姗了，他现在对那碉堡印象特别好。

我发现最近自己一直被一种情绪所笼罩,这种情绪叫忧愁。

出院第二天我早上很早就起来了，我说我要去上班。陆叙听我这么说脸一下子就绿了。我当时觉得挺奇怪的，我想我上个班你干吗怕成这个样子啊？陆叙说，得了姑奶奶，您别添乱了，你跟家好好休息，公司里的事情我会帮你解决的。

我说，这可不行，今天那个广告就开拍了，而且这个项目上还有很多东西我没和制作部门讲好，我一定要去。

陆叙说，你放心，我肯定帮你做好，你就安心地睡，睡胖了我给你买药减下来。

看着陆叙很紧张的表情我觉得很奇怪，我说那好吧，我不去了，你帮我请假。

陆叙一下子松了口气，他说，有我在，没问题。然后他就出门去了。

我坐在沙发上越想越不对，干吗我说个去上班他怕成那个样子。于是我决定去公司溜达一圈。我一瘸一拐地出了门，打了车就往公司跑。

我站在办公室里，觉得有点儿冷，我在想也许今天没有开暖气吧。我就那么站在办公室的中间盯着我的工作间盯了三分钟，跟块木头似的动都不动。我看着姚姗姗坐在我的椅子上在我的电脑上动来动去，不时回过头看一下站在她旁边的陆叙，笑得格外好看，陆叙也笑得很好看，我觉得他们挺般配的。我刚一这么想我就觉得我他妈脑子有病，我看见姚姗姗站在谁旁边我都觉得般配，以前看见姚姗姗站在顾小北旁边我也觉得般配。

陆叙一抬头看见我站在面前，脸色变得跟张白纸似的。他挺尴尬地问，林岚，你怎么……来了？

我说您真会说话，我来上班来了。不过我迟到了，不好意思，您可以扣我工资。

然后我吸了口气走到姚姗姗面前，我特镇定地对她说，这位小姐，挺漂亮的，不过你坐错地方了，这是我的工作间。

姚姗姗站起来，对我笑了笑，我发现她无论什么时候笑起来都那么好看，她说，我看到这里每个人都挺忙的，就只有这间工作间空着，我以为是哪个家伙偷懒去了，所以我做点东西，没想到是林大小姐的，我还真猜错了，看您这又绷带又石膏的，这哪能是偷懒的人啊，够勤奋的。

陆叙看着我说，你们认识？

我转过头去我说你闭嘴。

然后我看着姚姗姗，我说我现在要上班了，麻烦你出去。

姚姗姗看着我，特挑衅地说，你是要做那个广告的事情吗？你不用做了，我已经接下来了，我自己设计自己拍，你的创意我刚看了，不错，不过有几个地方特幼稚，我看着跟看大风车似的，我就改了，林小姐您可别生气。

我抬眼看到电脑显示屏上我的那个广告设计，构图和文案统统被改掉了。我突然觉得很心痛，我想起自己没日没夜地赶这些设计，忙到饿着肚子不吃饭也在做这些东西，上厕所也在想，我想起陆叙看到我的创意的时候露出的好看的笑容，那个时候我觉得自己特牛。可是现在，我看到被改得面目全非的设计时，我的心跟被洗衣机拧过千百遍的衬衣一样，绞在一起，特别痛。我突然找到了当初我的那些素描被咖啡弄脏时的感觉，我有点儿想哭，可是我没有，我忍住了，从上一次我在姚姗姗面前哭过之后，我就发誓我无论如何不能再在她面前哭，我要再哭的话那也太没劲了。

我回过头去看陆叙，我说陆叙我要工作。他抬起头来望我，脸上的表情特忧伤。我突然觉得他变成了另外一个顾小北。可是我记忆里那个脾气很臭的陆叙，那个在咖啡厅里为我挽起袖子想要教训顾小北的陆叙还是那么清晰，而眼前的陆叙，却变得很模糊。我不知道是不是我眼里充满了泪水。我盯着他，一字一顿地说，陆叙，我，要，工，作。

姚姗姗也站过来，她很挑衅地也对陆叙说，陆主管，这个工作你已经叫我接了，我要继续做下去。

我们三个站在那里，我觉得很别扭，我知道周围那些忙碌的人其实都把耳朵和眼睛放在我们仨周围，假装忙碌的背后是一颗窥视好奇的心，看到别人的痛苦，他们才会欢乐。我突然觉得很悲凉，如同北京深深的秋天。

陆叙一直不说话，我和姚姗姗站在他面前，就在等他一个答案。可是陆叙的话差点儿就让我哭出来，因为他说，林岚你先回去休息。

我望着他，我说，好，我休息，我彻底地休息。我很自豪，因为我没哭出来。我多牛啊。

我拿起我办公桌上的那些我辛苦设计出来的平面设计，我摸着它们的时候觉得特别辛酸。我直接拔掉了电脑的插头，我说不好意思这笔记本是我的。然后我抱着它们走了出去。

我知道周围的人都在看我，我也可以想象姚姗姗在我身后发出的动人的笑容，可是我都不觉得丢人，我只是觉得累了。我用绑着绷带的手抱着我心爱的电脑和设计，用我打着石膏的脚一瘸一拐地走出去，我知道周围的人都在看我，可是我真不觉得丢人，真不觉得。我就是觉得累。我告诉自己我不要哭，如果我哭我就是一傻B，因为不值得。

我站在电梯门口的时候有人拍我的肩膀，我回过头去看到是姚姗姗，我下意识地往后退了一步，因为我突然想起上次我也是这么一回头就是一杯咖啡，我不想再弄脏我的图。其实我本以为追过来的人是陆叙的，可是他没有。我觉得很失望。可是我不知道自己为什么失望。

姚姗姗看着我，以一个胜利者的姿势。她说，其实我到上海来没想过要遇见你，接这个工作我也不知道是你在负责，不过你偏偏遇上我，你们祖上肯定积德不够。那个上次还要帮你出头的陆叙现在不是一句话都不敢说。林岚，上次你泼我的酒我都记着，总有一天我要你加倍的还给我！

我低着头说，随便你。我知道我争不过你，你要什么我都让你。你在北京我就来上海，你现在在上海那么我回北京去。这样够了吧。然后电梯到了，我头也没回地走了进去。

当电梯门关上的时候，姚姗姗对我说，对了，顾小北很好，在北京帮我写毕业论文呢，你也可以回去和他叙叙旧。然后电梯门重重地关上了。

走出公司的大厦站在阳光下面，我觉得一切都很刺眼。周围的人潮格外的汹涌，上海每天都是忙碌的，没有任何人会停下来为别人的遭遇而伤春悲秋。我的脚有点痛，我知道自己打

着石膏走在街上很傻，可是我不想哭，我一定不能哭。

一个小女孩子站在我旁边，她拿着一个狗熊，看了我很久，然后问我，姐姐，你脚疼吗？

那一瞬间我突然觉得嗓子堵得特难受，我说，不疼，一点都不疼。

那个小女孩说，姐姐你骗我，你看你都哭了。

我手一松，那些我设计的图纸全部掉到了地上，电脑也差点儿被我摔下去了。我蹲在地上，眼泪终于还是流了一地。

不过我还是很庆幸，因为我没把我的宝贝电脑摔下去，我的电脑永远不会背叛我，最多跟我闹闹小脾气没事儿死个机。我的电脑多好啊。

在下午四点钟的时候，我做了一个决定，在做这个决定之前，我花了一个下午的时间，坐在别墅的阳台上，看着外面车水马龙的世界，内心充满了怅然若失的烟雾。我一直在回忆自己这一段时间以来浑浑噩噩的生活，我像梦游一样从北京晃到了上海，然后在上海继续梦游。我每天躲在那些面孔麻木的人群里面，像是蜗牛始终喜欢躲在自己的壳里。我知道自己特别的懦弱，每次遇到什么让我伤心的事情我就只想逃避，为了姚姗姗我逃避到上海来，现在又为了她我逃回北京去，别人不说我自己都觉得丢人。可是我没办法，就像以前顾小北说的那样，我看上去是个挺牛的人，可是内心却特别软弱，永远不知道怎么去面对那些自己不愿意面对的问题，所以他才这么一直呆在我的身边，我不想去面对的，他会去。当时我觉得特别幸福，我靠在顾小北背上觉得特别安全。可是现在，我是一个人。我想到这里觉得很悲伤。其实我有点痛恨自己，每次出点儿什么事情都是像个鸵鸟一样把脑袋埋进沙里，然后看不见就

当不存在。微微以前就骂我，她说你丫以为把脑袋埋进去就没事儿了？把屁股肉最多的地儿留给别人啃，你丫不是傻B你丫是一大傻B！

四点的时候我决定了我要回北京去。我做出了这个决定之后就回房间开始打辞职信。当打印机咔咔作响的时候，我觉得一切都像一场梦。梦醒了，我要回到属于自己的世界。

我把辞职信放在张浩面前，张浩明显看起来比较心虚。其实他不用这么心虚，因为我压根儿就没想过要和他算账。我没心情也没这个能力，我林岚是什么屁角色啊，是谁都可以鱼肉的鱼肉。

张浩站起来，在我面前特语重心长地说，林岚，姚姗姗只是暂时代替你一段时间，你在家养病，根本不需要辞职，而且姚姗姗的能力还不错，肯定不会把这个项目给你办砸了，你就放心。

来之前我就决定了不生气，可是我还是生气了。我记得白松有次评价我说我是IQ满分EQ零分，压根儿就不知道控制自己的情绪。说得真他妈对极了！我本来听什么都不想发火，可是丫居然说姚姗姗能力不错！我豁地站起来，猛拍了一下桌子，说实话我有点儿后悔，我的手被震得特别疼，可是我还是得装大头蒜，要疼也要等我把该骂丫的骂完了我再自个儿疼去。我说，陆叙脑子发热你丫脑子也跟着进水是不是？能力？姚姗姗在学校每年被关掉的科目多得够吓死你丫的。你丫觉得她漂亮觉得她看着舒坦你尽管用，我没意见，我乖乖地把辞职信递上来再吧嗒吧嗒悄悄地走，我屁都不放一个。找这么个丧尽天良的理由来压我，你大爷的！我一冲动，把火柴说话的操行给弄出来了。我心里想我今儿个反正就这么着了，你丫有种叫保安进来把我放平了。

张浩的脸上一阵红一阵白的，到后来整张脸都绿了。估计他还没被人在公司里这么骂过呢。可是几分钟之后张浩变得很平静，就是那种很无奈很无奈的平静。我当时有点儿不相信这样的表情会出现在这样的人的脸上。就如同要我相信大风车里金龟子一脸天真灿烂的表情出现在新闻联播里一样，难点儿！

张浩站在他办公室高大的落地窗玻璃前，看着下面的芸芸众生。他说，林岚，你觉得他们生活得辛苦吗？我觉得很辛苦。每个人都很辛苦。这个世界不会符合你所有的想象，甚至连一个你的想象也不符合，可是我们还是得生存下去。其实我知道你的能力，当初陈老板介绍你进来我也挺看不起你的，觉得你和那些子弟们一样，游手好闲，脑子里什么材料都没有却整天讲着漫无边际的大话，我最讨厌那种人。不过这几个月来你的工作让我觉得我开始的看法错了。可是姚姗姗是那个大客户介绍过来的，这里面的事情我不讲你也明白。那个客户和你的陈伯伯一样，我们公司每年的利润差不多都是这几个大客户提供的。所以开罪不起。这是我的无奈，也是这个世界上每一个人的无奈，你懂吗？

我看着张浩，我觉得他变了个人。我终于发现自己看人的眼光太过简单，我从来没有去想面具下面是一张怎样的面容，我总是直接把面具当做面孔来对待，却忘记了笑脸面具下往往都是一张流着泪的脸。

我突然释然了，我觉得特轻松。我说 JIMMY 没事儿，我说反正我也要回北京去了，我到明年六月就正式毕业了，希望有机会我还可以和你一起工作。

JIMMY 笑了，我发现一般成功的男人笑起来都特别好看，没了平时的严肃和圆滑，像孩子，特纯真。他说，林岚我随时欢迎你到上海来，下次不用陈伯伯介绍我也直接用你。

我对他告别后就转身离开，当我刚要开门的时候张浩叫住了我。他说，其实当初我要姚姗姗代替你的工作的时候陆叙一直不同意，他一直反对，可是姚姗姗认识的后台太硬。当时也是我逼他的，我说他要不答应我就把你辞了。他不知道我和你的关系，当真了，就答应了。其实当时他和我闹得比你都凶。你不该说他脑子发热的。

我伸出去开门的手僵在空气里，我突然又觉得自己是傻B。我想起陆叙看我离开公司时那张忧伤的脸，我觉得心里有点儿酸。原来我一直以为最对不起我的人其实一直在帮我，在我看不见的地方，他在我看不见的地方走在前面帮我挡风挡雨挡刀枪，当他没力气再站立下去了，我被风雨淋到了我被刀枪刺到了，于是我望着陆叙的方向以为是他给我的风雨给我的利刃，于是我对他破口大骂，可是他蹲在地上一声不吭地望着我，眼里充满了忧伤。

我真想找个没人的地方把自个儿吊起来鞭打一顿！我抽不死你丫个祸害。

回家的路上下起了雨。冬天的雨总是这样的寒冷。可是我觉得很温暖。街上的人都撑起了伞，而我很悠闲地走在雨里走成一个白毛女。我回到家才发现手机没有带出去，我拿起手机就看到五个未接电话，一水儿的陆叙的号码。然后还有一条短消息。陆叙的，他说出来谈谈，我下午四点半在人民广场等你。我一看时间，已经七点了。我知道陆叙这人，特执著，一般等不到你不会罢休。上次在我家楼下，等得头破血流的也不肯离开。我看看窗外的雨，我想陆叙肯定这会儿在雨里淋着呢。他和我一样，从来不带伞的。于是我马上出了门。

当我看到陆叙的时候，他站在喷泉旁边一个卖小吃和饮料的小亭子里，他买了一杯热橙汁，他捧着那杯橙汁，嘴里哈着气，那些白气让他的脸变得格外的不真实。我看到他全身的雨水，头发上，衣服上，一滴一滴地往下滴，跟一个小岩洞似的吧嗒吧嗒往下滴水。我站在远处，我本来想喊他，可是我觉得喉咙特别堵，我怕我一嗓子把自个儿给喊哭了。我要酝酿一下情绪，等我不想哭了我再喊他。

可是在我情绪还没稳定的时候，陆叙就看到我了。他刚好把橙汁喝完。他朝我跑过来，站在我面前，低下头看我。他一句话都没说，我也不敢看他。夜晚上海的苍穹是一种血红色，可是今天的苍穹却特别地黑。那些雨水从上面飘下来，在灯光下变得亮闪闪的。不知道为什么，我听到鸽子扇动翅膀的声音。尽管我知道这个时候了鸽子早跟窝里睡觉了，而且就算没睡，哪只鸽子会傻到下雨天出来溜达呢？可是我就是感觉到有无数的鸽子从陆叙背后飞起又落下。那种感觉特别好，我甚至感觉有很多羽毛落下来覆盖在我们身上。

我还是决定说点儿什么，尽管这样的气氛我实在不是太想说话。我刚想告诉陆叙说我辞职了，可是陆叙却突然告诉我："我辞职了。"我看着陆叙我并不惊讶。其实我可以预想得到的。本来他就不应该来上海，他就应该回北京。他是那么有艺术气质的一个人，我不希望他呆在上海这个物质的城市被一点一点消磨。我觉得在上海陆叙的笑容都变少了。以前的陆叙老是和我打架，老是笑得露出一整排牙齿，可是来上海的陆叙让我觉得有点儿像顾小北。不再爱说话爱笑，只有和我在一起的时候还看得到他开心的样子。我想他在北京肯定飞翔得更自由。

于是我也笑了，我说我也辞职了。

然后我看到陆叙的笑容，不知道为什么，我总是觉得他的笑容里有一些我看不见的忧伤在荡来荡去，这让我觉得很恍惚。我甚至觉得眼前的人是那个爱了我六年离开了我六个月的顾小北。

我说，回去吧，再呆这儿要感冒了。他突然反应过来，然后指着我开始骂，他说你怎么这么就跑出来了，伞也不撑一把，你别忘记你手上是绷带呢。还有脚上，那石膏，那石膏要后天才拆呢。给我回去！说完就过来牵我的胳膊。

我突然很想哭，我靠在他肩膀上，也没动，可是眼泪一直流。流的时候我还格外小心，我在想他回去要是发现肩膀上突然有块特别湿会不会因为他宝贝的西装揍我一顿呢？

我回家后洗澡，换了身干净的衣服躺在床上跟火柴打电话。我觉得我最牛的地方是我根本不像一个刚刚失业的人。我在电话里对火柴讲我要回北京去了。火柴挺惊讶的，她说，干吗回去啊。跟上海呆着不是挺好的吗，有姐姐我照顾你，上海哪个地儿玩不转啊？我告诉了她关于姚姗姗和公司里的一些事情。我讲得挺简单，可是意思还是表达清楚了的，再怎么说我也是一作家。火柴听完后挺有感触的，说没看出来陆叙那孙子挺有感情的。我本来都打算要挂电话了，火柴又提出要和我一起回去。这下轮到我惊讶了。火柴说她本来也打算再过一两个月回去的，上海呆久了，挺怀念北京的，既然我要回去那么她就提前。她问我什么时候走，我告诉她我后天去医院拆石膏，拆完就走。她说好，让我安排一下，我再给你电话。

拆掉石膏那天我感觉自己特矫健，身轻如燕飞檐走壁都没什么问题。我在医院蹦跶来蹦跶去的，陆叙一直拿眼横我。我管你的，我现在挺欢畅的。我发现人总是要失去了一样东西之后才发现那样东西的可贵，于是玩儿命似的补偿。

陆叙问我，他说飞机票是明天的，你东西收拾好了没？

我说都收拾好了，没问题，明天就可以走了，陈伯伯那边我也说清楚了。

陆叙说那就好。

正说着，电话响了，刘编辑的。我接起来，他在电话里对我说，林岚啊，你那本新书卖得特好，北京都卖疯啦！你什么时候回来一趟啊，我帮你组织几场签售。

我一听签售就头大，可是还得硬扛着，我说我明儿就回来了，回来后给您打电话。那边一直说好好好，然后把电话挂了。

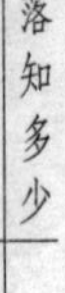

说到签售我真的特头疼。其实我倒不是怕签售，有时候看看喜欢自己书的那些年轻人觉得挺开心的，我总是在想那些挺牛B的作家在签售的时候一副跟太上皇似的表情，肯定内心畸形。我觉得你能写点东西还不是因为有人喜欢你，你的衣食父母来跟你要个签名你架子摆得跟皇帝似的，是不是晕严重了？所以我每次出去都挺和蔼的，还时不时地跟编辑撒撒小谎然后出去和我的读者一块在城市里四处溜达。可是我有点怕应付记者的那些问题，跟鸡似的一直点头点头，要在我跟前撒把米，那绝对是只鸡。我记得上次有一小姑娘挺有意思的，估计也就十五六岁，不过打扮得比我都成熟，我坐在她旁边跟她妹妹似的，这让我觉得特丢人。见面会一开始就是主办方要那个小姑娘讲点儿她怎么走上文学道路的，那小姑娘讲得是排山倒海，讲自己从小是单亲的孩子，长大了也很叛逆，比较个性，后来在朋友和社会的感化下开始找寻自己的理想和爱情。一通话讲得特溜。还声情并茂的。有个迟到的估计是孩子他妈的进来了，我看到她听得特感动，还说了句“这失足小青年的报告做得真好啊”。我差点儿直接趴嘉宾台上。后来有个记者来问问题，那记者看了看我俩，然后开场白随便对那个小姑娘说了句，嗯，小姐，我发现您特别深沉。结果那女孩子想也没想，吧唧丢一句过去，得了哥哥，您别骂我，我知道我傻。我看那记者都快哭出来了，我在旁边听了也是一动都不敢动，跟那儿装蒙娜丽莎。

我挂了编辑的电话后又给闻婧打了个电话，我特兴奋地告儿她我要回来了，跟胡汉三一个口气。闻婧也挺激动的，冲我说，林岚，你丫快点儿回来，我想死你了。回来后我领你见我的男朋友！

我一听就觉得天旋地转，我有点迟疑地看看旁边一言不发地走着的陆叙，觉得这个世界又要开始闹腾了。

我和陆叙趴在外滩的栏杆上，身后是陈旧却依然高贵的沙逊大厦，这里面出入的都是达官贵人，每天有无数衣着光鲜的人进进出出，参加着各种 party 扮演着各种角色，每个人的面容背后藏着更深的一张脸，而且永远不是最后一张脸——没人知道他们到底有多少张面容，这是他们在这个社会所向披靡的武器。

我和陆叙趴在那儿，跟俩小孩儿似的，特纯真。我们望着眼前涌来涌去的黄浦江里并不干净的潮水，心里其实挺感慨的。一不小心就在上海住了半年，感觉日子过得跟飞似的。对面的建筑群是上海人的骄傲，每个第一次来上海的人总是会惊叹于这个城市华丽的面容。

我问陆叙，我说你在想什么？

陆叙说，我刚想起一个诗人写的一句诗，他说时光带走了一切，惟独没有带走我。说完回过头来看我，江上吹过来的风把他的头发吹得乱七八糟，我又想起以前他做设计没灵感时的模样，一小狮子。

他说，想不想满上海逛逛？反正就快要离开了。

我想了一会儿，然后说，不了，反正就要离开，也无所谓再去增加更鲜明的记忆。我觉得对这儿的记忆已经很深刻了。

的确，我想我不会忘记自己在上海这半年的生活，每天都要走过的浦东的石头森林，跟着火柴领略过的上海如同繁星一样众多的酒吧，无声地在地下穿行的干净地铁和无声地在空中飞过的轻轨，上海阴冷潮湿的冬天，黄浦江面上白天飞过的鸟群和晚上水中倒映的霓虹，这一切像是被浓缩成了一枚红红的大头章，重重地砸下来，在我身上印了个大大的不可磨灭的红色印记。这个联想让我想到猪肉上红红的圆圆大章，我就是生活里一只快乐而悲伤的猪。我不是苏格拉底。

我大老远就看到火柴过来了，挎了个小挎包，什么东西都没带，就跟去周庄玩儿一天似的。我看了看我和陆叙一人两个巨海的旅行箱我就挺佩服她的，歌里不是唱滚滚红尘翻两翻，天南地北随遇而安吗，我觉得火柴就是这样的人。从北京身无一物地来上海，现在又身无一物地回去，我不得不承认如果火柴是仙人掌那我肯定是牡丹，我只能呆在那个玻璃的温室里小范围地称王称霸，可是我永远走不出那个看不见的囚笼。这一点上微微和火柴挺像的。其实想起来微微和火柴也很久没见了，不过当初火柴和微微并不怎么好，闻婧和我与火柴倒是蛮好的。也许是因为火柴和微微都是太有能耐的人，我想这次回去我一定要让她们认识，没准儿她们成了好姐妹。

我说火柴你把这边的房子和车都卖了？

火柴说这哪儿能啊，房子租了，车给我那姐妹儿开去了，她早就想买辆车了，我那辆车也是八成新的，就转手卖给她了。剩下的东西就没什么了，租我房子的也是我一好姐妹，我说我家里的东西你直接用就好，那些衣服你想穿也拿去。我反正也带不走。再说了，时不时的我也可以再回上海啊。

我对她伸出大拇指。

下了飞机，我突然觉得很温暖。似乎呼吸着北京的空气都能让我身心舒坦。我听着周围一水儿的北京话我就觉得特亲切，在上海呆了大半年了，听那些嗲得要死的上海普通话听得我骨头缺钙。

我在通道口远远地就看到闻婧那丫头片子了，在人群里窜来窜去的，把周围的人挤歪了还拿眼横人家。要我是她妈我准揍她！

我看看身旁的陆叙，我的行李都在他那儿，他一人推了四个箱子。说实话我还没想好怎么站在闻婧和陆叙面前做人。多大一条狐狸尾巴啊，我还真不知道往哪儿藏。火柴比较轻装上阵，冲在我们前面，一见面就冲闻婧挥了一拳，说，闻婧你老丫的，还记得我吗？闻婧上下打量了火柴一通，恍然大悟的表情，特兴奋地说，“哎呀，火柴！怎么是你啊？多久不见了，你丫怎么死上海去了？哎，变了变了，真变了，的确是上海出来的啊，跟我们就是不一样。”火柴听了特得意，结果闻婧又整了下半句，“上海是不是特忙碌啊，看把你整得跟四十岁似的，你看看这皱纹儿，跟我妈有一拼！”我看见火柴脸儿都绿了。都大半年了，这闻婧说话一点儿没变，逮谁说谁，都不知道看脸色。我记得上次闻婧在一饭局上硬要说人家一十八岁的女孩儿拉皮拉得好把皱纹都拉没了，硬是把人家都说哭了。她

看到小姑娘哭了也挺惊讶的，说我没说什么呀，怎么哭这么伤心啊跟死了妈似的。一句话说完我看见坐小姑娘旁边的妈也要哭了。

我走过去，看见闻婧旁边站一男的，我瞅着特眼熟，非常眼熟，可是我就是想不起在哪儿见过。

陆叙也走过来了，陆叙看着闻婧，特温柔地说了句，还好吗？闻婧在陆叙面前还算比较老实，答了句“嗯我挺幸福的”。我看着闻婧的样子知道她没有说谎，可是我不知道为什么。如果你现在叫我站在顾小北和姚姗姗面前说我很幸福我肯定说不出口，说出来了也得马上抽自己俩大嘴巴。我突然发现我在闻婧面前其实和姚姗姗在我面前差不多，一路货色。我以前把自己看得特清高总是与姚姗姗这种只有美貌的人划得特清楚，比当初跟“地富反坏右”划得都清楚。可是自己想想，我也是那种该拖出去轧了的主儿。

可是我马上就明白了为什么闻婧可以这么笑容满面地说出“我很幸福”几个字，因为她拉过她旁边那个男的，鸵鸟依人地说，这是我男朋友，武长城。

我当时的感觉就是天上飞机掉下来砸机场里了，这也忒震撼了点儿吧。我刚还在想那男的是谁，立马闻婧就告诉我这是她男朋友，武长城，我靠，这不是姚姗姗的表哥吗?!

我终于躺在了自己家的沙发上，这种感觉让我觉得超级窝心。我从未发现自己家是这么舒适，跟这儿住了二十多年了，以前就老抱怨这不好那不好，离开了大半年之后再回来，觉得跟住总统套房似的。

我爸爸满面春风地迎接我之后就火速买菜去了，他说一定要亲自下厨为我做点菜犒劳我。这倒真的很难得，以前我家是

基本不在家开伙那种，家里想要找瓶醋出来都得找老半天。特别是我高中那会儿，从一个饭局奔赴另一个饭局就是我每天生活的重点。到了大学了，也不是小屁孩儿了，就没有经常跟着父母混饭吃了。所以我听到我老爸要做饭我觉得特惊奇。

我爸刚一出门，我妈就坐过来了，要我汇报思想情况。我说您能不能让我先歇会儿，喝口水，在沙发上横会儿，成不?

我妈跷着二郎腿坐得挺端庄抬头挺胸地对我说，不成!

我也跟那儿躺着装尸体，不理她。可是我妈道行比我深，一掐就把我掐得腾空而起。我赶紧求饶，说我汇报我汇报。于是我就跟她讲我在上海的生活，讲我一好姐妹特照顾我，我当然没讲火柴的光荣职业，不然我妈估计得吐白沫子。我还讲上海的酒吧真是好啊，讲我在新天地认识的那些广告业的老外一个比一个大爷，讲上海物价贵，讲一个乞丐用的手机都比我的好，潜台词是妈你该给我换手机了。我讲了一大堆，觉得口渴，停下来捞口水喝。

我本来以为我妈肯定特仁慈特母爱地摸着我的头发说林岚你看你在外面，又没人照顾你，都瘦了。结果我妈站起来，对我大义凛然地说，林岚，你就没遗传到我一丁点儿优秀品质，你说当年你妈妈我，下乡的时候，多艰苦朴素啊，哪儿像你，在上海整天就知道消费，净买那些又不好看又不实用的东西，你说说你，啊，党和人民怎么养你的……

我心里就在嘀咕，您二十年把我养成这副模样，弄了个失败的产品出来，这倒好，全推给党和人民，说是他们养的，也不怕党和人民听了心里添堵。

我妈白我一眼，说，你在那儿嘀咕什么呢?又听不进去了是不是?我是你妈!所以我才说你，你看我怎么不去满大街溜达说别人闺女?你看我怎么不去说那些穿露肚脐眼儿的小妖

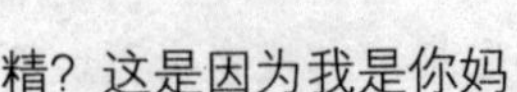

精？这是因为我是你妈！

我说那是啊，我这不是没说什么吗？要是别人这么说我肯定抽丫！

估计我妈被我绕得没听明白，继续训我，我也是嘴一嘟噜就把跟火柴闻婧讲话那操行弄出来了。还好我妈脑子是台计算器。

我妈接着跟我忆苦思甜，她说："那天我看人家希望工程的那些小孩子，你看人家，那么短的一截铅笔头，手握着都抖啊抖的，可是人家还是坚持学习知识，努力上进，你就一点儿都不感动？"

"我感动。"

"你就一点儿都不觉得那些小孩子比你高尚？"

"觉得。"

"你就一点儿都不想流下悔改的泪水？"

"我哭得就差没抽过去。"

"哎，你说党和人民怎么养你这么个孩子啊……"

得，又绕回去了。我就在想我妈什么时候变得跟火柴似的爱用书面语了，以前怎么没发现来着。正说着，我爸回来了，我算是解放了。我从小就跟我爸亲，觉得我爸特跟得上时代。其实我妈也挺跟得上时代的，上美容院上得比我都勤，轻车熟路。

我又朝沙发上一躺，冲我妈一挥手，说："去，帮我爸做饭去。"

我妈这会儿坐下来看电视了，拿一张老年报纸戴个老花镜在那儿做学问。她从眼镜儿上方看我，样子特滑稽，她说："没看我正忙吗？你去。"

我也来劲了，我就爱和我妈叫板，我说："您什么时候这么好吃懒做的呀，以前看您挺勤快的啊。想想，您也是苦出身，也曾经因为挑一筐砖头挑不起来而流过悔恨的泪水，当时

您肯定在想这下好了，挑不过去没饭吃。党和人民怎么养出您这么个老太太啊，好久没挑砖了吧……”

“我好吃懒做？我好吃懒做能把你养这么胖——对了，你怎么这么胖？”

“嘿老太太您哪，真不好意思，党和人民把我养这么胖的。”

“你忘记小时候喂你奶来着？”

“……”

“哼，没词儿了吧，年轻人跟我老太太叫板儿，我过的桥比你踩的路都多，你还欠点儿火候！”

“这话可得这么说，咱俩谁管谁叫妈？您要叫我妈我也喂您奶。”

我躺在浴缸里跟闻婧打电话。

大半年没躺自家的浴缸了，躺起来挺亲切的，想想当年我刚上大学的时候，每个星期在学校里最怀念我家的就是这口缸，想得我流口水。我都不怎么想念我妈，说起来真该被雷劈的。

其实在从飞机场回来的路上我就想和闻婧好好谈谈了，怎么一转眼姚姗姗的那个民工表哥成了她男朋友了，这事儿也忒离奇了点儿吧，跟听聊斋似的。不过一路上那么多人，陆叙又在旁边，我还真不知道怎么问。就算闻婧和我是姐妹怎么问都不会把她给问郁闷了，可是毕竟还有座长城在旁边呢。姚姗姗这表兄妹俩，一碉堡一长城，要多牢靠有多牢靠！

电话接通了，是闻婧的爸爸。我问候了一下，表达了一下分开半年的思念，并许下宏伟的愿望说过几天去看望两位老人家，然后电话被闻婧接起来了。

我说你干吗呢？

水里泡着呢。

这丫头跟我一德行，我说我也是，窝水里比窝被子里舒服。

闻婧说，找我什么事儿啊，有正事就先说，说完我好跟你贫。

我想了想，挺严肃地说，闻婧，你和那姚长城到底怎么回事儿啊？我有点儿晕。

什么姚长城，人家叫武长城，谁和那碉堡流着一样恶毒的血液啊，他只是她一特远房的表哥。没什么直接血缘关系，你放心，这人比姚姗姗善良了去了，你都不知道他多善良。

我调整了一下姿势，找了个最舒服的姿势躺下来，我知道我肯定要听一个特漫长特浪漫的故事。闻婧还没怎么被这个社会糟践过，肯定她的爱情要多水晶花园有多水晶花园。

闻婧接着说，刚开始的时候我在我爸公司见着他，我涮过他一回，有次我看到我爸的工作日程上是下午五点要去开会，于是我就四点左右的时候找到武长城，说我要去一地儿，叫他送我去，我说就在附近，一会儿就到。他拍着胸口说没问题。他在车上还跟我说上次的事情不好意思，他说他妹妹跟他介绍了两个喝酒特厉害的姑娘，说要来比比，他天生又爱和人喝酒，于是就过来了。他还亮着一对眼睛夸我喝酒真厉害。我心里想你大爷的我是豁出去一醉了，当然厉害，你倒没事儿，在厕所里吐得昏天黑地的人可是我！我指挥着他怎么荒烟怎么开，后来都开到了像是农村的地儿了，周围的房子要多矮有多矮。我看看表差不多他赶不回去了，就说好了你放我下来吧。他看了看周围说你来这儿干吗啊，一个姑娘家，挺危险的。我笑脸如花地说没事儿，我一朋友住这儿，搞艺术的，在这儿采风呢。我当时心里就在想，你大爷的，你回去今天不迟到我用脑袋当脚丫子满大街溜达给你看。我本来想的是等他走了我再打辆车回去，可是等他走了之后我才发现这地儿连辆计程车都找不到。丫的见鬼了。于是我打电话给微微，叫她开车来接我，结果她问我在哪儿的时候我才真的歇菜了，我竟然不知道自己在哪儿，我大概回忆了一下方向，把行车路线讲了一下，微微还是没搞清楚，其实甭说微微了，我自己都有点儿蒙。北京冬天又黑得特别早，六点钟天就彻彻底底黑了，我当时也慌了，心里就开始自个儿跟自个儿播放连续剧，以前看过的那些的什么少女被一群流氓糟践啊，什么荒郊野岭里被抛弃的尸体啊什么的，我当时就在想为了他妈的整那个碉堡的哥哥一下把自己小命丢这儿可真不值得。我当时蹲在路边，正要想怎么办呢，我就看到我爸爸经常坐的那辆红旗了。尽管我以前无数次地抱怨这车老这车长得丑，可是当时我看见那辆车和车打出来的灯光我觉得比奔驰都好看。我一激动就这么从路边"嗖——"地窜出去了，跟一耗子似的，然后我就被撞了，我躺车轮子底下的时候看到挡风玻璃后武长城那张惊慌失措的脸。

我听到这儿一激动，在浴缸里差点儿蹦跶起来，要不是想着自己一女的光着身子站浴缸里不怎么好看我就站起来说了。我说你怎么没告诉我你被车撞了的事儿啊，严不严重啊，不过看你现在挺矫健的，在机场也没见你坐个轮椅来拥抱我，估计也没撞咋的。

闻婧嘿嘿地笑，她说，您听我继续说啊。其实我也没被车撞到，我是被车灯一照吓得脚一软就顺势滚车轱辘下面去了，武长城刹车刹得挺及时的，要不我就去找马克思了。但是武长城挺紧张地，开了车门冲过来，一个劲儿地问我"妹子，妹子，没事儿吧?"我当时就开始哭，也不知道是吓的还是因为看见他高兴觉得自己不会死在那儿了。不过武长城被我哭得挺慌的，一个劲儿地安慰我问我是不是被人劫了，他说谁敢欺负你我非把他嘴抽歪了。回去后我请武长城吃了顿饭，一来我不想欠他什么，说到底也是碉堡的表哥，二来我的确得感激他，要不是他来找我就算我不出什么事儿那也得在那荒郊野岭窝一宿。之后我逮着机会还是整他，有一次凌晨三点多我打电话给他，说我在天安门前等他看升国旗。然后电话挂了我依然窝被子里睡。结果过了一小时他打电话来了，问我怎么还没到，我说我睡觉呢，逗你玩儿的，你要看自个儿看吧。他也不动气，说嗯，你在家就好，我看你没来以为你出事儿了，没事儿就好。我也经常约他去蹦迪，我反正是和一大帮姐妹玩儿，他一个人就坐在小角落里，穿个西装，挺老实地看着光怪陆离的一切，他是那种不进舞厅迪厅的人，有女的过去搭讪他一张脸通红，连忙摆手说有朋友在，样子特滑稽。我记得我最过分的一次是要他请我吃饭，他也挺高兴的，答应了，然后我叫了一大帮姐妹去蹭饭，我选的地儿就是上次我们去的那家西餐厅，就是那个进去一个人不管吃不吃饭都得先交五十的那家，喝汤跟喝血似的。他去买单的时候我听到他悄悄地对那个服务小姐说，我不要发票，便宜点儿成吗？当时我听了心里挺触动的，我觉得自己过火了。其实从那么长一段时间和他接触，我知道他这个人和姚姗姗根本不一样，姚姗姗特自私，什么都为自己想，可武长城不是，特淳朴。尽管没有陆叙那么清秀好看，可是特够爷们儿，特像那种挺拔的汉子。所以后来我也就没再整他了。再说了，什么错误那也都是姚姗姗犯下的，不关他的事儿。不过每次我去我爸单位的时候看见他，他从大老远就会过来，站我面前嘿嘿地笑，跟大尾巴狼似的，问我最近好不好什么的。

我说，那你和武长城怎么好上的？

闻婧说，我被糖衣炮弹打垮了。

我说，闻大小姐，你别逗我了，你是谁啊，什么山珍海味什么绫罗绸缎你没见过啊，武长城一开车的小民工能造出什么大炮弹把你打了那才叫稀奇呢。我突然意识到武长城已经是闻婧的男朋友了，我这样措辞好像不大好。

不过闻婧没和我计较，她说，嘿嘿，你听我说下去。有一回我爸出差去天津，把武长城一块儿带过去了，走了半个月。那半个月里我才突然发现自己一直以来都挺依赖武长城的。我在那半个月里想了很多关于武长城的事情，想着我打电话叫他帮我把电脑搬去修，叫他帮我定歌剧的票，想起他陪我逛街时永远都是为我提包而且永远没怨言，想起他帮我们寝室修水管，一身弄得特湿，头发上西装上都是水，我觉得我在把他当一低等的工人使唤，可是他都不说什么。我想了很多很多，想到后来我有点儿想抽自己几个大嘴巴。到他回来的那天我去他家找他，他看见我挺高兴的，他说你等等我给你捎了点儿东西，说完转身进屋去了，过了一会儿抱着个牛皮纸袋出来。他说，我挺爱吃天津麻花的，也不知道你爱不爱吃，我就给你带了点儿。我在天津逛了好多地方，找了家最好吃的给你带回来了。拿去。说完把口袋一把塞我怀里，然后冲我特憨厚地笑。我当时就哭了，结果我这一嗓子把他哭得手足无措的，他说，闻婧，怎么了，别哭别哭，哎，都怪我，我不知道你不爱吃这个，我该给你买那些好看的好玩的东西，这种东西太便宜了，我还把它当礼物，你瞧我……我听了这话更受不了了，趴他肩膀上就哭。其实我自己好久都没哭过了，从陆叙和你离开北京之后，我就一直过着一种无所谓的生活，对谁都不冷不热的，不爱哭也不爱贫不爱笑了。可是那天我就想哭，我靠在他肩膀上觉得特踏实。从来没有过的踏实，连陆叙都不曾给过我的踏实。第二天我去找他的时候他站在我面前，他说他有句话要问我，我说你问。他说，昨天……我都抱过你了，那我算不算……算不算你的……男朋友？当时他那么大一个块头站我面前，一张脸红得番茄看了都含恨而死，跟个小学生似的。你知道吗，当时我觉得特幸福。

听了闻婧的话我很平静，甚至感觉到一种离我很遥远的幸福，这种幸福特平凡，可能在很多人眼里特庸俗，我却很感动，我觉得我变了，可能闻婧也变了。以前我们都是希望自己的那个王子就是像顾小北像陆叙那样英俊挺拔的人，有很多的才华很殷实的家庭。可是到现在我才发现，那些麻花所代表的爱情，其实远比那些水晶花园代表的爱情更为珍贵。

回北京这段日子我几乎都在陪我爸妈，我发现很久没和我妈贫嘴一贫起来就没完没了的。这老太太比以前更喜欢和我较劲。人都说人越老越像一小孩儿。我妈就是这样的人。“与人斗其乐无穷”，真理！

我也没想过要去找工作，一来我也不想再麻烦微微或者麻烦我爸，二来反正也要过年了，在春节假期结束之前我比较情愿这样虚度我的光阴。睡了吃，吃了玩儿，玩儿累了又睡。

不知不觉就过年了，街上到处都很喜庆。大红灯笼漂在每一条街上，每一个胡同里，每家门前，我走在街上的时候想，这才是我所熟悉的世界，我从小到大生活的土壤。有时候我回忆起上海的那半年，觉得一切都像是一场梦。

那天我对闻婧这样说，闻婧听了对我说，其实我们的生活就是一个又一个的梦，有时候我们沉溺在梦里面不愿意醒来，我们在梦里哭了笑了难过了开心了，当梦醒了我们又开始另外一个梦。那些不愿意从梦里走出来的人，就永远地留在回忆里。说完闻婧望着我，她说，陆叙是我以前的梦，那个梦很华丽可是不真实，于是我醒了，武长城是我现在的梦，梦很简朴，可是我感觉特真切。你呢？你还留在顾小北的梦里吗？

我没有回答闻婧，因为我自己都不知道，我究竟活在谁的梦里。我甚至不知道应该称自己的生活为梦，还是梦魇。

那天我妈问我，她说你回来这么久了怎么没见着你的那些个朋友啊，就只看见闻婧来过几趟。

别说，我妈要不提醒我我还真忘记了。我整天窝家里看碟，看那些让我头疼的艺术片，看从九四年开始到二〇〇二年的饕餮之夜，看一个又一个获奖的广告，日子过得飞一样快。我都忘记和我一起回来的陆叙和火柴了，不知道他们现在在北京究竟怎么生活的，是像我一样虚度光阴悠闲得快成精似的呢还是继续在开创他们的事业。至于以前的朋友，更是被置之脑后，我甚至都没想起微微和白松。当我意识到这一点的时候我突然特别忧伤。以前我爱说自己忧愁，我觉得忧愁是种特滑稽的情绪。可是忧伤总是让我觉得有点儿沉重，我单薄的身躯扛不起。

于是我打电话给陆叙，听到是我的声音他好像特别惊讶，我说你回北京了怎么都不找我啊。他说你是不是换手机了？我打你手机发现号码注销了。我突然想起来自己换了手机后还没跟人说过呢，怪不得微微白松他们也不找我。我说你怎么不朝家里打啊，他说你家打过来不是占线就是没人，找都找不到。我听到他电话里好像特嘈杂，很忙碌的样子。我说你在哪儿呢，怎么这么闹腾啊？我听到他在电话里说："我在公司呢，要放假了，特别忙碌，要把手上的活儿处理完了才能走。大家都在加班呢。哎，小张，麻烦你把这文件影印八份，谢谢。对了，我今天做完了就放假了，要过年了，我去看看你爸妈吧。"我说，得了，你这下想起我了，再说，你来算什么身份啊。陆叙在那边笑得挺爽朗的，他说，说是你上司，要不说是未来的女婿也成，我不介意。我说，美的你，想了不知道多少年了吧你，你什么时候来啊？他说，就今天吧，今天，我手上还有点儿工作，做完了我就来。我说好吧，那我叫我妈去做饭。陆叙说，你妈做的东西能吃吗？要是属于那种把菜做得看不出原材料的水准我看还是出去吃吧，大过年的，别跟胃过不去。我说，你得了吧，御膳房都没我妈做得好，你等着流口水吧你。

我把电话挂了。我觉得电话里陆叙的声音听上去很有冲劲，不知道是不是因为快过年了心情好，反正我听上去觉得特健康。这才是我印象中的陆叙，精明，笑容灿烂，永远不会有懦弱的时候。而上海那个忧伤的陆叙，我再也不想见到了，那个陆叙是属于上海那个天空永远晦涩的城市的，那个忧伤的陆叙只存在于我的梦里，或者说某个人的梦里。北京的天空里，才可以看见陆叙那种如同太阳一样明亮的笑容。

我告诉我妈我说陆叙要来吃饭，我妈问我，哪个陆叙？

我说就是您当初当做宝贝出国儿子的那个陆叙。

我妈说，你这丫头，怎么说话呢，我什么时候有个留学的儿子了。哪个陆叙啊？

我说就是我上司啊。

我妈还是摇头。

我算服了我妈了，岁数也不大啊怎么跟老年健忘似的。我说就是那个眼睫毛特别长比我都长的小伙子，到我家看过您那个！

我妈这才恍然大悟。您说这什么老太太啊，真庸俗，记人都是记人家外貌的。我妈反应过来陆叙是哪个庙里的和尚之后特兴奋，立马要换衣服出去买菜，说要表现一下手艺。我就特不平衡，我从上海回来都是我爸做饭，您都没表现一下，现在来的又不是您真儿子，您这么积极干吗啊？

老太太要出门，我堵门口，我说站住，老太太今天您给我招了，我是不是您亲闺女?

我妈一惊，说，这丫头，怎么说话的啊，你不是我亲闺女我养你这么大啊?

态度放端正点儿，谁跟您嬉皮笑脸儿的啊，老太太，您还是招了吧，当初是不是背着我爸在外头把陆叙生出来的? 要不就是您躲避国家政策，在外头给我生了个哥，我就奇怪陆叙怎么感觉跟我哥似的，说，是不是真的，您最好老实点儿……

我还没贫完呢，我妈就熟练地伸出她罪恶的黑手，把我掐得花里胡哨的。

晚上六点多的时候陆叙过来了。我乍一看以为他是搬家的，两只手提满了东西，门一打开就朝我怀里一股脑儿塞过来，然后对我说，你等一下我车里还有东西我去拿。

我把东西全丢沙发上，大概看了一下，×白金啊黄金××啊什么的，还有人参鹿茸，一大堆，全是补品，我估计照这么吃准得补得一天三次鼻血流得跟黄河似的。我朝沙发上一躺，指挥着陆叙，叫他把东西全放柜子里去。我妈在厨房里听到我这么使唤陆叙，拿着菜刀就出来了，冲我挥舞着菜刀骂我不会做人怎么能让客人做事呢。我乍一看我妈吓了一跳，以为她要操刀砍我。陆叙说，没事大妈，让林岚歇着，估计她也累了。我这也是刚下班儿，挺累的，我能理解。

陆叙最会在我妈面前装孙子，在我面前就挺大爷的。我妈听了用一种特鄙视我的眼光看我，然后说，她? 她下什么班儿，她每天就跟家里浪费国家粮食，跟一硕鼠似的，党和人民就养出这么一女的。说完转身进厨房继续鼓捣去了。陆叙看着我想笑又不好意思笑。

我拿一沙发垫子朝他丢过去，我说你少装孙子啊，说得挺好听的，来看我，来看我需要带这些东西吗？我自我感觉我的年龄还没到要喝X白金的层次。黄鼠狼给鸡拜年！说完我自己也愣了，我都不知道谁是黄鼠狼谁是鸡。

陆叙也不理我，西装外套脱了露出衬衣，我就在感叹大冬天的也穿这么少，他一边卷袖子一边对我说，我不跟你贫，我去帮阿姨做饭。

我说得了吧，你会做饭我就会修房子了。

陆叙说，打打下手还是可以的，然后进了厨房，进去前还回过头来对我说，我发现你妈比你可爱。

吃饭的时候我妈一直帮陆叙夹菜，我咳嗽来咳嗽去，用筷子把碗敲来敲去的，我妈就当我是一空气。陆叙看着我，笑得特奸诈，一双眼睛表达了无穷的意思。

我爸也挺喜欢陆叙的，一边吃饭一边和他聊工作方面的事情。我爸说他特欣赏陆叙这种年轻人，对待生活有理想，人生有正确的态度，不像现在很多年轻人，要么依赖父母，要么就彻底堕落，每天出入各种酒吧舞厅。陆叙被我爸表扬得有点脸红，我心里就在想，有种你也像在我妈面前一样装孙子扛着啊，有种你别脸红。

吃到一半我妈突然说，以前小北也来的，不知道今年什么时候来。

一句话说完一桌子人都不说话了。我不知道陆叙什么感受，反正我心里突然那么空虚了一下。说实话我都有点想不起顾小北的脸了，只记得他老是爱穿白色的衣服。可是想起他的感觉却还是那么清晰。有些人是一直会刻在生命里的，哪怕忘记了他的声音忘记了他的笑容忘记了他的脸，可是每次想起他，那种感受，却永远不会变。顾小北就是刻在我生命里的那个人。

放下筷子，有点惆怅，我盯着电视，里面的人都挺欢乐的，穿红戴绿地蹦来蹦去。可是我不知道顾小北现在在干吗，也许还是一个人坐在天桥上不说话，就像他以前常做的那样，坐在天桥的栏杆上看下面来来往往的车灯，我一直觉得小北有自闭症。又或许他正在姚姗姗家吃饭，就跟当初在我家吃饭一样。

我乱七八糟想了很多，没头绪，于是不想了，越想越难过。陆叙也没说话，我和顾小北的事他都知道。

吃完饭陆叙去厨房洗碗去了，我妈一直不住口地夸他。我就在想我也不是没洗过碗啊，当初我洗的时候怎么没听见您说一句好话来着。

陆叙正在洗碗的时候电话响了，我接起来，是闻婧，她告诉我说回来这么久了，大家要聚一聚。我说谁牵的头啊，闻婧说，微微啊，人家想死你了，你倒好，电话也没一个，丫气得想抽你。我问她什么时候啊，闻婧说，后天，就在微微的那家酒吧，你叫上陆叙和火柴吧，人多点儿热闹。我说好，顿了一下我小声问，顾小北去吗？闻婧说，不知道，人是微微约的，估计白松小北都会去吧，大家那么多年交情了。我说哦。闻婧说，好了我不跟你废话了，武长城还在洗碗呢，我得去帮他。我乐了，我说陆叙也正在洗碗呢，俩劳模！闻婧没说什么就把电话挂了。我放下电话觉得自己最后一句话真不该说，无论闻婧有没有新的男朋友，也无论闻婧心里怎么想，我都不该说那句话。因为我知道那句话特伤人，就跟我听见姚姗姗打电话跟我说顾小北在她家洗碗一样。

这几天北京一连下了好几场雪，到处白茫茫的，我穿着靴子走在大街上，听着雪在我脚下咯吱咯吱地我觉得特喜庆。好久没踩过这么大的雪了，在上海的雪都是不能积起来的，而且特脏，黑色的。我大老远就看见陆叙了，戴了顶毛线帽子，围着厚厚的围巾站在雪地里等我。他今天倒穿得挺休闲的，米色的粗布裤子，上面是件白色的大衣，大衣背后还带个帽子，帽子上有圈白色的绒毛，看上去就像个大学一年级的弟弟似的。平时都看他穿西装，没想到他穿起休闲的衣服也挺好看的。模特身材就是模特身材。

正聊着，火柴开着一辆灰蓝色的别克过来了。她摇下窗子招呼我们上车。我坐进去，对火柴说，能耐了嘿，才回北京没几天呢，又弄辆车，够牛的啊！

火柴说那哪儿能啊，这是一朋友的，我借来开开。对了，微微的那个酒吧在哪儿，我找不到，你带个路。我也好久没见微微了，以前也不是特别熟，就跟你和闻婧熟，跟微微还真没怎么打过交道。这次要好好认识，听闻婧说是个和我差不多的女的？那可够牛掰的。

我听了都不知道该做什么表情。闻婧这话也不知道是在抬高火柴呢还是在糟践微微。

陆叙说，微微一直就特别有能耐，以前和她合作过几次，微微谈合同能把别人给谈哭了。一般人和她把合同签完之后都得哭，说是又要白忙大半年了。你就知道微微的能耐了。我这次回北京，进的是我朋友的一家广告公司，我朋友在那儿做部门经理，他叫我过去做设计部总监。有几次也和微微有过联系，我觉得在她身上可以学到特多的东西。

我想，当初那个还会半夜打电话找我哭泣的微微似乎已经长大了，不再是以前风雪中摇摇摆摆的野菊花，而是长成了一株参天的大树，无论多大的风多大的雪，依然不能对她有丝毫的摇撼。

微微酒吧的地段车开不进去，火柴就把车随便停了个地儿，然后我们仨就朝里面走。这里依然是各种小妖精和想要逮小妖精的男人们出没的地方，满眼的欲望满眼的纸醉金迷。闻婧打电话给我，问我到了没，我说我到了，她说她马上也到了，叫我在门口等她。我说好。我叫火柴和陆叙先进去，我在门口等一下闻婧，马上就来。

我是怕陆叙看到闻婧和武长城尴尬，所以叫他先进去，而且陆叙在里面又不认识什么人，所以我叫火柴陪他进去。没等多久，闻婧就和武长城一起来了。武长城还是穿着一套黑色的西服，我看到他抬头看了看微微酒吧的装潢就有点不自在的样子，的确是那种特老实的男的。比恐龙都稀罕。

微微把最大的那间包间空了出来，我一进门就有服务生把我领着朝里走，我都有点怀疑是不是微微把今天请的人的照片儿提前发给他们看过，不然他们怎么能记住这么多不同凡响的脸呢？

我一进房间就觉得气氛有些尴尬，我看到微微和陆叙火柴坐一块儿，不知道在谈什么，而白松和李茉莉坐一起，小两口挺亲密的，我在右边沙发上看到了顾小北和姚姗姗，两个人没说话，姚姗姗依然坐得挺端庄的，顾小北埋着头，不知道在想什么。我进门的时候他抬起头来看我，可是他什么也没说。那一瞬间我就觉得特忧愁。

我一直觉得我把小北忘了，他有他自己的生活我有我自己的道路，就像是曾经分不开的两个人最终还是分开了各走各的路。我本来觉得这样的结果其实挺好的，没必要眼泪一大把鼻涕一大把地说我舍不得你，或者撕破脸大家打得死去活来的，那样没劲。我一直觉得我在没有顾小北的世界里依然活得很自在，可是在我看到小北的那一刹那，我的心狠狠地抽搐起来。顾小北的那张脸依然弥漫着如同六年前一样的温柔，像水一样干净，他挺拔的眉毛，明亮的眼睛，高高的鼻子，那张吻过我对我说过爱我逗过我哄过我对我笑过的嘴，这张脸在我的梦里明亮了十六年。我本来以为这张脸再也不会出现在我的生命里，即使出现，那也是一个无关的路人，可是当顾小北满脸忧伤地望着我，我还是难过得想哭。他总是这样，永远这样，看着你，不说话。以前我很喜欢他这样的性格，我觉得他不爱说话，什么事情都放在心里，包括那些感情，让我觉得很深沉，像苍茫的落日一样深沉。可是如今，我却突然有点恨他这样的性格。

我走过去，微微突然站起来，她说，来，林岚，坐这儿，说完就让出那个位置然后坐到火柴身边去了。我一看就想骂她，她本来坐在顾小北和陆叙中间，让这么个位置给我安的什么心啊，我靠。我拿眼去横微微，微微摆出一副随便你横的表情。我早说了，微微根本不怕我，以前我拿眼横她的时候她就说过，随便你横，有种你丫把眼珠子给我横出来。其实我知道微微是想告诉我该面对的总是要面对的，不可能在蜗牛壳里躲一辈子。可是她不明白，那种干脆果断的做事方法只有她才适合，而我，太软弱。

也许这就是纸老虎和老虎的区别。

我坐下来，跟坐针毡没什么区别。我捧着杯红酒哧溜哧溜地喝着，也不知道说什么话。过了很久，顾小北才低低地问我，他说，过得还好吗？然后他转过头来看我，依然是满眼的忧伤。我说，嗯，不错，挺好的。我说你呢？他转过头去盯着自己的杯子，过了半晌才说，我也不知道。我曾经预想过他的答案无非两种，而我的感受也就一种。他说过得不好，那么我很伤心，他说他过得很好，我会更伤心。可是他说他不知道，我的感受也突然复杂起来，是心疼，是忧伤，是恨，是爱，我自己都说不清楚。我无意间看到了他小指上还带着那枚尾戒，心里恍惚了一下。在众人不经意间，我悄悄把自己手上的戒指取下来了。我摸着小指上那深深的戒痕，心里头刮过一阵风。

微微站起来依次介绍着，她指着白松说这是京城有名的一子弟，白松，这是他女朋友小茉莉哦不是，李茉莉。我发现小茉莉也没像以前那么做作了，挺温柔地坐在白松身边，一张小脸红得特可爱。然后微微介绍顾小北，又介绍了姚姗姗。我就在奇怪，当初姚姗姗和微微闻婧闹得那么僵，这次怎么会来。不怕又来被甩两巴掌？然后着重介绍了一下陆叙，说是广告界一精英，和她微微是一个档次上的，说得陆叙差点被酒呛死。正要介绍火柴呢，火柴刷一下站起来，开始自我介绍，火柴说，我的名字特拗口，也不好记，你们叫我火柴就行，我就是那卖女孩的小火柴，在座的男士有需要的时候可以找我，姐姐们也别不好意思，只要是人，就没我火柴弄不来的，什么模样的我都能找来，再怎么说我也是一火树银花的女子啊，多么风尘……

我一把过去把她按坐下了，然后灌了她一大杯红酒。我实在不想听她卖弄词汇。

喝到一半的时候微微上厕所，火柴起来说她也去，正好她有点事儿找微微商量。我就在奇怪怎么两个人还没怎么熟络就有事儿商量了，真够新鲜的。

微微回来之后我坐过去问她火柴找她干吗。微微告诉我说火柴觉得这儿大老爷们儿挺多的，就没几个女的，问我可不可以把她的姐妹们拉这来做生意，保证不给我添乱子，而且还旺

场子，我一想我也没什么损失，而且她和你又是这么熟的朋友，于是我就答应了。我说，我听着怎么有点儿悬啊？不会出事儿吧？微微看了我眼说，没事。

那天晚上一群人喝得东倒西歪的，我没心情，不怎么想喝，到最后我一个人特清醒，还有顾小北，他也挺清醒的，他一直就不怎么喝酒。估计快十二点的时候，姚姗姗说她要回去了，顾小北站起来说我送你吧。姚姗姗扭头就走，好像顾小北送她是天经地义的，好像咱们这一大群朋友也抵不过她一个姚姗姗在顾小北心里的位置。微微站起来，有点晕。她说，姚姗姗，你丫怎么这么扫兴啊，一帮子人跟这儿这么高兴，不带你这么玩儿的啊。姚姗姗面不改色地说，我家管得严，不允许我这么晚了回去，我妈说女孩子在外面要爱惜点儿自己，不能没脸没皮的。一句话扫翻一桌女的，真够狠的。微微把酒杯往桌上重重地一放，说，你妈还裹脚吧！我操，得，姐姐，爱去哪儿去哪儿，这儿也没人留你。然后又和火柴拼酒去了。李茉莉估计听了有点儿不舒服，她是那种从小就规规矩矩的女孩子家，的确不怎么适合到酒吧玩儿。于是她也站起来说要回去了。可是白松这时候已经高了，正和闻婧在那儿玩儿两只小蜜蜂呢，我站起来帮白松说话，我说李茉莉，白松估计喝得多了，他就不送你了成吗？等下我们还得送他回去呢，你就自己小心，打个车回去。我本来想说我给你钱，但是又怕太伤她的自尊心。李茉莉说没事，然后又看了看白松，小声说，白松，我走了。可是白松压根儿就没听见，这孙子绝对高了。姚姗姗本来都要走的，见了这架势于是转过头来讥讽两句，估计是刚被微微骂了心里堵，她对李茉莉说，别等了，不是每个男的都像顾小北这么好的，你还是自个儿回家吧，人家也是一大少爷，哪有空送你啊。我一听心里就特不舒服，有气你冲我和微微撤，逮着软柿子欺负，你丫还是人吗你。火柴也听不下去了，阴阳怪气儿地说了句，我他妈以前老觉得自己嘴巴挺贱的，今儿个算长见识了。姚姗姗听了直接走了，估计丫也气得要死。

顾小北低下头看着我，他问我，他说你还玩儿吗？我说估计还要晚一些才走。他说，那你等等我成吗？我送了她再过来。我望着他，也不知道该点头还是摇头，他说，我想和你说会儿话。我点了点头，心里空荡荡的，也不知道说什么好。

他们仨走了之后我们几个还是继续喝酒，周围的音乐很吵，每个人说话都跟吵架一样吼来吼去。我不知道是什么时候开始习惯这种高分贝的地方的，我觉得特安全，在如同海潮一样的嘈杂声里，你的忧伤，难过，仇恨，感情，别人全部看不见，听不见。

闻婧在那儿挤兑白松，闻婧说，你丫在那儿牛B什么啊，就让小茉莉这么一个人回去，你丫回去肯定跪搓衣板儿，没跑！装什么大头蒜啊，我说你还是追去吧你。

白松说，滚你大爷的闻婧，再怎么说我也比你们强啊。

我走过去照白松脑袋上推了一巴掌，我说喝高了吧你，怎么突然逮谁都说比他牛B啊，以前怎么不见你这么能耐啊？

白松看都不看我一眼，脑袋仰躺在沙发靠背上，挥舞着手里的酒杯说，我就是比你们俩牛B。闻婧你牛B？你牛B你怎么让陆叙那小子甩了屁都不放一个，只知道跟北京哭。我就知道白松会越说越离谱，我刚想制止他，得，说到我身上来了。白松指着我鼻子说，还有你，林岚，你牛B，你牛B怎么对待顾小北不像对待我似的绝情呢？顾小北都有了新女人了你丫还念念不忘的！你牛B怎么被姚姗姗扇了两巴掌就扇上海去了呢？这会儿又带着铺盖卷儿回来？你牛B，你牛B你怎么不像

姚姗姗似的帮顾小北生个儿子呢……

白松你大爷！闻婧站起来一匝红酒就泼过去了，跟我当初泼姚姗姗一样。微微也站起来，拿一沙发垫子朝丫砸过去。白松突然清醒了，坐直了，一句话也不敢再说。陆叙也站起来，望着我。

周围突然变得很安静，没有人说话。音乐还是一样的嘈杂，可是我觉得特安静，就像站在空旷的荒野上一样。我就坐在白松旁边，闻婧那一匝酒有一部分也泼到了我身上。闻婧坐在我旁边，拿着纸巾帮我擦。那些红酒沿着我的额头流下来，流过我的眼睛，我的鼻子，流到我的嘴里。我估计这红酒变质了，不然怎么这么苦涩呢？

我拿过闻婧的纸巾，拂开她的手，我说，白松，刚你最后那句说什么？

闻婧说，他喝高了，你别理他，来，我帮你擦擦。

滚你大爷的闻婧！还有你，微微，你们都知道的对吧？就我一人是傻B！朋友，我交了多好的一帮子朋友啊，我他妈真高兴啊！

闻婧伸过手来拉我，她小声地说你先坐下吧。我一把把她甩开，我说坐什么坐啊，我他妈站着精神。说完之后一行眼泪从我脸上流了下来，其中有一大颗滴到了那匝红酒里。说实话，我心里很酸楚，比什么时候都酸楚。我从来没想过顾小北和姚姗姗是这种关系。尽管我可以很平静地接受火柴她们的职业，尽管我心里从来就觉得处女不处女无关紧要。可是这事发生在顾小北身上我还是觉得特别难受。

我记得在我们感情最好的时候，我和顾小北出去旅游，有次只有一间房了，我睡在床上，顾小北窝在沙发上。我看着他那么大一个人蜷在那儿觉得不忍心，就叫他到床上来。他抱着

被子走过来，站在床前，跟个孩子似的说，要不要在中间放碗水。

一直到现在我还记得当时顾小北的表情，特别干净，我是在他的笑容里睡过去的。第二天早上醒来我睡在他的手臂上，他的眉毛眼睛在我面前特别清楚。当时我觉得很幸福。是一种干净的清澈的幸福。

可是现在白松告诉我姚姗姗帮顾小北生了个儿子！儿子！

我终于坐下来了，我想起我另外一写书的朋友说的一句话，特朴实，可是特让人心酸，她说我站得太久了终于累了。我现在才体会到那种感觉。我坐下来的时候就觉得心里空了，跟贼洗过似的。

我说，白松，你告诉我实话，他们俩到底怎么回事儿？我说完之后都惊讶于自己的口气，这么平静，好像一个活了几百岁的人在追忆曾经的年华一样，带着颓败和腐烂的气味，这让我觉得厌恶。

白松望着我，眼神挺难过的，我想他现在完全清醒了。闻婧坐在我旁边，一直握着我的手，我觉得丫有病，我都没哭她倒哭了，微微和火柴都低着头没说话。我望着陆叙，陆叙一双眼睛红红的，我知道他肯定也喝醉了，不然眼睛为什么这么红呢？孙子，有本事喝没本事扛着！

我说白松你说吧，我没事儿。白松望了望微微，微微过了半晌点了下头。

不知道是不是过了十二点暖气就关掉了，我一直觉得冷，身子抖得跟筛糠似的。陆叙脱下他的那件外套披在我身上，我抓着外套抓得特别紧。

我终于知道了我和顾小北分手后所发生的事情。就在我以为其实一切都没有改变只要我高兴就可以重新扎进顾小北怀里一辈子不出来的时候，其实一切都已经沧海桑田了。我像是一只躲在壳里长眠的鹦鹉螺，等到我探出头打量这个世界的时候，我原先居住的大海已经成为高不可攀的山脉，而我，是一块僵死在山崖上的化石。

白松说，当初你和小北分手之后其实小北很难过。有几次我去找他打球都看到他在寝室里，一个人坐在床上，也不说话也不看书。其实小北以前很自闭，和你在一起之后他外向了很多。可是你离开他之后，他都几乎不怎么说话。正好那个时候小北同寝室的一个哥们儿要追姚姗姗，叫小北一起去壮胆。当时我也在，就一起去了。结果那天姚姗姗没看上小北的哥们儿看上小北了。那天晚上大家一起喝酒，我本来酒量就不好，喝了一会就倒了，小北的哥们儿心情很郁闷，因为从那天见面起姚姗姗就没正眼看过他，几乎所有的目光和语言都放在小北身上。那哥们儿也喝高了。小北也是一直喝，最后倒了，姚姗姗就送小北回家了。后来的事情也是小北告诉我的，第二天小北醒的时候是在姚姗姗家。两个人在一张床上，被子下面两个人都光着身子。小北穿好衣服，姚姗姗醒了，望着他。小北问，我怎么会在你家。姚姗姗说因为我不知道你家住哪儿。小北问，我们有没有发生关系？姚姗姗说有。小北问，你需要我负责吗？姚姗姗说，当然。然后小北站在原地一小会儿，然后关上门走了。走之前小北说，你要愿意就当我是你男朋友，你要不愿意就开个价，要多少钱就告诉我。后来姚姗姗说她怀上了顾小北的孩子，再后来打掉了。就因为这样，小北特迁就她。

我安静地听完了白松的故事。真的，我就觉得是一故事，跟电视里的连续剧一样傻的故事。我从来没有想过电视剧里的情节或者我小说中的情节会发生在我的生活里，而且是发生在

我最心疼的一个人身上。我坐在那儿什么话都没说。

闻婧摇摇我的肩膀，她说，林岚，你要想哭就哭，这儿也没外人。没说完她自己倒哭了。

我扯过一张纸巾替闻婧擦眼泪，我说哭什么，没什么好哭的，你看我就不哭。你们知道我得到个什么启发吗？我的启发就是不能听白松讲故事，他的故事特下酒，你看，我都喝了这么多了。的确，我面前放了七个啤酒瓶，都是我喝的。

我站起来，我说我要走了，其实我家里也管得挺严的，我妈也说了，女孩子在外面，不能没脸没皮的。

我走在北京凌晨的街道上，风特别大，夹着鹅毛大雪往人衣服里卷。我觉得特别冷，特别是脚，都冻麻了，感觉像是光着脚踩在雪里，跟针扎着一样疼。可是我还是不想回家，我也不知道想到哪儿去，一路晃荡着。

我回过头去，我知道陆叙一直跟在我的背后。我指着他，我说你别跟着我，你该干吗干吗去！我突然笑了，笑得挺开心的，我说你是不是怕我想不开啊？你放心，我没那么傻，可是我告儿你陆叙，你要再跟着我我马上朝车轮子底下钻，借你仨胆儿，不信你就试试！

我在路的尽头回过头去，陆叙没有跟过来，可是他还是站在远处一直望着我，我突然觉得很忧伤，可是我还是不想哭。我觉得自己真的成精了，再大的打击我都不哭。我就是看着陆叙站在大雪里望着我有点儿难过，雪落在他的头发上肩膀上，让他变得像我每年都要在楼顶上堆的雪人。我突然想起在大学的时候顾小北弹吉他给我听，他唱夕阳下我向你眺望，你带着流水的悲伤。而现在，我望着路的那一头，我却找不到曾经眼里出现过的彩虹，只有大雪，无穷无尽的大雪，唱着悲哀的歌。

不知不觉就走到学校了。站在学校门口的那条道上，突然想起前面有张椅子后面顾小北曾经刻过字。我跑过去，路上摔了一跤，我的手在地上磨破了皮，流了点儿血，不过马上就冻住了。

我本来以为找到那张椅子挺容易的，可是我来回找了好几遍才找到。我在那张椅子的背后蹲下来，后来干脆坐在雪地上，我靠在椅子背后，想起以前顾小北在这儿刻字的样子。那个时候他刻的是“顾小北永远爱他的老婆大人林岚”。“老婆大人”四个字还是我逼着他写上去的，我说我要提前上岗。我记得那天还被管学校环境卫生的小老太太逮了，说我们乱写乱刻破坏公物。还把我们的自行车给扣了。我当时很生气，可是顾小北笑着逗我，他说没事儿，咱俩去让她训训，你也得体谅体谅她，大热天儿的整天在马路边杵着，除了垃圾桶没第三个这么倒霉的，她训完咱们自然会把车还了，毕竟是学校管理人员又不是盗车团伙。当时的顾小北会笑，会说很多话哄我开心，可是现在的顾小北，永远那么沉默，一个人不说话，安静地坐在一个地方。我想起这样的顾小北就觉得心里特别难受。

我转过去想找那行字，我找到了，然后我发现下面还有一行字，“老婆大人什么时候回家”。

我摸着那行字心里抽搐了一下，我甚至可以想见顾小北蹲在椅子背后刻这行字的模样，我可以想见他刻完之后一个人坐在椅子背后的草地上发呆，周围有很多的人和很多的车从他身边穿过去。我突然觉得喉咙特别堵，我站起来，觉得头晕目眩的，胃里的酒突然一齐往上翻涌。我突然就吐了，吐得一塌糊涂，那些残骸混着液体从我的口里鼻子里喷涌而出，刺得我的嗓子特别疼，我觉得难受。不过我觉得很庆幸，我没在特繁华的地段吐，我没让人看见。一个大妈从我旁边走过去，她看见我跟见鬼似的，脚步都变快了。我扶着椅子站起来，我说大妈您别怕,我只是有点儿不舒服,真的,您……我还没说完又吐了。

我坐在椅子上，抱着脚开始哭。我累了，我真的要哭了。我不知道自己可以流多少眼泪，我只知道我胃里能吐的都吐完了。我开始哭得很小声，几乎没有声音只是疯狂地流眼泪，可是后来我觉得喉咙特堵，我就开始放出声音哭，最后我几乎是在吼。凌晨的学校外面几乎没什么人，我的声音飘荡在空气里，夹在雪花里，听起来跟鬼似的。

我不知道我哭了多久，我只知道我哭得累了就躺在了椅子上。我的脸挨着那些堆积在椅子上的雪花，我觉得很冷。

醒来的时候我躺在床上，我妈坐在我的床边，用手抚摩着我的头。我看到我妈眼睛里全是血丝，我就问，我说妈你是不是昨天没睡？我刚想起身，我妈就给我一巴掌。我当时都蒙了，我看着我妈，我妈眼睛里大颗大颗的泪水滚出来。

林岚，你说说，你这么大个人了，怎么这么不让人省心呢？一个女孩子喝那么多酒，吐得全身都是，还睡在雪地里，要是周围有什么坏人怎么办？要是冻死了怎么办？你说说，妈妈养你这么大容易吗?

我看着我妈，其实从小到大，我都没看过我妈哭，我现在见到了，我终于体会到什么是闻婧对我说的“我看到你丫哭比被人操刀砍都难受”。于是我也跟着哭，虽然我总是和我妈叫板儿，总是和我妈贫，可是我比谁都更爱我妈。我哭着说，妈，我嗓子疼。

我妈抹了眼泪，说，我拿粥给你喝。你还不知道你发烧了吧？昨天那么冷的天，就那么睡在雪地里，你这孩子怎么这么不爱惜自己啊。说完出房间帮我拿粥去了。

我躺下来，眼泪还是一直流。我昨天晚上的记忆很模糊，可是那行字却格外清晰，“老婆大人什么时候回家”。顾小北，你觉得现在这个样子我还能回家吗？

我一边喝着我妈拿进来的粥，一边问我妈，我说妈，昨天是陆叙送我回来的吧？其实我知道，陆叙一直跟在我后面，包括我在没有人的大街上摔了一跤，包括我吐得一塌糊涂，包括我对着一张椅子流下了眼泪，他都看见了。

可是我妈的回答让我很诧异也让我很难受。她说，是小北送你回来的。你回来的时候小北把他身上的衣服都裹在你身上，他头发上眉毛上全身都是雪，跟个雪人一样，而且你还吐得人家小北一身都是。他冻得嘴唇都发紫了，话都说不出来，我冲了杯滚烫的咖啡给他喝下去，过了五分钟他才含糊地叫了我一声大妈，你当时是昏迷不醒，我看着不知道有多心疼。小北是挺好一孩子。如果不是小北找到你，今天我就该在新闻联播上找你了，新闻标题就是“××大学门口冻死一女青年”。我悄悄地把眼泪往碗里砸，都不敢让我妈看见。

我两只手捧着碗，我就怕我手软拿不住把碗砸了。我抬起头，我说，妈，你知道吗？姚……我一同学，她有了小北的……孩子，打掉了。妈，你说说，你说我能……

我妈突然站起来，站在我面前一句话都说不出来，我看得出我妈挺激动的，嘴唇都在发抖。过了很久，我妈坐在我旁边，伸出手放在我头发上，她的眼泪都掉下来落我脸上了，我觉得特别滚烫。她说，岚儿，妈终于知道你为什么那么糟践自己了。妈的心比你都疼。我每次听到我妈叫我岚儿我就特别伤心。我妈接着说，岚儿，其实妈这么多年看着你和小北走过来的，我知道你和小北都是好孩子，虽然有时候你挺能惹事儿的，看上去也很要强，可是妈知道，你其实一直都没长大。小北也是个好孩子，每次小北过年到我家吃饭，我都把他当我没过门的女婿，每次我封红包给他的时候，我都觉得特别窝心。我看见小北那孩子对你千依百顺的，我一直觉得你们是天下最好的一对孩子，可是这次……他怎么这么糊涂啊！作孽啊！

妈，你别说了。我和小北什么都不是了。我晚几年嫁，我要赖家里多混几年饭吃，妈您别赶我……我抱着我妈，眼泪一滴一滴掉在床单上。这是我这么多年来第一次在我妈面前哭得这么难过。以前我什么事情都只想告诉小北告诉闻婧微微，我都只在他们面前哭。我望着我妈，我突然间觉得这么些年来我妈也老了。以前我总是觉得我妈年轻，经常出去人家管我俩叫姐妹，我妈挺得意的我挺火大的。可是现在，我发现我妈也老了，我看得见她的白发看得见她的皱纹，看得见她为我承受的风霜和忧伤。

我一直睡到下午，估计快吃晚饭的时候我听到有人进来，我想是谁来看我了。我刚挣扎着爬起来，门一开，我就愣住了。我看见顾小北,一双眼睛红红的跟个兔子似的站在我面前。

我指了指床边，我说你坐吧。我想起以前，小北在我家玩儿的时候，他总是躺在我床上，他这人特爱睡觉，而且老是喜欢躺我床上，拉都拉不起来。任我挠他痒痒对他拳打脚踢他都不起来。我去他家也一样，躺在他床上，我也不起来。可是每次他都有办法，他直接在我身边躺下来抱着我一起睡。我不得不脸红心跳地蹿起来骂他下流。他每次都闭着眼睛躺在床上笑，还拍拍身边的位置示意我躺下去。我到现在依然能回忆起顾小北的枕头上的味道，和他肩膀上的气息一样。无数次我就是在他肩膀上昏睡过去，我觉得很安全，因为有老师叫我顾小北会提醒我，有笔记顾小北会帮我做，我觉得格外安心。我总觉得顾小北身上的气味于我是一种催眠的味道，我可以很轻易地在里面沉睡。我甚至想过以后结婚了我一定不用X白金什么的，因为我只要在他身边，肯定睡得很安稳。我想到这儿，本来挺幸福的，可是我突然想到顾小北曾经和姚姗姗光着身子在床上纠缠了一夜，我就觉得特别恶心，想吐，是真的想吐。我告诉自己不要想，可是脑子里还是浮现那些恶心的画面。我甚至为我自己要去想这些东西而感到恶心。

顾小北坐在我的床边，他抬起头望着我，他问，你……都知道了?

我点点头，不敢看他。我说，你要喝水吗？我去帮你拿。

顾小北摇摇头。他说，头还烫吗?

我说不了。

然后就没话了。两个人就一直坐着。顾小北穿着一件很厚的羽绒服，可是还是一直咳嗽。他的声音有些沙哑。我不时地递纸巾给他擦鼻涕。

我也不知道过了多久，反正我妈进来说叫我们出去吃饭了。我妈看着顾小北，也有点儿不自然，她说，小北……要不要在这儿吃饭？如果换作以前，我妈肯定是直接叫小北出去的。顾小北站起来，说，不了，我回去了。转身出门前，他最后说了句，林岚，你好好休息。大妈，我先走了。

当门突然关上的一刹那，我突然哭了，因为我把顾小北的最后一句话恍惚地听成了“妈，我先走了”。

除夕夜我哪儿也没去，窝在家里陪我妈看联欢晚会。还没到八点，中央电视台的联欢晚会还没开始，我就随便瞎按了一个台，反正所有的联欢都挺傻的，不过看着一大群人在那儿甩

胳膊甩腿儿的特喜庆。我妈坐在沙发上，不时地对某某某的衣服某某某的模样发表评论。我觉得我妈有一句评论挺经典的。当那个由于一部特傻的幼稚古装剧而走红的某某某出场时，我妈吧唧丢一句出来，她说，这是一什么女的啊，怎么长得跟黄鼠狼似的，看得我腰子疼！

正看着电视，电话响了，我接起来，陆叙打来的。他说，我在你楼下呢，可以下来吗？

我挂掉电话，没换衣服，穿着拖鞋披了条毯子就跑楼下去了。外面依然在下雪，可是不大。陆叙穿了件黑色的长风衣站在我家楼下的草坪上，感觉像个远古时代的牧师。他两只手提着两口袋东西。

我说干吗呢，想贿赂我爸啊，得先贿赂我。

陆叙没笑，我有点尴尬，同时也有点疑惑，不知道他怎么了。之后他望着我，很认真的表情，他说，林岚，我买了很多烟火，一起去放吗？

我看着他，觉得他一身黑色像要融进夜色里去，周围白色的雪把他映衬得格外忧伤。我说好我去换衣服，你等等。

然后我才看到陆叙笑了，像个孩子一样笑了，露出一排整齐的小米牙。

换好衣服下楼，我说找个地儿吧，总不能在这住宅区里放吧，没准儿得把人家房子烧了，这大过年的，多不好。

陆叙说,我对这附近不熟悉,你说吧,要不在你们家楼顶?

我说那不成，要不去我家后面那个运动场吧，估计现在没小孩会在那儿踢球，都跑去要压岁钱了。

陆叙笑着点头。

这天晚上我一直在尖叫，感觉像一柴火妞突然看到了高楼大厦的感觉一样。我不停地说这个焰火漂亮那个焰火牛掰，还不断地向那些制造工厂的工人们表达我的尊敬。我说真该叫火柴来看看，她老说自己是一火树银花的女子，我让她见见什么是真正的火树银花。

正说着呢，电话来了，我一看，火柴的。我接起来，说，火柴老丫的，你在哪儿呢？把妹妹我忘记啦？

姐姐我不是那种人，我跟一群姐妹儿在放炮呢，噼里啪啦，真够带劲儿的。正想叫你丫过来呢，你在哪儿呢？

周围鞭炮声太大，我拿着电话吼，我说我也在放呢，跟陆叙在一起，我不过来了，你丫别忘记给我压岁钱。你不是老说自己火树银花吗，这漫天烟花可比你牛B多了吧。

两边电话里都是惊天动地的鞭炮声，火柴也在那边吼，她说，这可不一定，我告儿你，你姐姐我今天穿的裙子！好了，我不跟你说了，姐姐我上阵去点炮了，平时都是那些男人放炮，今儿个我也要放，放舒坦了我才回去。

我笑了几声把电话挂了。然后接着和陆叙点一个又一个的礼花爆竹。

我和陆叙挺厉害的，一个小时就把两大口袋烟花爆竹给解决了。我和陆叙坐在操场边的看台上，手里拿着安全烟花，看着操场地上零星的红色火花，我觉得很平静。我转过头去看陆叙，他手里的烟花发出白色的光，像颗捧在手上的小星星。不知道为什么，我觉得光线下陆叙的脸看上去很忧愁。

陆叙对我说，林岚，你知道吗，那天我一直跟在你后面。

我盯着手里的烟花没说话，我等着他说下去。

我看见你倒在椅子上的时候我特别难受，我想过来抱你回去。可是我刚要走过来，顾小北就来了。我看见他把衣服脱下来裹在你身上的时候我觉得很难过。后来你们走了，我坐在那个椅子上，我也看到了顾小北刻的字。我在那个椅子上坐了很久，我也不知道到底坐了多久。我在那儿想了很多乱七八糟的事情，想了很多在上海的事情，觉得脑子很乱。后来太冷了我就回去了。回去的路上我一直在想，要是抱你回去的不是顾小北，是我，那该有多好。

我转过头去看陆叙，我发现他也在看我。我刚想说话陆叙突然一下子扑过来抱住了我。他的力气特别大，我觉得身子被他抱得特别疼，可我没有反抗。我把头搁在他肩膀上，心里空空的，周围是此起彼伏的鞭炮声。我突然觉得脖子里一股暖流，我不知道是不是陆叙哭了。我想，一年又这么过去了。

我低下头的时候吓了一跳，因为我发现我拿的烟火都挨到陆叙风衣上了，我赶紧拿开，幸好是安全烟花，不烧东西，否则我肯定躺了，因为我摸着陆叙风衣的材料，肯定价格不菲。

陆叙送我到楼下，我说得了你回去吧，你还要陪陪你爸妈呢。别让两个老人家呆屋里等你，快十二点了，回去守岁吧，老人家兴这个。

陆叙点点头，雪地里，他的笑容特别好看，我看着他的风衣，还是觉得他像游戏里的牧师，吟唱着各种赞美祈祷，保护着我的生死。

我回家的时候我妈就数落我，说微微刚来了，一直等你，等了很久等不到，走了。我说她怎么不打我电话呀，我妈说微微说不用了说不要影响你玩儿。我妈继续数落我，说，你看人家微微，多好一女孩子，多出息啊。

我拿过沙发上的一个纸袋，打开，是一套化妆品，我在商场里见过，挺贵的，贵的程度到了一般工薪阶层看了会大骂社会不公的那种程度。还有个红包，我打开来，厚厚的一沓钱，大约是五千块。我就在笑微微怎么跟火柴一样啊，喜欢送人民币。红包里还有张纸，上面是微微写的字，我挺感动的，说实话，如今地位的微微是除了签文件和合同外几乎不动笔的，都是叫秘书用打印机，我估计要她写几个字儿跟当年要唐伯虎一幅墨宝一个难度。那张纸上写着：朋友总是为你挡风遮雪，如果你在很远的地方承受着风霜，而我无能为力，我也会祈祷，让那些风雪，降临在我的身上。

我眼睛又有点儿红红的，我看着我妈，我说，妈，我像爱毛主席一样爱你。

我妈看我一眼，特不以为然地说，得了，一看就知道有所图谋。你就跟黄鼠狼爱鸡一样爱我。

十二点的时候我的手机和家里的电话都响起来了，我两边一起接发现都能应付得来，因为两边的内容都一样，拜年的，手机里是闻婧，电话里是火柴，俩特聒噪的女的同时强奸我的听觉，我觉得上天对我的这个惩罚狠了点儿。刚把电话挂了，又响，我一接起来，是白松。他说，你家电话怎么跟热线似的啊？我说这主要是因为你们动作比我快，本来我要打你家电话让你家成为热线的，没让我捞着机会。白松在那边笑，他说每次你都特有理由。然后他接着说，林岚，那天的事儿我挺对不住你的，不过后来微微跟我说，这事儿迟早是要说的。我就是想告诉你，很多事情别放在心上，我心中那个林岚比谁都潇洒。我说，嘿你是不是还暗恋我呢？白松说你不要直接说出来啊，让我隐藏一下。我说你放心吧，如果说以前那个林岚是穿着防弹衣的大尾巴狼，那么现在这个林岚就是坐在装甲车里穿着防弹衣的大尾巴狼。

挂了电话我觉得很温暖，我跑过去吊在我妈脖子上对我妈说，妈你知道吗？我一直觉得我做人挺失败的，可是我最骄傲的一点就是我这辈子交了这么一群狐朋狗友。我放开我妈，我妈深深吸了一口气，我以为她要说一句什么特精辟的话来辉映我，结果她弄了一句：还好你放得快，差点勒死我！

大年初二那天一大清早的，微微给我个电话，说送我个新年礼物，我说你不是送了吗？你还嫌送得不够大啊，是不是要我跪下磕头你才乐意啊？微微说你别跟我贫，我等下到你楼下接你，今天你就甭安排节目了，姐姐我料理你。

九点多的时候微微到了，我下楼去刚坐进车，就看见火柴和闻婧也在车里，我说姐姐你是不是觉得大过年的肯定警察们都回家过年了拉着我们去抢银行啊？要是的话妹妹我上去操家伙，赤手空拳的我心里还是有点儿虚。

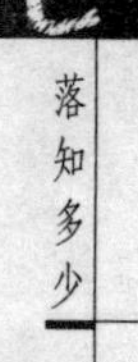

微微说得了吧，少跟我贫，我是带你去美容，我帮你们仨一人办了张美容月卡，洗头洗脸全包了，爱去多少次去多少次，瞧你们一张脸蹉跎得跟大头菜似的。我微微今儿就让你们枯木再逢春！

一句话把我们仨都说得挺惆怅的。

“这家美容院是新开的，这老板我认识，他在外边打的广告和那些广告牌都是我操办的。我觉得这儿的妹妹们手艺挺不错的，就介绍你们来了——对了，妹子，就那儿，使点儿劲儿。”微微躺在椅子上，一边洗头一边和我们聊天。

我们四个并排躺在那儿，四个年轻的妹子站在我们身后打理着我们几个的一头乱发。

微微接着说，其实今天找你们来还有点事儿麻烦你们，我最近在做一个生意，做成了我大半年不用忙活也可以让我银行账号上的钱跟出租车计价器似的不停地往上翻。可那公司的头儿特油盐不进，我本来想用点糖衣炮弹先轰炸一番看看情况的，结果我在丫周围安排的小地雷告诉我丫钱多得吓我一跳。我想想我微微也不是没见过钱的人啊，能吓我一跳估计怎么着也赛过一小银行了。有一次我提着极品宫燕想去刺探下军情，结果刚走进丫花园我就退出来了，我进去的时候刚好瞅见他家的几个佣人在花园里吃燕窝呢。气得我……后来我想丫会不会爱玩儿呢？我就带丫去打高尔夫，结果丫在草坪里站了一会儿，都没挥杆子，最后整了句没劲，跑了！我真是拿丫没办法，后来我的小地雷告诉我丫什么缺点没有，就好色！

“得，微微姐，”火柴的“职业素质”挺高的，一听到这就明白七八分了，“如果您是要我找女的去把丫撂平了您可找对人了！我火柴是干什么的啊！卖女孩的小火柴啊！那可是一火树银花的女子！”

我和闻婧听着她俩的对话都觉得特有意思，以前觉得听微微讲话或者听火柴讲话每句话都能琢磨老半天，现在两人对着讲，记下来能当成语录学习了。不光我们，洗头的小妹们都听得特起劲儿。

火柴接着说：“不是我火柴吹，除了原装的处女，我火柴什么女的弄不来啊，海陆空随便你挑，铁人三项我都有——妹妹你别激动，轻点儿，你手上那是一颗软弱女人的头，不是一萝卜。”

微微说，那人品位够高的，一般女的看不上，你不能净找那种职业特征太明显、技术太熟练的精锐部队去，那种女的我也能找来，胸口永远是左边装着春天右边装着夏天，热情似火一摸就叫的那种——妹妹，你别激动，手别抖。要找就要找那种有点儿文化的，念过书的。一张口就能来点儿 to be or not to be 的那种。

火柴说，这好办，微微姐你放心，我回去叫丫们念几本琼瑶，再读他几本儿唐诗宋词什么的，再在脸上扑点儿黄色的粉底，保证出来个个都跟李清照似的，人比黄花瘦，在床上都能给你来上一句“为什么我的眼里充满泪水，因为我爱你爱得深沉”之类的——我说妹子，你听得挺起劲儿的对吧，洗多少时辰了？这头再洗估计我头发得洗褪色了吧？

走出美容院，我们四个站在门口长发飘飘的，那老板看着我们，一脸笑容地说，要是你们四个每天跟我这门口站一小会儿，那可比在电视上打广告都好使。说得我挺有自信的。

在车上，闻婧说，微微你不是说找我和林岚也有事儿吗？怎么没什么动静啊，就听见你给火柴下任务了。

微微说，别急，马上就来了。我估计火柴手下的女的不够道行，所以我最后一招就是叫你和林岚去冒充一下——别激动妹妹，听我说完。不需要你们陪床，你们没那个经验，而且也没那个资本，你和林岚都是那种穿上衣服还像个女的，脱了衣服就分不出雌雄的那种，不能让你们扬短避长啊，你们得发挥你们大学生的本事。记住，你们就是一精神妞！和丫们神侃，侃晕了就签合同，签完就走人。

微微继续诱惑，她说，这男的要拿下了我请你们仨去海南玩儿十天！

我和闻婧对了对眼神，做出了决定，舍不得孩子套不着狼，说什么微微也是好姐妹！

于是微微说那我回去安排一下，然后火柴，我再给你电话。如果你手下那些女的搞不定，那么林岚闻婧，你们就是第二套作战计划。

我听着挺热血澎湃的，感觉跟小时候看黑猫警长布置计划捕捉食猴鹰似的。

大年初八那天，我和闻婧就被微微的电话招出去了，我和闻婧微微先到，火柴还没来。我看了看微微的表情也看不出什么苗头，微微这几年修炼得已经喜怒不形于色了，道行特深。我就指望着看见火柴眉开眼笑地过来告诉我和闻婧回去归置行李飞海南了。

过了十多分钟，火柴来了，一坐下来就开骂：我操丫什么男的啊，我派了我姐妹毒海棠去，要知道我海棠妹妹那可是千百个男人流着口水等的尤物啊，而且我姐妹还一咬牙穿着超短裙去的，大冬天的零下十几度，够敬业的吧？结果丫根本就不看她一眼，我估计丫不是性无能就是一太监。不是我吹啊微微姐，就是一真太监搁海棠面前，那也得弄得脸上红霞飞舞。我估计丫也许是一玻璃，要不我弄俩小兄弟去？

微微说，得了，你别添乱了。我就知道一般女的搞不定。说完后特深情地望着我和闻婧。

我和闻婧站在包间门口，心里特别紧张。微微一直提醒我们，她说，记住了，手机不要关，情况一有不对立马打电话通知我，别和他们硬碰硬，用软的磨他们，磨到我来为止，记住你们是精神妞！没事儿别把话题扯到肉体上去！

其实微微这番话已经说了很多遍了。我站在门口，依然很紧张，闻婧也挺紧张的，她拉着我，问，林岚，你摸摸我的手，是不是在抖啊？

我说你别紧张，弄得我都跟着挺紧张的。

闻婧说，能不紧张吗？生平第一次当鸡，说不定一不小心就得献身，这可是一件大事儿啊，你以为谁都像姚姗姗那么能豁出去啊。

我感觉跟进黑社会似的，我和闻婧就是俩卧底。不知道为什么我突然想到我妈。如果我妈知道了我来做这事儿，估计在客厅里摆满了刑具都不够她泄恨的。

微微说，得了，你们别贫了，进去吧，记得我的教诲！

我深吸了一口气。推门进去了。

我和闻婧一进去就觉得情况有点儿不对。不是说只有一不好对付的男的吗？怎么坐仨男的啊。我也分不清谁是微微要我们拿下的那个男的了，于是随便猜了一个走过去坐了下来。其实我是拣了个长得还算端正的男的，古人说，相由心生，错得再离谱那也得挨着点儿皮毛。不知道为什么，总觉得我在哪儿见过我身边这男的。可是我想了一下，我没跟这么牛 B 的人接触过啊。可怜闻婧，只能在一贼眉鼠眼的男的旁边坐了下来。

其实我和闻婧计划得也比较周详。一上去就和丫们谈美术，这毕竟是我和闻婧的专业，从素描到速写，再到水粉再到油画，挨个谈一遍发展史，保证够丫晕菜的，如果还不行，就转话题谈文学，这是我的强项，先古代后现在，先中国再西方，毕竟我也是一写书的人，我就不信蒙你几个平时书都不看的男人我还不行。然后再谈广告，把微微天上地下地吹一翻，然后就直奔主题。

本来是这样计划的，结果还没等我谈到我的强项文学，刚谈到油画，闻婧旁边那男的就兴奋了，丫说，我就爱看油画儿，上面那些女的够敬业的，光着膀子就上来了，丰满！你看看现在的女的，瘦得跟电线杆子似的，抱着睡一晚上都觉得抱了一骷髅，全身都疼。说完马上就开始问我和闻婧的三围，一双眼睛还在闻婧上三路下三路地打量,看得我心里毛骨悚然的。

我觉得有点儿不对，于是撒了个谎说上洗手间，一关上门就开始打电话，我发现我的手都在抖，在电话簿里找微微的号码找了三遍才找到。等我拨了我才想起来我把微微的电话设为快捷键1了。真他妈傻。电话一响微微就接起来了，挺着急的口气问我如何如何是不是出事儿了。我告诉微微我说，你不是说丫根本就是一太监吗，海棠那种女人中的极品他都不动心，怎么我和闻婧这种女人中的男人刚一上场丫就开始发情啊，微微，我真不是这块料，我发现这工种需要高度的沉着和机智，我他妈扛不住啊我，姐姐你快来救救我吧。

微微挺紧张的，她说，林岚，他怎么你了？对你动手了？

我说到现在为止还没，只是在精神上对我调戏，属于思想强奸的性质。

微微说，那你再坚持会儿，争取拿下，如果不行就撤。如果丫进一步对你有所行动，你就拨我的电话，我马上过来，放心，没事儿，没人敢乱来，真的。没事儿。

听着微微这么一口大尾巴狼特真诚的口气我也没办法，挺无奈地把电话挂了。

挂了电话我心里还是不踏实，于是我又打电话给陆叙，哆哆嗦嗦地把这事儿给陆叙说了，结果他还没听完就吼了我一句；林岚你脑袋是不是被门挤了！然后他就问我在哪儿，我刚告诉他地址，他就把电话挂了，我都还来不及问他要干吗。他没那么傻去报警吧？如果我被抓进局子里说我卖淫，那这脸可丢大发了。

我回到包间里边，还没走进去就听到闻婧一直在说，先生，别，真的，您别这样……我操，叫你别摸了你他妈听不见啊！我一听就知道出事儿了，我赶紧进去，我看见闻婧站起来，满脸愤怒。我问怎么了，闻婧指着她身边那男的咬牙切齿地说，我想把丫手给剁了！那个男的也站起来，把酒杯往地上一摔，啪的一声，我都吓了一跳。那男的估计也被惹得挺火的，不过也是，没见过婊子对嫖客发脾气的，今儿估计他开眼了。那男的说，你他妈装什么雏啊，老子花了钱了，摸你下鸡爪子你怎么了，等下鸡胸脯也得让我摸了，今儿个大爷我就让你看看什么叫霸王硬上弓！

我知道出事儿了，这局面完全不是想象中那么回事儿。我悄悄摸出手机，按了下 1 又按了下绿键，我知道微微的电话接通了，于是我挺大声地说，三位大爷，今天我和我姐妹儿不舒服，改天伺候三位，不过看你们的样子是不准备让我们走了是吧。我知道微微听得见。我刚想继续说下去，把这儿的危急情况跟微微描绘一下，结果我放在身后的手机突然被人扯过去了。我回过头去，三个穿黑西装的男的不知道什么时候出现在我身后，其中一男的把我手机拿过去就挂了，又把我的电池板给抠了出来，才把手机扔给还给我，妈的真够毒的。

那尖嘴猴腮的男的说，今天不把你们俩丫头片子废了我管你们叫大爷。

我看得出闻婧很慌，她就差没有瘫下去了，这还为我挣了点儿面子。我知道这个时候我不能慌，我要再一慌肯定完了。我觉得要从微微说的那特牛 B 的男人身上下手。

我吸了口气，一般人看不出我心里挺慌的，我表面上看上去很是平静。我说谁是唐先生？因为我记得微微跟我讲过那老板姓唐。

我果然没有猜错，坐我身边那男的就是。他对我笑笑，说，我是。

我示意闻婧站到我旁边来，闻婧走过来，躲在我背后，我说，唐先生，你今天要废了我们俩丫头，我没话说，你们六个男的我们再挣扎也没用。不过我先把话讲明了，我和我姐妹儿也不是让人说废就废的主儿，今儿除非你把我和我姐妹儿弄死了，如果弄不死，我告诉你，大家走着瞧。我明跟您说了吧，我们俩不是干这行的，在小北京也不是没头没脸的人。您想清楚了。

那姓唐的看着我不说话，我心里特打鼓，我心里一直在跟自己说一句话，林岚你要站稳了，别倒下。其实我心里怕得都要哭了，一想到要被一群长得这么丑的男的糟蹋，我就想买块豆腐撞了。不过这会儿，连豆腐都买不了。

我突然觉得这很像我以前看的香港黑帮片儿，以前觉得真好看，刺激，杀来杀去的。可是现在，你要我哭我真能立马哭出来。

我正在想怎么办呢，突然门就被撞开了，我转过去就看见我后面仨男的被揍躺下了两个，剩下一个在和陆叙搏斗呢。

我看傻了，闻婧也看傻了，陆叙转过脸来冲我们吼，说走啊，俩傻子，快跑啊！说完扯着我的衣领子就把我丢出去了，我回过头去就看到闻婧也被丢出来了。然后陆叙把门一关，门被堵上了，我踢门，我想把他也弄出来，结果就听见他在里面吼，一直叫我们跑，然后就听见拳击的声音和几声沉闷的声响。

我也吓傻了，拉着闻婧就朝外面跑，一到马路边上就拦了辆车，司机问去哪儿，我挥挥手说随便开，开！

我转过去看闻婧，闻婧面无表情地看着我，然后突然哇的一声就哭了，她拖着哭腔跟我说，林岚，我以为我完了，肯定完了，哇——还没说完就开始放声大哭，我从镜子里都看见司机的脸特扭曲特惆怅。

我推她一把，我说你别哭了，现在是陆叙完了，陆叙！

我摸出手机，一看空白的屏幕才想起电池被丫杀千刀的抠了，我对闻婧说手机给我，要哭回家哭去！你他妈快给我！

我拿过手机就拨火柴的电话，我一听见火柴的声音就开始说，我说火柴姐姐，你救救陆叙吧，我求你了，这回真出事儿了，你找找你黑道上的朋友，人越多越好，你不来他就完了，妹妹我求你了……还没说完我的眼泪也流下来了，哽咽得话也讲不明白。

火柴在电话里也挺急的，她说，林岚你别哭，微微刚打电话跟我讲了，我已经过来了，你们在哪儿呢？

我说我们在车上呢。

火柴说，那你们先回去，我保证陆叙没事儿，我保证给你个完好无损的陆叙，绝对不是缺胳膊少腿儿的，你别哭，啊。

我坐在医院的走廊上，闻婧靠在白松肩膀上哭。我本来也想哭，可是这会儿我特平静。微微站在我面前，她看着我不说话的样子挺难受的。她说，林岚，你说说话，要不你哭出来。你这样我难受。

我心里在冷笑，你当初叫我和闻婧去的时候怎么不难受。

微微说，我知道你心里在骂我，可是我微微指天发誓，我要知道姓唐的是那种人我一出门就让车撞咯！直接撞太平间去！孙子，真他妈够孙子的！畜生！

我觉得特累，我也不想去管微微到底事先知不知道了。这些年，我知道微微用了很多极端的手段成就了她今天的地位。我也不去想到底她是一个什么样的人，我怕想多了会让自己失望。我宁愿相信微微根本不知道姓唐的要来这手，我也宁愿去相信微微依然是我的好姐妹。只是我现在不想管了，我累了。

我冲微微摆摆手，我面无表情地说你站一边儿去，别站我面前，我现在看见人烦，你消停会儿让我静静。我没说不信你。

微微站在我面前没动，我抬起头来，我刚想骂她哪儿凉快哪儿呆着去。结果我抬起头就看到微微气得发抖，一大颗眼泪从她眼眶里掉出来，她指着我说，林岚，我告儿你，你丫别这么说话，要么你就抽我，随便你抽，我他妈躲一下我都不是人，但你别这么阴阳怪气儿的说话，你说得不难受我听着难受，这么多年的姐妹，你丫为了个男人这么说我……我看得出微微挺难过的，话都说不下去了。

我不知道我是不是就为了陆叙和她较劲儿，我只知道我赶到医院的时候就看到护士推着头上血淋淋的陆叙往手术室冲，他的眼睛闭着，长长的睫毛上都是血，我想过去给他擦干净，结果被一护士一把推开了撞在墙上。我只看到陆叙带着氧气罩，头上的血像自来水一样往外冒，裹了那么多层的纱布都被染红了。陆叙躺在床上被推着消失在走廊的尽头，我看了都不知道要说什么。我觉得一切都那么可笑。真他妈可笑。

火柴坐在我对面，也没说话，我从见到她开始她就没说话，一直坐在那儿沉默。也许气氛太尴尬，微微和我都是她的姐妹，感情都挺深厚的，所以她也不知道说什么。只有白松走过来把微微拉开了，他说微微你先休息，你让林岚安静会儿。

我站在陆叙的病床前面，看着头上包着纱布的他心里特难受，像有什么东西一直堵在那儿，堵得我话都说不出来。我觉得自己一直在给他带来灾祸，为了我他都包了两回纱布了。上次还好点儿，这次，还昏睡着没醒来呢。

不过我已经不担心了，因为医生说陆叙脑子里没淤血，而且身体里面也没受伤，都是些皮外伤，不过头上缝了八针！

我还记得当手术室的大门打开医生走出来的时候，我想站起来，却没力气，我觉得腿不听使唤。我就怕看到像香港连续剧里的那种蹩脚情节，医生对我们摇摇头，然后说我们尽力了。

我看着陆叙熟睡的面容，觉得他真的像个大孩子，冲动，任性，急躁，善良。

白松说，先出去吧，让他休息休息，醒了就没事儿了。

我还是坐在走廊上，微微坐在我旁边，我把手伸过去拉着她的手，我说微微，刚才我说的话你别往心里去，我是担心陆叙，你知道我这人一急就口不择言的。

微微的眼泪刷就下来了。我抱着微微，从未有过地觉得她需要人保护。在我印象里她总是扮演着姐姐的角色，无论风霜雨雪，她都冲在前面，替我们扛。

没事儿就好了，你们俩姐妹也真够有意思的。白松站在我们面前笑眯眯的。

我说你们家小茉莉呢，怎么没跟你屁股后头啊。

白松说，她身体不舒服，在家休息，这段时间她一直不舒服，吃什么吐什么，头晕目眩的。

我说你不是让人家怀孕了吧?

白松说去你的，我到现在为止连她的嘴都没亲过。我挺惊讶的，我说你不至于这么差劲吧？多大的人呢，怎么跟初中生谈恋爱似的啊，还弄得那么纯情，也不怕自个儿恶心。白松说，没，我就是怕吓着她。我说，白松，你脑子没热吧，你不是真打算跟她结婚吧？白松说，闭上你的乌鸦嘴，长这么大没听你说过一句好听的。

正说着呢，一老太太和一老头子走过来了，估计看我们这儿挺热闹了，以为有什么新鲜事儿呢。那老头子长得挺威严的，一来就问，里面的人怎么样了？就跟一土皇帝似的。

微微站起来说，你哪庙的和尚啊?

我是陆叙他爸爸！

我知道刚陆叙他爸爸一句话就把微微噎得要死，本来我和微微一个反应，而且我是想对那女的下手的，“女尼姑”三个字都已经在我嘴边上了，我当时也挺新鲜自己有这么个新词汇冒出来，有女尼姑估计也得有男尼姑。可是微微比我快了那么一步，幸亏她快了一步！所以我现在可以在俩老人家面前装得要多纯情有多纯情，嗲死人不偿命。

陆叙他爸问我怎么回事儿，我当然不敢说我去做鸡结果要被人真枪实弹的时候打电话给陆叙，陆叙为了救我于是就弄成了现在这副操行。我瞎编了个故事说我和陆叙在路上被人打劫了，陆叙救我，结果被歹徒打了。再怎么说我也是一写书的！

我安慰着两位老人家，说医生说陆叙已经没什么事儿了，休息下就行，都是皮外伤，醒过来就生龙活虎的。然后帮俩老人叫了辆车，送他们离开了医院。

晚上的时候陆叙醒了，我站在他面前，跟孙子一样等待着挨训。我事先跟微微讲好了，我要撑不住了她过来接我班接着挨训，反正这事儿她也有关系。结果陆叙醒来看着我，看了很久说，幸亏你跑了，那帮家伙拳脚够重的，如果是你你早躺了，还好。

我的眼泪包在我的眼眶里，周围有太多的人，我不好意思流下来，我借口去帮陆叙倒水，一转身眼泪就下来了。说实话，我倒宁愿他骂我没大脑骂我脑子被门挤了。也没有现在听到他说这句话让我难受。

走出医院的时候已经是晚上十点了，北京的晚上总是很寒冷。今年的春节过得挺惊心动魄的，出乎我们所有人的预料。

我抬头看到火柴，依然是一副面无表情的样子，我现在才意识到她已经很久没说话了。我问她，我说火柴你怎么了？

她没回答我，只是站在马路边上看着来来去去的车和来来去去的人，风把她的头发吹来吹去的，我觉得她像一座寂寞的雕塑。

微微走过来，她说，妈的我这笔生意不做了，操，我就不信我他妈弄不死那姓唐的，明天我就找人把丫给废了！孙子！

火柴慢慢地转过身来，望着我和微微，平静地说，那个姓唐的，是我爸爸。

在一个阴天的下午，我和微微闻婧还有火柴坐在一家星巴克里喝咖啡。火柴把一份合同拿出来放在桌上，她说我跟我爸说了，他同意了这份合同，你拿去吧，已经签好字了。

我和闻婧都没有说话，因为我们根本就不知道该说什么。后来火柴告诉我们，她说去救陆叙那天，她一冲进门，看见倒在地上脑袋一直冒血的陆叙她就火了，吼了声姓唐的我操你祖宗！然后火柴就愣住了，姓唐的也愣住了。

火柴说真不知道这是不是讽刺。以前自己没有离家出走的时候，他永远一副没有出息的样子，可是我一走，他就变成了大老板。我想我是很倒霉，我跟着谁谁都不能发财。

微微说，你爸爸怎么答应你签合同的。

火柴笑了，她说，我就只对他说了一句话，我说唐斌，如果这合同你不签，明天报纸上就会有头条，某某企业的老板的女儿在做鸡！我牛B吧，哈哈……

我看着火柴的笑容觉得特心酸，因为她不快乐，我看得到她睫毛上凝结的泪水。我一直认为这件事情上受到伤害最大的是我和闻婧，要么就是陆叙。直到现在我才明白，这件事情上

受伤最深的，是火柴。我终于明白，再坚强再没心肝的人都会有泪水，比如微微和火柴，她们俩的眼泪都被我看见了。也许正是因为她们的眼泪不常看见，所以我会在看见闻婧的眼泪时拍着她的肩膀说别哭，可是在看到她们的眼泪时我却一句话都说不出来，她们的眼泪让我觉得凝重，如同外面乌云密布的阴霾的天空。

微微看着那份文件，说，火柴，我微微欠你个人情，你以后有什么事儿尽管找我，上刀山下油锅，我微微皱一下眉头我他妈就不是人。

陆叙出院后一直没有提这件事情，好像这件事情根本没有发生过。可是我觉得内疚，很多次我都想说点什么，可是看着陆叙我又什么都说不出来。终于有一次我在电话里跟他说了，还没说几句，他就对我说，林岚你知道吗，其实我真的不觉得你有什么对不起我的，我甚至有种特可笑的想法，我想当时你打电话给我而没有打给顾小北，这让我觉得特自豪。我倒是宁愿挨这么一下。我顶多就觉得你少个心眼儿，什么事儿都敢去碰，其实你一直都没心眼儿的，这我早就发现了。他在那边笑得很生动也很爽朗，我握着电话沉默了。

春节假期的最后几天，我一个人特别悠闲，但别的人似乎一直忙。我觉得天底下就我一个闲人，我闷得慌。于是打电话给闻婧，结果闻婧去南京了，去参加一个广告方面的会议。我找微微，结果微微告诉我她早结束她的假期了，现在忙着呢，脚丫子都朝天了。最后我很无聊地打给火柴，没事听听她念成语也是好的。火柴告诉我说她最近特倒霉，正好心里烦，出来冲我诉诉苦。

我和火柴约在人大外面的那家茶房里，我们要了个包间。火柴告诉我说最近她喝凉水都塞牙，穿道袍都撞鬼，霉得都掉灰了。我问她怎么了。火柴说，怎么了？妈的我手下的三个姐妹接客的时候不小心，被逮进局子里了，至今还没给捞出来。还有俩丫头，居然怀孕了！这浪费我多少资源啊，净让那些老鸡头赚去了，我操。昨天我陪丫们去做人流。

火柴突然压低声音说，林岚你知道我在做人流那儿看见谁了吗？操，就是白松那女朋友！小茉莉！

我一口茶全喷桌子上了。我靠，白松居然骗我，不是说连嘴都没亲过吗，是根本就不接吻不前戏直接上床吧！

我问火柴，我说白松去了吗？

火柴摇摇头，笑得特神秘。

我特凶狠地骂，我说去他大爷的白松，自己舒坦了，把人家一个人扔那儿，还是人吗？不行，我得去训丫个孙子。

我说完就站起来，结果火柴一把拉住我，她说，你听我说完，说完了估计别说要你训白松，你连白松的面你都不想见！

我有点疑惑了，我说，这怎么回事儿？

火柴告诉我，你不知道吧，原来小茉莉，她也是一鸡头！

我手一抖杯子就摔下去了，小姐过来打扫，我连声说对不起。我望着火柴，我说你丫脑子没病吧，怎么看谁都是鸡头啊？你怎么知道人家是鸡头？做个人流就是鸡头啊？那姚姗姗还是鸡头呢！我靠。我挺激动的，主要是我知道李茉莉不是像我们一样与社会接触特别深的那种女孩子，从小就呆在家，和布娃娃玩的那种丫头。

火柴说你别激动啊，我是确定了才这么说的。当时我看见李茉莉走进病房躺下来我就挺疑惑的，我第一个想法也是白松把丫弄出事儿了。我正到处搜寻白松的身影呢，结果我看到我以前同甘共苦的好姐妹儿坐走廊里。我过去问她怎么今儿有空到这地儿玩儿啊，不是像我一样倒霉手下的小鸡头要做人流吧？我姐妹告诉我可不是吗，她指着里面的李茉莉说，我跟茉莉说了多少次了，带套子带套子，丫就是不听，这回该了吧！

我听完火柴说的话后愣在原地，其实我脑子挺清楚的，只是我不知道做何反应。

火柴问我，她说，林岚，你说我们要告诉白松吗？

我赶紧摇头，我说不成，绝对不成。

火柴说，那好，我可以装哑巴。可是这事儿迟早会被发现的。

我突然觉得特虚弱，我说算了，该怎么着怎么着吧，要发现那也是没办法的事儿，反正我们不告诉白松就好。让他多过几天快乐的小日子。

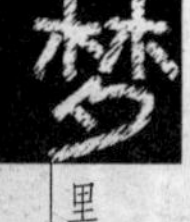

我望着窗外，蓝天白云，特别干净，可是这么干净的天空下面怎么会有这么肮脏的事情呢？这让我很忧愁。我突然发现这个世界上永远存在着一些无奈，而这些无奈，你永远无法改变。

春节一晃就过去了，可是雪还是不停。我觉得今年的雪特别多也特别大。我开始忙着找工作的事情。我不想再找微微帮忙了，陆叙本来也要帮我的，但是我不想再靠他的关系进公司，我不想被别人一直戳脊梁骨。可是我忙了一个星期依然毫无进展。于是我爸帮我打了个电话。我那么努力都没有成功的事情就在我爸半开玩笑的口气里解决了。还是那句话，这个世界上永远存在着一些无奈，而这些无奈，你永远无法改变。

我找到工作那天白松给我个电话，说是我找到工作，为了庆祝我在北京的重生，于是他们集体决定我请客。我知道一切都是借口，要我请他们喝酒才是真的。我说成，然后挂了电话后就打手机给微微说又要问她借场地了。

那天晚上顾小北和姚姗姗没有来，陆叙公司加班也来不了。只有白松和李茉莉来了，还有闻婧微微和火柴。在喝酒的时候我都尽量不去看李茉莉，生怕自己的目光泄露了心中的秘密，我就低头喝酒，反正这红酒兑得淡，再怎么喝也喝不醉。

喝到后来他们提议分帮派，喝啤酒，我和闻婧一组，白松和李茉莉一组，火柴和微微一组，白松不服，指着我和闻婧说她们俩酒量跟济公似的，谁喝得过她们啊，再说了，茉莉又不喝酒。火柴说去你丫的你是不是男人啊，谁叫这儿只有你一个男的，不服也得服！实在不服就给打服了！结果火柴自我受诅咒，一直输，微微也跟着喝了很多酒，大骂她不会划拳。不过喝到一半的时候风水倒过来了，白松连着输了三盘，火柴一边倒酒一边特淫荡地笑，我估计她早就喝高了。她的酒量撑死也就两瓶儿。白松说，不成，茉莉不能喝，她不会，我帮她喝了。说完就去拿杯子。火柴一把夺过来，说，操，装什么处女啊，丫陪客人喝酒的时候十瓶之内从来没脸红过，操，这会儿装得倒挺像的，我告儿你小茉莉，今儿你要不把这……我听着苗头不对，赶忙把火柴手里那杯酒朝火柴嘴里灌，让她下面的话不能再说出来。可是就是这样，当我转过头去的时候，我看到李茉莉的脸突然就白了，跟在水里泡了两个时辰一样。我的心当时就凉了一大半，看来火柴说的是真的。

白松还在笑，笑着笑着笑容就凝固在脸上，我看着那个僵死在他脸上的笑容觉得特别可怕。白松沉下脸来问我，他说，林岚，她说的是不是真的？他死死地盯着我，看也不看旁边的茉莉一眼，我让他盯得直发慌。

我看了眼李茉莉，她咬着下嘴唇，咬得都快出血了。我说，你有病啊，火柴喝高了说的话你都信，脑子进水了吧？昨天火柴还在我妈面前说我出去接客呢，你倒是信还是不信啊？

白松说，那你干吗堵着她不让她说下去？

我算没词儿了，我望着火柴，估计她酒也有点醒了。酒后吐真言，我发现什么事情都是在喝了酒之后昭然若揭的。上次也是白松喝多了，然后让我面对了一个至今都让我无法承受的事实，一想起来我就难过。我觉得今天似乎历史又要重新演绎。

我望着白松，又望了望李茉莉，我把杯子一摔，我说白松，你不相信我林岚没关系，你总不能不信李茉莉吧，人家好歹跟了你这么久！你丫有点儿人性行不行算我求你了大爷！

我不管了，我要把这个话留给李茉莉自己去说，要我当着白松的面睁着眼睛装瞎子实在是有点儿难度，我怕舌头打结再也解不开。

李茉莉站起来，我看到她眼里充满了泪水，她什么都没说转身就出去了。白松低着头也没说话，停了一会站起来追出去了。我突然想起当年在学校运动会上白松跑四百米时候的样子，那个挥汗如雨飒爽英姿的白松在我脑海里依然那么清晰，像刀刻下的一样，成为一幅散发时光香味的木版画，我在想，当年他是朝着心里的理想朝着那个辉煌的终点奔跑过去，而如今，他跑向的终点到底是什么呢？

我望着白松的背影觉得很难过。我不知道以后的某一天我会不会看见白松的眼泪，就如同当初白松在我面前流下的眼泪一样，那双布满血丝的眼睛。

我闭上眼，忧伤兜兜转转，散也散不开。

火柴没说话，微微也没说话，我知道，每个人心里其实都有很多想法，只是，谁都不知道该怎么开口。生活，就是这样，永远占领着绝对的领导地位。当无数的傻子高呼着自己控制了生活自己掌握了命运，却没有看到，生活站在更高的苍穹之上，露出的讥笑嘲讽的面容。

开始了工作之后我觉得生活变得平静一点了，没有了前一段时间那些让我觉得铺天盖地的恐惧，似乎一切都进入了以前的轨道里，所有的列车都平稳地朝前面滑动。微微依然很忙碌，每天出入各种饭局应对各种面孔。火柴依然带领着姐妹冲锋陷阵地占领着男人们欲望的领地。而白松和李茉莉似乎也什么都没有发生。我偶尔和陆叙一起出去吃饭看电影，我觉得这样的生活很好。

可是我很早就听过一句话，说河流表面的平静往往催生底层的暗涌。只是我没想过这些暗涌会这么强悍，几乎淹没了我的生活。

那天我打电话给闻婧的时候本来是问她周末有没有空陪我去买衣服的，结果她一接到电话就心急火燎地对我说，林岚，你怎么还有心情买衣服啊？微微出事儿了！出大事儿了！

我有点糊涂，我说你慢点儿说，慢点儿，怎么了？

微微被抓进局子里去了！

我靠，不至于吧？她没交税还是怎么着啊？

要是真没交税就好了，我他妈不用找我爸，我自己都能把她捞出来。丫卖药被抓了！

药？什么药？我有点儿蒙了。

操，毒品！海洛因！

我当时就傻了，我从来没想过微微会和这样的事联系在一起。在我的观念里面，火柴从事的行业就已经游走在我所能接受的法律底线了，可是现在微微竟然和海洛因扯在一起，这可是真正的和法律对着干啊！

我说闻婧你别急，我现在就去找顾小北他爸，他爸好像在

公安局挺有地位的。没事儿的，能捞出来。

我听闻婧的声音都有点带哭腔了，的确，我也很怕，这是我长这么大以来遇到过的最严重的事情。这可比姚姗姗和顾小北跟床上睡了一宿严重多了。

我挂了闻婧的电话就打到顾小北家，电话通了，是顾小北接的电话，他听出我的声音，有点惊讶，我说找你爸爸，快点。我知道顾小北挺疑惑的，可是他什么都没问。他知道我的脾气，我想告诉他的总会告诉他，而我不想说的，一辈子也不会说。

我听到他爸爸的声音的时候有一瞬间的伤感，因为以前我去他家的时候他爸爸对我特别好，老是做这个做那个给我吃，而且老爱拉着我和他一起翻小北以前的照片儿。每次我都指着照片里小时候的顾小北说，多可爱一孩子啊，结果长成现在这副模样，毁了。

可是我知道现在不是我伤春悲秋的时候，微微还在局子里呆着呢。

我把事情大概跟小北他爸讲了一下，他爸考虑了一下问我，微微到底有没有做这事儿，林岚你跟我讲实话，如果微微真做了，那我想真做了的办法，如果她没做，那么我想她没做的办法。被小北爸爸这么一问我有点结巴，说实话我还真不知道，按照微微的个性，没有什么事情做不出来的。可是事情并没有明朗，我也不好乱下结论。其实当时我心里是在想，就算微微真做了，我也得把她给捞出来。我对小北的爸爸说，我说伯伯，微微真不是那种人，我知道，尽管她事业上很好强，可是违反法律的事儿她是不会去做的。叔叔，我不说您也知道局子里是什么地方，您照顾照顾，不然微微在里面受不了的，她再强也是一个女孩子家……我说着说着挺激动的，都语无伦次了。

小北他爸爸对我说，林岚你别急，你现在就去看微微，问问怎么回事儿，回头再告诉我，我再帮你想办法。你放心，有我在，微微肯定没事儿。

我挂了电话没一会儿，闻婧的电话就来了，她说她在我楼下，叫我下去一起去看微微。我穿好衣服就下楼了，还在楼道上就听到她在楼底下死命地按喇叭，惊天动地的。再急我也就这速度，你总不至于叫我跳下来吧。

闻婧把她爸爸的车开来了，我一出楼梯她就叫我上车。

我坐上去，闻婧问我，给小北他爸爸打电话了吗?

我说打了，老爷子叫我们先去问清楚怎么回事儿。你知道怎么回事儿吗?

不知道，我要知道我就没这么急了。

急也没用，开稳点儿，不然神仙找到了也没办法救微微，还得搭俩小命儿进去。

操，你以为这世界真有神仙啊，我告诉你林岚大小姐，这世界上真正的神仙只有金钱和权利，我这次豁出去不要钱不要脸了，我不信把微微弄不出来!

听了闻婧的话我有点感动又有点忧伤。我知道我们这几个人是谁出了事儿另外的人都恨不得事儿出在自己身上的那种。可是我也觉得伤感，我突然觉得闻婧长大了，不再是以前那个没心没肺什么都不知道跟着我和微微瞎胡闹的孩子了。

我看着窗外，天很黑，我估计又要下雪。

我坐在长桌子这边，微微坐在那边。我看到她眼睛里都是血丝，肯定一晚上没睡觉。谁能在局子里睡得特安稳那才真叫牛掰。

我伸过手去握着微微的手，冰凉冰凉的，我当时鼻子一酸差点哭出来。我去过微微的家，那个地方让我觉得特舒适，巨海的沙发和床，到处都是软的。可是我知道这里到处都是硬的。我有点无法想象微微在这儿都能挺下来。

微微低着头，很小声地说，是火柴。

我本来有点蒙，可是一看到微微眼里的泪水我就明白了。我什么都明白了。我说微微你放心，你肯定没事儿。真的。我不敢说下去。我觉得这一段时间以来我变得很脆弱，我不再是以前那个小坦克，也不是那个受了伤也装得很牛 B 的穿防弹衣的大尾巴狼。什么风吹草动都能让我彻彻底底地难过，这让我觉得很忧愁。

微微用手拢了拢头发，她没什么表情，可是我依然看得见她眼里的泪水，特别晶亮，她说，你看，这个世界上永远不能欠别人人情，一欠就得还，现世报，特别快。

我回家打电话给火柴，我开始什么都没说，火柴也没说话。过了一会儿，我用不带感情的语气问她，我说微微的事儿你知道了吧。

火柴叹了口气,她说,其实你打电话来我就知道是这事儿。

我问她，我说是不是你?

火柴说，是。

我没想到火柴会这么干脆，这倒让我有点不知所措。我说你怎么想到去搞那种东西！你知不知道，现在风声最紧的就是那个，谁碰谁死！这世上赚钱的路子多了，哪条路上有狼你逮哪条路走，你丫脑子被门挤了啊?！我开始还能保持点冷静，后来说着说着火就大了。

火柴半晌没说话，她说，我知道我对不起微微，可是这也得感谢你一心维护的好姐妹小茉莉。

我听得有点糊涂，我说这关她什么事？

火柴也有点火了，我在电话里听得出来，她说，你以为是谁打电话报警说微微场子里有人身上有货的?！操，丫还记着上回我喝醉了跟白松说她是鸡的事儿。妈的我他妈最见不得这种人，有本事做鸡没本事承认！又要当婊子又要立贞节牌坊，操，天下哪儿那么多好事儿啊，她真以为观音姐姐是她妈啊！

说实话我有点不大相信，我想着小茉莉的处世和谈吐，我顶多觉得她做作，小家子气，气量小，可是也不至于干出这样恶毒的事情。我问火柴我说你怎么知道是她打的电话？

火柴说，你以为我为什么没被当场抓住？就是因为我姐妹听到丫打电话了，我本来要告诉微微的，可微微那个时候不在，我就只能自己走，连通知手下那些小鸡头把货冲进厕所的时间都没有！妈的！我火柴弄不死她小茉莉我不是人！

我说你先别想着怎么弄死李茉莉，那都是无关紧要的事儿，现在关键是怎么把微微弄出来。

火柴说，你放心，我经验比你们丰富，你告诉微微，无论如何不要承认知道这件事情，就说不知道那些女的进酒吧来是做毒品交易，公安没证据，关几天自己就会放人。

我听了也不知道说什么，刚说了句你自己小心然后火柴就把电话挂了。

第二天我又去看了微微，我悄悄把火柴的话告诉了微微，微微听了就释然了，她说我就知道火柴肯定不会无缘无故把我往火坑里推，原来是那个茉莉。操。看不出丫够狠的。

现在的微微突然变得很坚强。其实我知道，什么风雨都见过的她不会这点事情都扛不住，我想她昨天让我看见她不轻易出现的眼泪是因为她觉得自己是被自己的姐妹害了。自己越在乎的人自己就越不能承受她对自己的不好。我曾经强烈而真实地感受过这样的情感。

我很镇定地对微微说，你别担心，我已经跟小北的爸爸说了，他答应去帮你疏通路子，小北的爸爸道儿挺深的，跟一千年妖孽差不多，只要如来佛不来，基本什么都可以解决。所以你别担心了。其实我内心远远没有我表现的那么镇定自若，可是我依然要表现得很有把握，因为现在我要再在微微面前弄得跟被火烧了的蚂蚁的话，我估计微微该有得忧愁了。

微微看着我，看了很久，她说，林岚，这段时间里，我觉得你都长大了。感觉怪怪的，以前一直都觉得你是个小孩子，我要照顾你，没事儿还得像训儿子似的训训你，可是一转眼，我觉得你长大了。

我没有说话，因为我心里知道，每个人都会成长，只是看那些能让我们成长的风雨什么时候到来而已。

我回家后给小北的爸爸又打了电话，我说伯伯，那件事我问过微微了，真不是她做的，那几个小姐微微根本就不认识，您一定要帮忙啊。

林岚你放心，我已经去帮你问了，没事儿，警察那边也没证据，所以本来他们也是打算关几天就放出来的。我虽然不能直接去叫他们放人，但是我已经婉转地告诉他们了，他们也是听得懂事儿的人。你放心，应该这两天就能出来了。

我听了很开心，一连说了好几个谢谢。

小北他爸突然转了个话题，他问我，他说林岚啊，好久都没来家玩儿了，什么时候来看看你伯伯和伯母啊，今年还没向我们拜年呢，怎么着压岁钱不想要啦？过来看看吧，伯伯我给你弄几个菜，我好久没下厨了。

我听了不知道怎么说话，我实在是想说点什么来打破这尴尬的冷场和顾伯伯对我的期待，可是我搜索了脑海里所有的词汇竟然都没有一句话可以现在用出来，我真怀疑自己是不是写过那么多书是不是瞎编过那么多故事。

顾伯伯估计知道我不好回答，他也给我台阶下，他说，林岚啊,那你什么时候有空就过来,没事来看看我和你伯母,啊。

我说好好。

微微出来那天在酒吧请客，顾小北来了，姚姗姗没来，我本来想问问怎么回事的，后来忍住了，我的位置这么尴尬还是不要问的好，不然别人肯定觉得我有什么居心或者我的口气特酸。倒是白松和小茉莉都来了，闻靖武长城火柴都来了。陆叙没来，他出差去了，到无锡去见一个客户。

说实话我有点不敢去看李茉莉，我可以想象她那张干净的面容和朴素的打扮后面隐藏着另外一个面孔妖娆身材婀娜的小姐，可是我无法想象她眼睛里面竟然隐藏了那么多卑鄙和阴暗的东西。如果她光明正大地找到火柴破口大骂火柴甚至抽火柴两个大嘴巴，我都不觉得过分，因为的确是火柴把她的身份在白松面前讲出来的，无论她有没有喝醉酒，这是事实。可是她玩的这一手也太阴了，让我觉得可耻。

我问微微，我说是你叫李茉莉来的吗？因为是我通知的人，我根本就没叫白松。微微用眼睛斜了斜火柴，我知道了，这肯定是火柴叫的。我突然想起火柴曾经在电话里对我说过的“我火柴弄不死她小茉莉我不是人”的话，我突然开始发抖。我不知道等会儿火柴要做点什么事情出来，说实话我根本就吃不准，微微和火柴做事情我都吃不准，如同我小时候看体操比赛一样，每当我以为那些甩胳膊甩腿儿的小丫头们要高抬腿了，结果她们一个小劈叉就下去了，当我的思路跟上来觉得她们会继续劈叉的时候，她们已经在开始旋空翻了。

所以我拿着杯子，很紧张地注意着气氛，我像一个久经锻炼的职业革命党人面对着随时可能出现的变化一样时刻保持着神经的高度兴奋甚至高度紧张。弄得我有点缺氧。可是看看白松依然笑得又露门牙又露大牙的，小茉莉依然腼腆地微笑，微微和火柴依然你傻B我傻B地骂来骂去，闻婧和武长城简直当每个人都不存在，彼此凝望望得跟在演连续剧似的。

似乎一直都没事情发生，我有点沉不住气了，于是我把火柴微微叫到洗手间去了。我要问问她们。

进了洗手间里我看了看门人就把门锁了，我不管外面要憋死多少个女的，但我一定要先把事情弄清楚，再不搞清楚我得跟那儿缺氧而死。

我问火柴，我说你准备怎么弄小茉莉?

火柴看着我，挺无所谓地说，该怎么弄怎么弄。

我听了差点摔马桶里去。这不是屁话吗?说了等于没说。

估计火柴看我的表情有点儿愤怒了，于是她跟我说，我准备给丫下药，微微手下的妹子已经拿饮料去了，我就下里面。

我声音有点发抖，我说，白粉?

火柴眉头一皱，操我他妈没那么缺德，就是一类似春药的东西，有点让人神智不清楚的东西，我要让白松看看，这一本正经的毛皮下面裹着的到底是一个什么样的女人!

不行!不知道为什么，我听了火柴的话突然吼了出来。

为什么不行?微微挺认真的问我。

因为……因为……白松啊!你们想过白松的感受吗?再怎么说白松也是和我们一起长大的!

微微说，就因为白松是我们从小到大的朋友，所以更要让他知道。林岚，你的软弱其实是在害白松，当有一天白松自己

发现真相的时候，他会骂你，狠狠地骂你让他做了那么久的傻B都不说话，骂你看自己朋友的笑话一看就是三五年！

我听了微微的话不知道该说什么，我只是想到白松看到李茉莉在大庭广众下暴露出她的职业特点时的那种忧伤的表情我就觉得心里空虚得发慌，就是那种什么都抓不住的恐慌。

不成，还是不成。要告诉也得在没人的时候告诉，私底下告诉白松，他会……好受点。说到这儿我都觉得心里发酸。

微微没说话，可火柴还是坚持。于是我打了闻婧手机，我叫她到厕所来。她接到电话第一句就是“你这个傻B青年，上个厕所也会迷路，我真佩服你”。我说你到洗手间来，快点。说完我就把电话挂了。

我发现闻婧总是和我站在同一条战线上的，她也不同意这样做。不过她倒不是觉得怕白松难堪，而是她觉得这样的惩罚对李茉莉来说太轻了，闻婧说，灌丫药没意思，你觉得丫能做出那种事儿来，她还要脸吗？这种没皮没脸的人丢再大的人她也不在乎，白松没了还有另外无数的傻B男人等着她纯真的笑脸。要玩儿她就抽她，狠狠地抽她！就跟当初抽姚姗姗一样。

从洗手间回来我们谁都没说什么，装做什么都没有发生。不过当过了一会儿火柴叫小茉莉和她一起去上厕所的时候，我就知道小茉莉肯定完了。本来小茉莉不去的，我估计她也知道这次火柴肯定得玩儿她。可是火柴也挺聪明的，她说，小茉莉，上次我喝醉了，乱说话，你别介意，我帮你买了份礼物，在里面，走，一起我拿给你。小茉莉没话说了，知道了是朝铺满荆棘的路走那也没办法，顶多硬一下头皮。

回来的时候她两边脸都红红的，仔细看会发现肿了。我突

然有点同情她。我发现我天生同情弱者，所以很多时候我看不得别人被欺负。不过这次我依然觉得是小茉莉自找的。她们两个出来之后小茉莉一直没有说话。她一直低着头，我看不到她的眼睛，我不知道她是不是眼里也充满了泪水或者说是怨恨的光芒。火柴说，茉莉，这份礼物是我精心帮你挑的，你可得好好收着，别忘记了。我看着火柴，她的表情格外严肃。

我突然觉得很累很没劲，就算是教训了她又能怎么样呢，这个世界为什么永远充满了争斗呢？我始终想不明白。

我突然很怀念在大学的日子，尽管我现在依然是一个大四的学生，可是也几乎不回学校了。终日奔走在这个喧嚣的社会里，其实我很想回到学校去，去看看那些曾经在我身边悄悄生长的自由高草，那些曾经站过了一个又一个夏天依然清澈的树木，那些沉默无言的古老的教室以及长长的走道，那个有着红色塑胶跑道的运动场，那些日升月沉的忧伤和在每天傍晚燃烧的苍穹，它们无数次地出现在我的梦里，没有声音，没有眼泪，悄悄地哭泣。

这让我觉得惆怅。我记得有个作家曾经说过一句话，我特喜欢，他说，我落日般的忧伤就像惆怅的飞鸟，惆怅的飞鸟飞成我落日般的忧伤。

微微的案子有点不了了之的意思，因为没有足够的证据，所以微微顺利地出来了。我打电话给顾伯伯，我想谢谢他，或者按照我老爸的意思对他表示表示，请客吃饭什么的。我刚说了句谢谢，顾伯伯有点严肃地问我，他问我是不是找过另外的人去帮微微这件事情。我恍惚了一下觉得自己好像只找过顾伯伯啊，其他神仙我也不大认识。但我突然想到估计火柴也在这上面使了点力气。所以我支支吾吾地没有明说。可是顾伯伯毕竟是经历过太多伤痕和荣誉以及争斗和退让的人，所以他告诉我，林岚，我明确地跟你讲吧，插手这件事情的有一些警方正密切关注的人，你少和他们来往。我乖乖地点头答应然后挂上了电话。

我窝在沙发上想了很多，我发现自己似乎从来没有了解过火柴，我一直觉得她就是个什么思想都没有的女流氓，不过挺讲义气，可是我现在发现自己根本就不了解她。

可是话说回来，我们谁又真正了解过谁呢？谁不是把自己设计好的一张一张面具在不同的时间不同的地点做出最好的选择然后把那张最好的面具给别人看呢？

日子进入二月中下旬了，北京依然还是这么多雪，我有种感觉是这个冬天似乎永远不会结束了。我和陆叙走在大街上，看着路边将化未化的雪，感叹这个冬天的没完没了。情人节的时候陆叙本来想找我出去看电影，我借口说外面冷，下雪，不想去。其实我是怕在街上碰见姚姗姗和顾小北，如果上天要让我们四个在这样的场合下见面的话——老天我知道我不是什么好人，可是这样的惩罚是不是惨了点儿？所以我没答应陆叙，我就说我工作忙，要加班。陆叙于是说要不去他家。我当时有点想晕过去，因为我还记得我和亲爱的闻婧同学在上次的因为扮演“精神妞”而使陆叙受到肉体与精神上的伤害事件中，微微曾经亲热地对陆叙的爸爸问了句“您是哪个庙里的和尚啊？”真是想想都后怕。于是我颤着声音问陆叙是要去见他父母吗。陆叙听了说你怎么想那么多啊，就是在我现在一个人住的那个小公寓里，我做饭吧，你还没吃过我做的东西呢。说完之后他又换了种特奸诈而又带点兴奋的声音对我说，如果你要见我父母也没问题，我明天就跟他们两老人家说，把咱俩的事儿

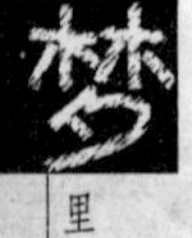

给定了！

我说你少跟我扯，谁俩？咱俩？我什么时候跟你这么瓷实啊？我没注意嘿陆叙同志。

不过那天陆叙表现的是挺好的，我看着他在屋子里跑来跑去的，穿着件白毛衣蓝色牛仔裤，大冬天光着脚丫子在地板上跑来跑去的，不过还好暖气开得足，不然真能冻死他。陆叙弄了一桌子的菜，我吃的时候他在旁边巴巴地望着我问我好不好吃好不好吃，跟一小学生问成绩一样，我觉得特好笑。平时里对我耀武扬威的陆叙什么时候变成这么温顺的小绵羊了？这倒是挺让人振奋的，大好河山尽在展望。谁说人的本性不能改变的？

我本来觉得我在北京的生活也就是这样了，无风无浪地一天一天过，总有一天我会忘记了顾小北，忘记了我与他曾经走过的每一个脚印，我们会在同一个城市互相毫无关系地活着，彼此观望着对方的幸福。可是在二月就要结束的时候，我觉得天空像是被哪个不知好歹的家伙敲碎了，连同我的生活，一起碎了。

在二月末的那一个星期，我每天都呆在医院里，那些无穷无尽的难过，像海啸一样吞没我所有的坚持。那一个星期里我流的眼泪比我一年的眼泪都多。不只是我，所有的人，包括像武长城这样坚强的北方汉子，都曾经在我面前和我看不见的背后流了无数次的眼泪。

那天是我和闻婧约好去一个农家型度假村吃鸡，听说那家鸡做得很不错。本来我们也约了微微火柴她们，但她们都走不开。于是我和闻婧就决定我们俩去。当我和闻婧酒足饭饱地从那个穷得鬼都看不见的地方开车回家的时候，我们突然在一个胡同口前面被几辆摩托车拦下来了。

我刚被拦下来的时候挺纳闷的，我以为是警察，于是很紧张地问闻婧带本儿了没有，嘴巴里酒的味道重不重。闻婧跟我说，没事儿，有我在呢，没事儿。一副大尾巴狼表情。然后她还特得意地补充了一句，就算把我本儿扣了，我也能请出神仙帮我让他们丫几个把本儿乖乖地给我送回来。

结果我发现我想得太天真了,在这种荒无人烟的胡同里,怎么可能有警察？就算警察挺惨的日晒雨淋地跟电线杆子似的杵在马路边上,可是他们也不会没事儿吃饱了来这种地儿转悠啊。

等我发现不对的时候，闻婧也发现了。于是她突然倒车然后转头就开。我当时很紧张，我知道遇上犯罪团伙了。以前都在电影里看开着车被人追杀的镜头，我在小说里也瞎编乱造过，可是怎么生活中也发生了呢？我用力给自己一个嘴巴，结果我发现这不是梦。

我很慌，我这人一遇到事情就乱，以前闻婧跟我一样乱，因为有微微在，我们知道微微一个人冷静就行，我俩可以先乱着。可是现在就剩我和她了，所以她竟然显得特别沉着。我看着后面明晃晃的摩托车灯觉得很恐怖，心跳快得都有点让我承受不住了。

最让我担心的是我不知道这帮人是想劫财还是劫色，如果是劫财那我停下车来让他们抢，可是后者就太让我承受不住了，毕竟我和闻婧就像微微说的那样，是精神妞，不能像火柴一样说豁出去就豁出去的，我从来没有像现在这么渴望过岁月的大手把我捏得格外蹉跎。

在一个胡同的转角处闻婧突然一个急刹车，刹得真死，要不是我扣着安全带我觉得我都能把挡风玻璃给撞碎了。我刚想骂她傻B你快点开啊，等死呢！结果闻婧把我这边的车门打开一脚把我踢了出去。然后她关上门就开走了。开走之前我听到她在车里对我吼"躲起来！"

我身后就是一堆垃圾筐，这里很黑，没路灯，所以我钻进那些竹筐中发现特别安全，可是当我蹲在里面我感受到了从来没有过的害怕。甚至比上次冒充小姐差点被火柴她爸爸办了那次都害怕。我抱着腿，看着那些骑车的人一个一个从我的身边呼啸过去，看着那些车灯越走越远，心里却越来越慌张。

我摸出手机，哆哆嗦嗦地给火柴微微白松顾小北陆叙打了电话，从第一个给火柴的电话我就开始哭，我说火柴，你救救闻婧啊，你不救她她就死了，你快来啊……我刚把这些没头绪的话说完我的眼泪就像泉水一样翻涌出来，哽咽得我话都说不出来。火柴问我到底发生了什么事情，她在那边也很急，听我说话乱七八糟的她更急，我花了好多时间好多精力来抑制自己的语无伦次终于把事情讲清楚了，火柴一听慌了，我记得她一直在小声地说，操，他妈的这次完了，完了……我听到火柴这么说话我哇地就哭了出来。可是我又不敢大声哭，怕把那些人引过来。火柴问了我地点，我大概跟她讲了一下，我也不知道有没有讲清楚，因为我只知道是在这个胡同里，但是刚闻婧那么七拐八拐的我也弄不清楚方向了。

之后我又给另外的人打了电话，同火柴一样，我并没有越来越冷静而是越来越慌张，越来越语无伦次，到最后我打给陆叙的时候，我已经说不完整话了，我就只记得自己一直在电话里跟他讲，陆叙，闻婧出事了……完了……怎么办啊……我想回家，我真的想回家……出事儿了，出大事儿了……然后我就是没完没了的哭。后来陆叙说你现在别讲了，自己呆在那儿别动发生什么事情也别出去，我马上过来。

我挂了所有的电话，躲在那个黑暗肮脏的小角落里。我想出去看看闻婧有没有事情，可是我却怎么也不敢站起来。

过了两分钟后我就再也站不起来了。因为我听到胡同尽头闻婧的声音，闻婧一直在骂，开始的时候骂得很凶，然后越骂越小声，后来变成了求饶，再后来就听到她撕心裂肺的呼喊，其中我隐约地可以听到布料撕裂的声音。闻婧的哭喊是我从来没有听见过的凄凉，高高地回荡在黑色的天空之上，我蹲在那些散发着腐烂味道的垃圾里抱着自己的膝盖，越抱越紧，因为我不知道除了自己的这双腿我还有什么可以抱的东西。我一直咬着嘴唇怕哭出声音来，我知道我的嘴唇破了，因为我尝到血液腥甜的味道。我闭着眼睛，什么都不想去想，可是眼泪一直流，我却不敢哭出声来，巨大的压抑压在我的心口上，难过像抽搐一样一阵一阵地漫过全身。我知道胡同的尽头全天下最无耻的事情正发生在我从小一起长大的姐妹身上。可是我什么都不能做，我只能蹲在那里，我甚至在想，如果一刀杀了我，也许会让我好过点儿。

我不知道过了多久，只知道那些人从我面前开着车走了，整个胡同特别安静，就像小时候我晚上偷偷起来站在院子里玩儿时一样安静。那个时候我特皮，晚上不爱睡觉，一个人晚上溜到院子里看星星都觉得特有劲。可是现在，我站在两边墙壁都已经斑驳了的胡同里，我特别难过。我爬起来走过去，我们开来的车的窗户全部碎了，地上到处都是玻璃碎片。在那个墙角我看到了闻婧，头发很乱，衣服裤子都破了。她的头埋在膝盖上，我站在她面前，不知道该怎么办。

闻婧。我小声地叫了一声，可是我马上发现自己的声音比鬼都难听。又小声又抖啊抖的。闻婧没有理我，她还是抱着腿坐在那儿。我看着心里难过。以前我每次出事闻婧都替我扛了，一直以来我都觉得自己习惯了在闻婧的保护下生活。我知道哪怕我在外面无法无天，我都有个好姐妹会始终站在我旁边甚至始终站在我前面。我无耻地习惯了这种照顾，并且看做是理所当然。可是现在，我知道我错了，我他妈彻彻底底地错了！我宁愿我跟闻婧一起被那些王八羔子给糟蹋了也不愿意自己一个人躲在垃圾堆里。我有点站不稳，于是我干脆坐下来，地上的雪很脏，可是我不想去管了。我爬过去，我想摸摸闻婧的头发，因为太乱了，我想帮她理顺了。可是我一碰到她她就哭了，她一边哭一边特别小声地说，求你了，不要碰我。

我一听到闻婧的声音我的眼泪大颗大颗地滚下来。我靠在墙上，身子都没力气了，沿着墙滑下去。我用头一下一下地朝墙上撞，根本就不疼，我的眼泪鼻涕全都流在我的大衣上，真脏！我他妈觉得我真脏！

不知道什么时候微微火柴他们都来了，他们站在我面前，我抬起头，我一看到微微我更伤心，我站起来抱着微微就开始哭，我一边哭一边口齿不清地说，闻婧她……她……

微微抱着我，特别用力，她说你别哭了，不要哭！我听得见微微口气里咬牙切齿的味道。我趴在微微的肩膀上，我看到火柴的眼泪突然滚落在雪地里。

火柴说，妈的，除非不让我知道是谁做的，否则，我他妈不灭了丫全家我他妈就是王八养的！

武长城站在闻婧面前，我看不到他的脸，只能看到他的背影，我觉得他哭了，因为我看到他的肩膀一直抖，停都停不下来，跟一个站在雪地里冻僵了的小孩子一样。他把他的大衣拖下来，裹住闻婧，然后把闻婧抱到车上去了。当他转过身来的时候我看不见他脸上眼泪的痕迹，可是我知道，他肯定哭了。因为他的眼睛里全是血，布满了血。他的脸上没有任何表情，可是我看到他的手指紧紧握在一起，关节都发白了。我推开微微，我走到武长城面前，我低着头不敢看他，我说，你抽我吧，狠狠地抽我吧。以前我第一次见武长城的时候就因为他是姚姗姗的表哥，我就在想如果打起来肯定要跑，不然被这么魁梧的人抡圆了胳膊甩一嘴巴谁都扛不住，可是在今天，我站在他的面前，我是真希望他能狠狠地抽我，我才会觉得心里不那么痛，不那么压得我呼吸都难受。

武长城把闻婧抱进车里之后回过头来看我，他什么都没说只是如我所愿狠狠地给了我一个耳光。我当时被抽得什么都看不见，可是我没有任何怨恨，我只是告诉自己站稳了不要晕过去。微微和火柴也没说什么，只是微微过来扶住我，我推开了微微,我说我没事,一边说一边把眼泪往肚子里咽,我不能哭。

闻婧一直躺在医院里，我们不敢跟闻婧的家里讲，于是微微就打电话说闻婧和她一起旅游去了。我每天在家里跟我妈学煲汤，我大部分的时间都留在医院里陪闻婧，我在单位请了半个月的假，公司老板对我发很大的火，可是我用的是平时加班挣来的假，他也不好说什么。我每天端着保温壶朝医院跑，那些护士总是笑着和我打招呼，她们说，你又来看你妹妹啊？我摇摇头，我说，是看我姐姐。说完之后我都是马上转身就走，我怕我在她们面前莫名其妙地哭出来。我每次去看闻婧都觉得难受，我坐在她边上看着她没有表情地睡着，然后望着天花板，我就觉得那首歌唱得特别好，我心如刀割。我眼睛里总是出现以前那个爱闹爱贫爱和我拼酒的闻婧，出现那个看不惯别人装淑女的闻婧，那个在陆叙面前隐忍的闻婧，那个在武长城的身边终于找到了自己幸福的闻婧。可是我的眼里充满了泪水，那些闻婧都变得很模糊，看不清楚。

有时候我喂闻婧吃东西的时候，我的眼泪都忍不住，我总是赶紧擦掉，闻婧看着我哭也不说话，只是把头别过去，不再吃东西了。偶尔她会对我笑笑,可是那笑容让我觉得特别辛酸。

有一天晚上闻婧睡了，我坐在她旁边。武长城坐在床的另外一边。他握着闻婧的手。这几天武长城也一直守着闻婧，几乎都没去上班。不过闻婧的爸爸倒不至于没车坐，单位的司机多了去了。这几天武长城一直在医院里，没看他笑过也没看他哭过，他总是一声不响地穿行在病房和医生办公室之间，拿药，叫护士，买饭，我看着他高大的背影觉得他身上弥漫着一种坚强的忧伤。

我叫他到楼下去，让闻婧休息，顺便我也想和他谈谈。武长城看着睡着了的闻婧点了点头。

那天晚上我和他在草地上坐着，有时候他讲，有时候我讲。他告诉我，他认识闻婧之后觉得她一点都不是那种蛮横的小姐，这也是他愿意和她在一起的原因。他说每次看到闻婧就觉得是一个长不大的丫头，特别想照顾她。别看她平时装得挺牛的，其实她什么都不知道。武长城转过头来望着我，他说，林岚你知道吗，闻婧从小就特别佩服你，她觉得你是她的偶像，所以随便你说什么她都帮你。她跟我说她觉得你是这个世界上最有血性的一个人，用着最大的热情来面对这个生活，所以她喜欢你，愿意一直站在你的后面。其实按照她的条件，家里背景那么好，长得也漂亮，完全没有必要跟在你背后让你的光芒掩盖她的，可是她还是默默地站在你背后，心甘情愿地让你的光芒掩盖她的光芒。

我听了武长城的话心里很难过。其实我知道闻婧都是一直站在我的背后，有时候我会觉得她这个人没什么主见，什么都要问我，有时候觉得她烦，觉得做人就是应该像微微那样，要掌握自己的生活才算牛掰。可是每当闻婧无限度地迁就我的时候,我都会觉得内心是一种愧疚和感动,就跟泡在温水里一样。

我转过头去，看到武长城眼睛里全是泪水，我没说什么，装做没看见。他低着头看着脚边的草，眼泪掉了一两滴下去，我看到他的喉结一上一下地滚动，我知道这种哽咽的不敢发出声音的哭泣是多么地难受。我说，要不，你再抽我一耳光?

他笑了，又有滴眼泪悄悄掉进草里。他说，其实我一直想跟你说对不起的，那天我太冲动了。我这人劲儿大，估计弄疼你了。后来你不在的时候闻婧跟我讲，她说你不该怪林岚的，那种情况下换了谁谁都不能跑出来，难道你叫林岚出来和我一起被那些王八羔子……糟蹋吗？当我听到她说糟蹋那两个字的时候，我的心里像揪着一样疼，从来没那么疼过。小时候只记得我玩刀子一不小心把我妈的手拉出了一道很长的口子的时候哭得有这么难过。林岚，你知道吗，其实无论发生什么，闻婧在我心里都跟小公主似的一样纯洁，真的。

我看着武长城，他含着眼泪的笑容在我看来特别的纯真而美好。我突然觉得很感动。

我躺下来，我说，我明白，其实闻婧在我心里一样，是个最纯洁的小公主。

我的眼泪流下来，灌溉了下面这些柔软的草。不知道来年，会不会开出一地的记忆和忧愁。

那天我正在去医院的车上，火柴突然打我的手机，我接起来问她什么事儿啊，结果她告诉我，林岚我操他大爷，我不是告儿你我要去查吗，我操，不查不知道，一查真奇妙，不是你和闻婧点儿背遇见流氓了，而是有人叫他们去办了你们！他大爷的敢动我的妹妹们。我拿着电话有点儿搞不清状况，觉得自己估计刚睡醒，没弄懂这字句。我说，停，停，您老慢点儿说，谁们叫谁们办了谁？我怎么觉得主语宾语分不出来啊？

火柴在电话里用一句话总结了我作为小说家的智商，她说：说你丫是傻B我都为傻B们觉得冤！一句话讲到底，我操他大爷的小茉莉叫一群流氓堵了你和闻婧，你丫跑了闻婧着了道了！现在明白了吗？我操！

如果搁以前，我一定会告诉火柴，现在这年头不流行直接说我操，应该按照台湾同胞的风行说法叫“what's out！”可是现在我愣了，如同被打了的避雷针，电流刷刷刷从手机里冲进我的耳朵然后迅速占领我的全身，三秒钟内我全面沦陷。因为我完全傻了，跟脑死一个档次。

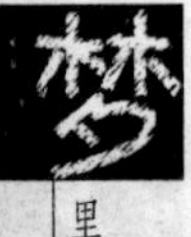

火柴说你马上到我家来，说完就把电话挂了。我拿着手机有点茫然。过了一会儿，我回过神来，我对开车的司机师傅说，师傅，您说，这他妈的到底生活是连续剧还是连续剧就是生活啊？然后我看到那个司机的脸刷一下就白了，然后再刷一下就绿了，变色龙！

我叫司机换了方向，往火柴家开去。一路上我想了很多，想闻婧，想我，想我们以前在学校的生活。以前我总是觉得我们这帮子人很牛掰，从小就跟着父母在社会上混，见过风遇过雨，撞过雪崩遭过地震，我以为我们已经看过了所有的世界，可是一个小茉莉突然让我觉得自己特傻B。我突然有种感觉，我二十多年来一直活在一种自欺欺人的幻觉里面，而同我一起在这个幻觉里生活的还有顾小北闻婧微微火柴白松陆叙等等等等。我们在梦境里横冲直撞撒丫子满世界奔走，永远天不怕地不怕。可是突然间梦醒了，我看到了自己想象之外的东西。这就是生活。

想到这些，我相当沮丧。

我坐在火柴家的沙发上，手里拿着杯水哧溜哧溜地喝着，我不敢说话，只是看着火柴跟个狮子似的在客厅里摇头晃脑地走来走去，我觉得把陆叙弄这儿来就好玩了，俩狮子。

火柴突然转过来冲我一指，说，你说说，你说说这小茉莉怎么这么混啊，姚姗姗都没这么蛇蝎啊！因为这么点屁事儿居然下这么狠的手，她大爷的！

火柴冲着我咆哮，一脸愤怒的火焰，就跟我就是小茉莉一样，我都有点怕她突然冲过来掐死我。

我放下杯子，我说火柴你先别激动，你搞清楚了没啊？别因为你记恨别人就什么事儿都往人家小茉莉身上摺。

说实话，我始终不怎么愿意相信这件事情是小茉莉做的，因为白松当初跟我讲小茉莉问他要一个五十块的娃娃时候的样子一直深深地印在我的脑海里面。我不愿意相信这样的女孩子会跟这样恶毒的心机扯上关系。

火柴照我脑门上推了一下，她很疑惑地问我，你丫脑子没烧坏吧？你到底是信谁啊？好，你不信是吧，没关系，我们现在就去找小茉莉，我今天就要看看王八到底有几只脚！

说完火柴就把我拖出门了，走在楼梯的时候我在想，王八不是一直都是四只脚吗？

火柴把我塞进车里，然后就拨了白松的电话。我听到火柴问，白松，李茉莉现在在哪儿？然后火柴说，好，你们两个在家里等着，如果你老爷子或者老太太也跟家里呆着其乐融融的话那我劝你让他们出去溜达溜达，免得等会儿他们接受不了好莱坞的动作场面！

于是我明白了，小茉莉现在在白松家呢。

车开到白松住的小区门口被拦下来了，我明白，这种全是住着达官贵人的深宅大院当然是不能想进就进的。于是我下去，跟那个门卫说了我要找谁。我刚一开口，然后突然就发现了我爸的知名度居然比我都高，我觉得我在中国范围呢也算小有点名气的呀，偶尔写点小文章那也是挺能打动人的，结果跟我爸比我是没戏了。因为那个门卫笑眯眯地跟小孙子似的对我说，哟，这不是某某某的女儿吗？进去吧，进去，我帮你开门，你等着啊，马上就好。不用说，这某某某就是我那伟大的爸爸的名字。听得我站在原地有点郁闷。我在想，以后我也要让我的女儿这么牛掰，谁见着她都得说，哟，这不是林岚的女儿吗？

白松家住得很奢侈，这也是没办法的事情。据我所知，这个小区里所有的人都是钱多得权多得都必须深居简出怕被人偷袭的主儿，每家都是电梯直接入户的。我和火柴站在电梯里，彼此没说话，看着红色的数字噌噌噌窜到了九楼停下来。

白松开门的时候脸色有点儿不对，他笑得很勉强，我望进去看到李茉莉坐在沙发上，面无表情，可是却让我觉得有点高傲，甚至是有点高贵的表情。这让我觉得很错觉。

四个人坐在那儿，心怀鬼胎，谁都不先说话。可是我发现火柴一直在用一种特别尖锐的目光盯着小茉莉，而李茉莉也很不卑不亢地面对着火柴。

过了五分钟火柴突然站起来，她把手里的包往沙发上一扔，指着小茉莉就说，你他妈还在这儿装?！你以为这么闷着我就不跟你计较了？当初没看出来你这么恶毒啊，要早知道，我他妈一见你就把你废了。

李茉莉很平静，她望着火柴说，你急什么啊，跟个泼妇似的，我做了什么让你们这么对我指手画脚的？

我知道李茉莉的态度把火柴惹火了，火柴冲过去一甩手就是一大嘴巴，啪的一声，我都惊得目瞪口呆的。我长这么大还没看过有人使这么大劲儿抽人的，估计上次姚姗姗抽我都没这么来劲儿。李茉莉不再说话，她应该知道火柴的脾气了，可是她依然用一种特别仇恨的目光看着火柴，我突然觉得这种目光很可怕。

火柴又抡圆了给了她一耳光，她说，有种你他妈再用这种眼神看我！

白松站起来了，他走到火柴旁边，我知道白松有点生气，不管是谁，哪怕关系再好的朋友，自己的女人被连着甩了两个嘴巴，谁都不能不生气。白松去拉火柴的手，他压抑着火气对火柴说，你够了啊，没完没了了是不是，什么事情不好说非要这么着啊？

火柴一转身一耳光冲白松抽过去，她说，滚你丫的！

白松一下子愣在那里，我也愣了，可是我真没见过这种场面，我本来想说点什么，可是我现在才发现，本来我觉得我对文字已经驾驭得很好了，这个生活已经被我用文字描摹了多少遍了，可是现在我才发现，这个生活永远是高高在上的统治者，永远有无数我们从来没见过的东西突兀地出现在我们面前，我们所能做的，只是对它臣服。我眼睛有点胀，想流泪，可是我知道现在的场合是多么地不适合矫情和软弱。

火柴指着白松说，白松，如果你还把闻婧当朋友，把林岚当朋友的话，那么今天你就把嘴给我闭了！我要让你知道，你到底做了多么久的傻B！

白松望着火柴，说，你什么意思？

火柴很轻蔑地看了李茉莉一眼，我什么意思？我的意思就是你戴了无数顶绿帽子在大街上在这个北京城了溜达了大半年！你心里那个纯洁的小茉莉跟我当初一样，是个纯洁无比的小鸡头！

我有点不忍心去看李茉莉，可是我还是忍不住去看她，她蹲在地上，脸上一阵红一阵白，嘴唇咬得都出血了。其实我心里在问自己，我们这样是不是很残忍。其实我已经没有答案了。我只知道我自己不会像火柴这么……果断——或者直接说是残忍。可是当我想到闻婧的时候，我想到她站在医院的窗户前眺望外面深沉得如同梦魇一样的夜空的时候，她的那些眼泪，就足够让我一辈子无法原谅李茉莉。

没人说话，周围很静。白松走到李茉莉面前跪下来，他摸着她的脸问她，是真的吗？白松的语气让我觉得心疼。我记得在很久以前，真的是很久以前，白松在学校也是这么温柔地对我说话，好像怕声音大了会吓到天上的飞鸟一样。那个时候的白松喜欢穿运动服，留着短的干净的头发，下巴上总是留着胡子没有剃干净的青色，他总是奔跑在夕阳下的篮球场上，挥洒着汗水，在夕阳的剪影里露出明亮的笑容，而且他还威逼利诱要我去帮他买饮料，当我拿给他的时候他还开玩笑地跟周围的人说你看这是我女朋友，多体贴。周围太多人我不好意思打他，不是因为我照顾他的面子，而是我怕破坏我扮演的淑女形象。而这么多年之后，现在面前这个白松，已经穿起了深色的西装，头发光亮，那么地成熟，我知道我再也看不见那个在阳光下露出牙齿大笑的白松了。

李茉莉站起来，她用手整理了一下刚刚散乱开的头发。她看着白松，说，是的，火柴说得没错，我就是她说的那种……鸡头。我看得出李茉莉用了最大的努力来控制自己的情绪，我知道她现在不敢哭，她不愿意在火柴在我面前哭。可是我知道她内心很难受。就像当初姚姗姗一个耳光扇得我几乎心都碎了

的时候，我也没哭，因为我不想在敌人面前哭，如果姚姗姗不在，那么我会在顾小北面前流光我一生的眼泪。现在也一样，如果我和火柴不在，那么李茉莉肯定会在白松面前流下她现在努力隐藏的眼泪。

可是，能隐藏吗？我分明看到了她眼中的眼泪。我突然发现自己对李茉莉一直都不了解，我以前就一直觉得她是一个文静而斯文的女孩子，家庭条件不好，没见过什么世面，单纯而善良。可是现在，我完全分不清楚了。

火柴对白松说，白松，你看清楚，这就是你一直爱的女人。你把耳朵给我竖起来，我还没说完。你知道闻婧和林岚怎么会遇见那些流氓的吗？就是你面前的这朵茉莉叫人去的。

我拉拉火柴的袖子，可是她还是不管我，继续说下去。

白松跪在地上，没有任何反应。他的眼睛埋在他额头前的头发下面，我看不清楚。可是他面前的地毯上有一滴很分明的水迹。

李茉莉走过来，站在火柴面前，她的眼睛很红。她指着我指着火柴说，对，就是我叫的人。我就是看不惯你们这种大小姐耀武扬威的样子！当你们花几千块去买一些没有任何用处的衣服的时候，我还在问我的父母要钱来交学费。当你们出入都有轿车接送的时候，我还要骑着自行车回家。这个世界为什么这么不公平。对，我是鸡，我是妓女，可是又怎么样呢！我是靠自己赚钱，我不像你们，在我看来，你们比我更低贱！

我站在原地没有说话，因为我面对她的时候我不知道该说什么。

火柴被惹火了，她说，好，李茉莉，既然你承认了，那今天我不让你横着出这个门我他妈给你当马骑！

说完火柴就开始打电话，我知道她应该是在叫人。我想阻

止她，可是我没有勇气去抢她的电话。不过我没有，白松有。

白松抢过火柴的电话，站在我们面前。我以为白松会和我们打一架，然后把火柴的手机丢到楼下去，再然后通过他爸爸的关系把火柴弄得痛不欲生。

可是他没有，他跪在我们面前。他擦了擦鼻涕，他说，林岚我对不起你。火柴，我也对不起闻婧。可是你们放过她吧。

我没话说了，我无法想象当年那个在学校里意气风发的男孩子，那个曾经站在我面前似乎可以高大到为我撑开天地的男孩子现在居然为了个女人跪在我面前。

李茉莉哭了，我看到她哭了。开始的时候她还咬着嘴唇只让眼泪掉出来，可是最后我还是听到了她的声音。

我和火柴离开了白松的家。走的时候白松依然跪在地上，李茉莉蹲着抱着膝盖把头埋在两腿间，我听不到她的声音但是我看得到她肩膀的抽动。

我累了，真的累了，我记得是我把愤怒的火柴拉走的。我不想再纠缠下去。我看到白松那个软弱的样子让我心疼。我走出电梯的时候望着阴霾的天空我在想：为什么全天下的男人都这么软弱？想到后来我自己的头都开始痛了。

在车上，火柴一直没说话，我知道她在生我的气，因为今天她说过她一定要把李茉莉弄得比闻婧凄惨十倍。可是有什么用呢？当初那个在学校里和我横冲直撞看到校草流口水的闻婧已经死在那条冗长冗长而又深邃的巷道里了，死在我的面前，死在沉沉的夜幕下面，死在我痛苦而扭曲的记忆里。

后来我到家了，我下车，火柴突然也下车了，她抱了抱我。她说，林岚，我不生气。

我躺在床上，眼泪一直流。我一直在想刚才火柴在楼下对我说的话。她说她一直觉得我是这个世界上活得最有血性的一个人，对所有的人都有最大的善良和最大的宽恕。我在用与生俱来的善良对待这个世界上另外一些与生俱来的恶毒。闻婧也一样。火柴说："我很羡慕你和闻婧，因为这种血性，在我和微微的身上，早就丧失了。所以我把你们当做我最最亲爱的妹妹，我没有兄弟姐妹，所以我看不得你们受到任何伤害。我看到闻婧哭的时候你不知道我心里有多难过。"

火柴脸上的忧伤如同雾气一样弥漫在我的四周，挥也挥不散。我以前一直就觉得火柴是个粗鲁的没文化的女流氓。可是她让我彻底感动了。我现在才发现自己看一个人的态度是多么地傻。

我记得自己小时候很喜欢的一个小寓言，是说一只野兽受伤了，它会悄悄地找一个没人的山洞躲起来慢慢舔伤口，它不哭不难过，可是一旦有人嘘寒问暖，它就受不了了。我想我就是那只野兽，当我在外面横冲直撞伤痕累累的时候，我的眼泪都不会流出来，我会一个人小心地躲起来，有时候躲在自己的房间里望着我的那个和闻婧一样有着色迷迷的眼神的玩具猫，有时候躲在自己心里却在别人面前笑得没心没肺，可是我害怕看见小北微微闻婧他们忧伤的脸，我看到他们为我心疼为我难过的时候，我会比他们更难过。

我突然很想闻婧，我想念以前那个在学校里在食堂里把肥肉老是往我碗里丢而且经常丢到我裙子上的闻婧。想那个为了弥补过错就一个人去大街上逛一整天为了买一条一模一样的裙子给我的闻婧。想那个看到我笑了不生气了就又开始往我碗里丢肥肉的闻婧。

闻婧，我很想你，很想念。你不要不说话了，你笑笑好吗？

你知道吗，你笑起来很好看的，我一直都没跟你说。

我妈在外面敲门，她问我是不是生病了。

我瓮声瓮气地说，妈，我没有，就是鼻子塞了。一边说，一边眼泪掉下来，把被子都打湿了。

新年终于结束了，周围的喜庆气氛和充斥眼睛一个多月的红色开始渐渐稀薄，可是北京依然寒冷，大雪依然如同鹅毛一样纷纷扬扬地落满这个古老而又年轻的城市。

闻婧今天出院，大家都去医院接她出来。可是我知道她并没有完全走出那个阴影。因为这几天我一直在医院里陪她，她也会看着我笑，和我说话，可是再也不是以前那个闻婧了。有些东西是注定一去不再回来的。这让我觉得伤感。

在医院的时候白松来了，顾小北姚姗姗也来了，微微和武长城也在，惟独火柴不在。我打火柴的手机，可是每次她都直接把我的电话挂了。不知道为什么，我觉得很怪，眼皮一直跳。我望了望微微，觉得她脸色很不好。

我问微微，我说你知道火柴去哪儿了吗？

微微摇了摇头。

我又试了几次，可是火柴还是挂我的电话。

于是我对闻婧说，我们先走吧，火柴可能有事儿，来不了。

大家都没有说话，闻婧现在几乎没什么话了，只是一直站在武长城的旁边。姚姗姗在那儿说，不是好姐妹吗？打架的时候挺积极的，这会儿人都没有。

我本来心情就特别糟糕，我听到姚姗姗这么说话我火就上来了。我发现我对姚姗姗永远不能冷静，我对李茉莉都能不动声色，可是我每次看见姚姗姗就觉得容易生气。我不知道她为什么每次都要用那么挑衅的语气和我们每个人说话，难道她真的觉得这样争吵很好玩吗？我望着姚姗姗，顺便也望着顾小北，眼里充满了鄙视和看不起。

姚姗姗望着我，笑得意味深长的，她说，你望着我也没用，我说的是实话，火柴没来接她口中的好姐妹出院又不是我瞎掰的。说穿了，什么友谊啊什么姐妹啊都是废话，事业最重要。

我正想开口骂她，电话响了，我看到一个特陌生的号码，我以为是我的读者，就不想接，挂了。可是过了一会儿电话又来了。我接起来我说你是谁？然后我就听到了火柴的声音。

我说火柴你在哪儿呢？今天闻婧出院呢！

火柴在电话里小声地对我说，我操，警察正抓我呢！姐姐我跑了！我都不敢用手机跟你打电话，估计我的手机已经被监听了。我暂时不用了，你别打我电话，我要联系你自然会联系你。

我被她说得蒙了，怎么一转眼就成通缉犯了，上次的事情不是不了了之了吗？难道又有新问题啊？

我把我的疑问一股脑儿都丢给火柴了。她突然变得很愤怒，而且这种愤怒里我听得出夹杂着伤心和难过。她说，这都要谢谢你的好姐姐微微！她把我卖了！局子里的人问话的时候你猜她怎么着？她把我全端了出来，我都不知道她把我这儿的事儿捅了多少出去，林岚我在你面前没必要遮着掩着，我实话跟你说吧，我犯的事儿那要是被抓住估计够枪毙的了！我一直小心翼翼地生活着，可是我没想到，妈的居然翻在自己姐妹身上……妈的不说了，越说越生气，我挂了，你自己小心，局子里有人问你和我的关系你就说和我不怎么熟，知道没？我有事儿我会联系你，我挂了啊。

我拿着电话整个人僵掉了，听着电话里嘟嘟嘟的声音我都不知道挂机。我望着微微，她的脸很苍白，她不敢看我。我走过去，我说微微你看着我。你告诉我，火柴的事儿是不是你抖落出去的？

微微没说话，我有点火了，我刚想甩她一耳光，可是我手举到半空中还是停了。我有点不习惯，一直以来我都把微微当作我的姐姐，要我做出这么大逆不道的事情我还真下不了手。微微看着我的动作也惊呆了，然后她的表情马上换成了伤心。我知道我彻底伤了她的心，也许她从来都没想过她一直维护的林岚有一天会对她扬起巴掌。

闻婧在旁边也愣了，她走过来拉拉我，我看着她，觉得她是那么地虚弱，脸色苍白。我说闻婧你别管，你先休息，我要问清楚一些事情。我说这话的时候声音很抖，我自己都听出来了。

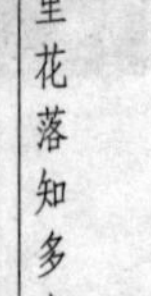

微微看着我，我看到她眼睛里的泪水。可是也许她彻底难过了，彻底对我失望了，所以她恢复了她在别人面前的冷静甚至说是冷酷。我发现终于有一天微微也要用她在商场上的那副所向无敌的面容来面对我了，这让我觉得恐惧而慌乱，同时还有从内心里涌动出来的无穷无尽的难过。

微微望着我，不带任何感情地说，是我说的，怎么样？

我心里很难过，可是我依然要打起精神，我说，你他妈是畜生！

我看到微微的表情像水一样晃动了一下，她依然面无表情地说，你错了，我只是在尽一个公民的职责，把我所知道的说出来。如果这也是畜生，那么你就连畜生都不是！

我发现我始终不能像微微一样冷静，要我像面对一个陌生人一样来面对我曾经相濡以沫的姐妹，我真的做不到。所以我流泪了，以前我从来不怕在微微面前流泪，因为微微总是支持我，可是现在，我居然是站在和她敌对的位置上流泪了。

微微看到我哭了，她的表情开始没那么冷酷。她走过来，望着我，她说，林岚，我知道你把火柴当姐姐，可是我呢？你是不是也把我当姐姐呢？我为什么要说火柴的事情，因为局子里已经找上我了！她手下的两个小鸡头也不知被谁买通了已经把她卖了，如果我再继续隐瞒那么我和她就会一起死，你明白吗？

我退了几步，我摇头，我不明白，我也不想明白。我甚至都不知道谁是错的谁是对的。

微微说，林岚，你还不知道这个社会，人总是先考虑自己的。

我摇摇头，泪水继续流下来，我说我不知道别人是不是，但是我不是。

闻婧从武长城身边走过来，她抱着我，她现在不爱激动不爱说话，可是我能感受到她弥漫在身上的忧伤。闻婧变了，彻底变了。或者说是毁了。

微微没有说话，我知道，她什么都不能再说了。

姚姗姗站在我的背后，她开始冷笑，我知道，谁看到现在这种状况都会笑，我自己都觉得特别讽刺，以前那么好的一群人，现在居然是这个样子。

姚姗姗说，我算明白了，什么好姐妹，都是狗屁，大难临头各自飞！

微微突然冲过去，我知道她肯定要抽姚姗姗一巴掌，可是我突然拉住了微微，然后我慢慢地走到姚姗姗面前，一巴掌重重地打了下去，耳光声特别响亮，回荡在整个病房里。

顾小北一边脸红了，慢慢开始肿起来。当我要扇姚姗姗的时候，顾小北没有像以前那样再拉住我的手了，而是站出来帮姚姗姗挨了这一巴掌。姚姗姗站在他背后，用一种挑衅的眼光看我。

我望着顾小北哭了，我倒宁愿他像以前那样拉住我，让姚姗姗狠狠地抽我，起码可以让我痛，让我清醒。我现在特别希望有人可以抽我，甚至拿刀砍我，我就像是一个沉溺在自虐的

快感里的人一样，因为现在只有肉体上的疼痛，才能冲淡我内心那种无穷无尽的痛苦。

我笑了，笑得眼泪一大颗一大颗地往下砸，我说顾小北，你他妈真是一孙子，没见过女的是不是，不就是为你生了个儿子吗？你要生我也可以帮你生，随便什么时候，你叫我脱我马上脱得干干净净的，二话不说。想上床你就给我电话。

我说得很平静，怎么低贱怎么说自己，我不觉得羞耻，我正是要让自己觉得羞耻，我才可以忘记眼前让我痛苦的一切。

顾小北眼睛红了，他对我说，林岚……你别这样。

我觉得可笑，好像一切又回到以前，他当初在我伤心难过的时候也是一直说，你别这样，你别这样。可是，顾小北，你告诉我我该怎么样呢？

我指着顾小北，我说你滚，我今天一定要教训这个女的。

顾小北拉着我，他说，林岚，我和姚姗姗……订婚了。

我走在街上，北京现在已经是冬天的末尾了，可是依然有雪，马路边的草地上都堆满了雪，很干净，在阳光下让人觉得纯洁。

我裹着风衣从医院里冲出来的时候，听到微微和闻婧在背后叫我，我没有回头，我觉得我最牛的地方就是可以走得头也不回。在我离开北京去上海的时候，我就是走得这么坚决，我还记得陆叙在短消息里对我说，“我以为你会恋恋不舍的，可是你真的连头也没回就那么走了”。

我有点想流泪，可是刚在医院已经流过太多的眼泪，现在突然站在冰天雪地里觉得眼睛被刺得很痛。我沿着街走，那些面目模糊的人从我身边匆匆地穿行过去，让我第一次觉得这个城市如同上海一样冷漠。

我抬起头，然后看到了李茉莉，她挽着一个男人的手，出现在我的面前。她的表情和我一样，充满了惊讶。

我望着她，我说你这是什么意思。

李茉莉说，轮不到你管。

我说，白松的事情我就是要管。一个男人那么为你付出你都不感动？丫的你是不是人啊？

李茉莉看着我很轻蔑地笑了，她说，甭跟这儿摆出一副关心白松心疼白松的样子，当初白松那么为你付出你不也一样，你不也一样不是人？

我望着那个男的，我说这是你什么人？

李茉莉根本就不理我，继续看着我轻蔑地笑。

我觉得很愤怒，她的那种笑容让我很愤怒。我想到白松可能还一直以为他的李茉莉已经悔改已经有了深深的内疚。可是没有。如果白松知道现在他心爱的女人在另外一个男人的怀抱里，我想他肯定很难过。我想到白松那张忧伤的脸我就觉得愤怒，我很久没看到白松笑了。

于是我冲过去，我想抽她，我刚把手举起来，李茉莉旁边那个男的就把我的手架住了，他的力气很大，我的手腕被他握得像要断掉一样疼。

李茉莉过来，一巴掌扇在我脸上，她说，这是还给你和你的姐妹火柴的。别以为上次你们放过我我会感激你们，那是因为白松求情，我要感谢也是感谢白松。你们怎么对我的我一辈子都忘不了。我看着李茉莉的眼神，我终于看清楚了她的眼神，充满了怨恨的恶毒。我突然明白了火柴为什么一直说我看人看不准。的确，我从来没有看准过一次。我他妈真是个傻B。我突然很想念火柴。我不知道她现在怎么样了，肯定奔波得很辛苦。

那个男的把我的手一甩，我摔在路边的雪堆上，那个男的走过来把脚踩在我脸上，然后骂了很多很难听的话。我的脸被踩进那些肮脏的积雪里，我觉得很冷，跟针一样扎着我脸上的皮肤。周围很多人看，可是却没人说话。

当李茉莉和那个男人离开之后我依然坐在雪地上。周围很多的人望着我，我头发上脸上都是雪，我都没怎么觉得丢人，我也不站起来，你们想看就看吧，我无所谓。我就是觉得难过，为白松难过，我为他觉得不值得。我抬起头，望着天空，我觉得天好像有点黑，应该是要下雨了吧。想到这，我鼻子一酸。白松，你个傻 B，你个彻彻底底的大傻 B。

我拍干净身上的雪，理好头发，用纸巾擦干净了那个男人在我脸上留下的鞋印子。我坐在马路边上，不知道去哪儿，而且我哪儿也不想去。我摸出手机打火柴的电话，然后听到电话里那个终年都是一副死了妈似的女人的声音：您拨打的电话已关机。

天已经黑了，周围开始亮起了灯。周围过往的车灯刺得我眼睛疼。我知道北京那帮习惯了夜色保护的人又开始蠢蠢欲动了，每个盘丝洞里都住满了妖精。

对面的橱窗很明亮，里面站着一年四季都不改变姿势的模特，他们永远没有烦恼。在橱窗的前面，顾小北匆匆地跑过去。

我本来以为自己看到顾小北会突然地就哭出来，可是不知道为什么，他的身影已经不再让我感到忧伤了。我记得以前我和他约会的时候我总是迟到，每次我看到顾小北安静地站在人群里等我，如同一棵不说话的沉默的树，我的内心总是充满了那种夹杂着忧伤和喜悦的宁静的幸福。多少年来我已经习惯了穿越那些古老的沉默的胡同那些悠长的街道那些苍白的人群往前跑，一直跑了六年。因为我知道路的尽头总有笑容灿烂的顾小北在等我，这让我勇敢。可是现在，当我义无反顾地奔过去之后，我在人群中再也找不到顾小北了。我突然想起以前我在童话书上看到的一句忧伤的话："他站在北风的后面，可我却找不到。"

也许天气太冷了，我被冻坏了，我觉得鼻子有点酸。

我想，订婚了也好，蛮好。再怎么着也比娶我好。我记得在大二的时候我有一个爱好就是在上课的时候趴在桌子上流着口水不断地问顾小北，咱俩什么时候结婚。我当时就是一个挺花痴的小丫头片子，看了顾小北这么多年了，很多时候看着顾小北我依然想流口水，心里想这种比恐龙都稀罕的男的怎么就被我吊上了呢？我真牛B啊。而顾小北总是看也不看我地专心做笔记——其实是在帮我抄笔记，我比较懒，不喜欢抄笔记，他被我问烦了就说：等等，别着急，娶你，需要勇气。如果不是教授在上面讲得很有激情的话我肯定跟他掐起来。我长得再怎么抽象那也是眼一闭牙一咬就能下定决心娶过门去的呀。后来有一次我去顾小北家无意间看到小北的日记，上面写到关于结婚的事儿，小北写到：我想我和林岚结婚的时候我已经长大了，不再是现在这样一个自闭而不爱说话的大孩子，我会穿着整齐的白色西装开着最好的汽车去接她，在她家门口摆满玫瑰，我要让所有的人都看到她的幸福。当时我看到这些话心里特甜蜜，估计口水又流了一地。当时我想，顾小北的字写得真漂亮啊。

不想了不想了，越想越难过。

我站起来拍拍屁股准备走，我想生活还是要继续的，我依然要做个牛B的人。我要和闻婧微微火柴一起，在北京继续玩得如鱼得水……当我脑海里冒出这个想法的时候，我突然就难过了，像是被一道雷劈中了一样。我觉得有人拿把刀直接捅到了我的心里。我突然就哽咽地说不出话来。因为我知道，我们这群人再也回不去了。闻婧再也不会像以前一样和我勾肩搭背地走在大街上流着口水看帅哥，微微再也不会在过年的时候跟打发她侄女似的打发我压岁钱了，火柴再也不会在我面前没完没了地说书面语言说她是一个多么火树银花的女子。

我摸出手机，找了找才发现我只能打给陆叙。当我听到陆叙的声音的时候我就开始哭，他的声音什么时候听起来都那么干净那么稳定，像是他在冬天温暖而有力的手。我不知道自己什么时候牵过他的手，印象中曾经感受过他的手的温度和力量，可是我怎么都想不起来了。我对陆叙说，陆叙……刚叫出他名字我就说不下去了，开始哭。

陆叙有点慌了，他问我怎么了，我听到他焦急的口气突然意识到自己这样很傻。于是我稳定了一下，我说陆叙我们出来喝酒，我在 JUBBY 等你。

JUBBY 是我和陆叙以前常去的一个酒吧，在我们以前公司的附近。很多时候我和陆叙加班晚了，我们就进去喝酒，聊不着边际的胡话吹着飞向太空的牛。

这里的老板是个从英国来的广告人，后来不想再创作了，于是开酒吧，这里几乎都是做设计的人，平面的，影像的，每个人都很有意思。我和陆叙在这里认识了很多的人，我觉得他们每一个人都很可爱。以前我和陆叙来的时候都喜欢找他们说话，可是今天，我一个人坐在角落里，我不想和人说话。我面前摆满了小瓶儿的啤酒，我哧溜哧溜全喝光了跟喝水似的。

陆叙来的时候我已经喝了四瓶了，可是依然看得出陆叙眼是眼口是口的，所以我没醉。我又叫了一打来，我指着陆叙的鼻子说喝，我喝多少你喝多少。今天谁喝得少谁是王八。

陆叙拿过我手里的酒问我，他说，你怎么了?

我说没怎么，你又不是不知道，我喝酒很厉害的，这么久了都没怎么喝过，今天出来找你喝酒，就跟你们男的久了没找女人就会出去偷情一样。我说了这些平时我打死都说不出来的话之后我都不觉得脸红，我突然觉得这种自我糟践很有味道。

陆叙有点火了，他说，林岚你有事儿说事儿，别以为糟践自己就可以报复得了你的仇人，你只能报复那些关心你的人们。为你伤心的只会是爱你的人，伤害你的人现在不知道躲在哪儿大牙都笑掉了。

谁们? 谁们关心我? 去你大爷的。

我去你大爷的，谁? 我！陆叙在我头上敲了一记，跟训儿子似的训我。

我望着他，心里有点感动，其实我现在就想有人可以骂骂我。我突然有点想我妈，每次我妈骂我的时候我虽然总是嘴上顶回去，我心里却觉得温暖，甜蜜，甚至有种宠溺的味道。

我笑了，我说，我不是报仇，我没怎么，我高兴，顾小北终于找到归宿了，以前我就总是想他这个人如果没人照顾他他肯定得孤独一辈子,不过现在好了,我多年的夙愿实现了,我也替他高兴。就跟香港澳门回归一样高兴,都是多年的夙愿呀……

我没讲完就被酒呛得七荤八素的，我摊出手问陆叙要手帕。陆叙把他的手帕给我，我接过来的时候心里突然空虚了那么一下。我突然想明白了，原来这个世界上用手帕的男的并不是只有顾小北一个。

你到底怎么了? 你说顾小北找到归宿是什么意思?

我拍拍陆叙的头，我说没什么意思，小北和姚姗姗终于订婚了，高兴吧，我就特别高兴。知道我为什么一直没和小北订

婚吗？就因为我怕小北没前途，他那个人太软弱了，我是个享乐主义者，尽管小北的父母都挺有钱的，可是祖先怎么教育我们来着？坐吃山空！你看我不是遇上你了吗？多么上进多么有能力的一个好青年啊，又被我套牢了。本来我想如果顾小北没人要我还挺内疚的，现在好了，有人照顾他了，我能不高兴吗我？你说说我能不高兴……咳！咳！

我又被酒呛到了，我突然在想我是不是叫错了酒，怎么这么烈呢？我嬉皮笑脸地对陆叙说：我他妈叫的是啤酒还是白酒啊，呛得我眼泪都流出来了。别人还以为我跟这儿哭呢！好玩儿吧。

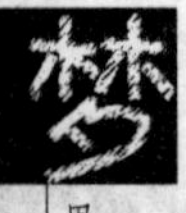

陆叙拿起酒，仰着头喝了一瓶下去。看得我目瞪口呆的。他把空酒瓶往桌子上一砸，他说，林岚你要比谁更会糟践自己是吧，来啊，我也会。今儿谁都不要回去了。他妈的都喝死在这儿。

我望着陆叙，他的眼睛红红的，我突然哭了，我说你大爷的陆叙，你凶什么凶，我找你出来安慰我，可是你和那些傻B一样，全天下的人都欺负我，妈的我惹谁了我？

陆叙过来抱着我，他说林岚你乖，别闹了。我把头埋在他的脖子里，觉得特别累。我知道我的眼泪全部流进他脖子里去了，幸好这屋子里开着暖气，要不估计他衣服里都得结冰了。我刚才的坚强全部都碎掉了，和我胸腔中那块小小的东西一样，都碎掉了。我带着哭腔问，陆叙，你说说，姚姗姗真的比我好吗？小北为什么不要我呢？

我隐约地觉得陆叙的身子抖了一下，然后他把我抱得更紧了，都有点让我不能呼吸了。他说，没有，我觉得你挺好的，就是这脾气，改改，不要什么事情都想自己扛着，也不要在别人面前总是表现你坚强的一面，其实你很脆弱，真的很脆弱，你就知道跟别人面前装大头蒜，然后自个儿回家哭去。林岚，这样做人会很不开心。

我听了陆叙的话眼泪一直流。我觉得头昏昏沉沉的，我估计我喝醉了。

那天晚上我靠在陆叙的肩膀上，觉得眼泪似乎无穷无尽，这真够喜庆的，以前都没发现自己跟个水库似的，看来女人是水做的，尽管我是个长得没有姚姗姗那么水灵的女人，可是社会判断我还是一个女的。

那天晚上陆叙喝多了，因为当我喝完一小瓶啤酒想要伸手去捞桌上的酒的时候，才发现桌子上摆满了空瓶子，我记得自己只喝了九瓶左右，估计剩下的都是陆叙喝的，我看着他，他的眼睛跟兔子似的，脸也很红，整个一小番茄。那天晚上陆叙说了很多胡话，因为我也高了，所以没怎么记得住，我就记得他一直在重复一句话，他说，你相信吗？你相信吗？我很想问他到底要问我相信什么，可是问死了他也还是不知道。我也不管了,又叫了酒一起喝。我想人生一百年反正是死,喝死得了。

晚上两点酒吧就关门了，我和陆叙走出来，我觉得头重脚轻的，我知道明天早上起来肯定头跟贼敲过一样往死里疼，不过我也不想管了，我现在就想把自己随便搁哪儿给放平了，我要横了。陆叙说，我开车来的，车在那边，过来。

我看陆叙那个样子，站都站不稳，我说你得了吧，让你开等于自杀，本来我就没受到大得可以让我去自杀的挫折，这样死了估计别人有的说了，姚姗姗那老丫的肯定得说我是被抛弃了想不开，估计丫捅出去报社就得写“新一代畅销小说家林岚被男人抛弃自寻短见”，我靠，那人可就丢大了。

我把陆叙砸进车子后排，让他躺在那儿，然后我到前面去开车，我绑好安全带就出发了。我的头很痛，嗓子也很痛，眼

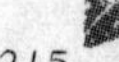

睛花，头晕，没方向感，反正什么事儿倒霉我就来什么。我在三环上奔驰，觉得跟在银河上跑似的。

刚我也不知道自己喝了多少，反正我和陆叙面前摆满了啤酒瓶儿。陆叙是彻底地昏过去了，在后面发出幸福而沉重的呼吸声。我以前看到过一句话，好像是说，所谓的幸福，就是在哪儿都可以安静地睡着。

想到这里，我眼里又充满了泪水。前面的路都变得模糊了，吓得我赶紧抹掉泪水，结果当我再看清楚路的时候，我发现前面已经没路了，是栏杆。

当我醒过来的时候，我已经在医院里了。我头上缠着纱布，觉得胸口跟被石板压着一样充满了沉闷的剧痛。嗓子像烧一样疼。我转过头看到了我爸和我妈，我妈一双眼睛肿得跟金鱼似的，我妈本来面无表情的，看我醒了，立马趴到我身上哭了。我看着我妈起伏的肩膀心里觉得很难受。我妈还是打我，她还是给了我一耳光，可是很轻，跟抚摩我一样，可是正是这种耳光让我觉得格外难受。我妈说，林岚，你说说，你怎么总是这么不让人省心呢？

我把头转到另外一边，我不敢看我妈，我转过去就看到了闻婧微微，还有顾小北的爸爸，可是顾小北不在，我张了张口想问，可是没问出来，想想还是算了。小北的爸爸说，没事儿，醒过来就没事儿了，小北他……他在外地呢，正赶回来。我说，和姚姗姗在一起吧？小北的爸爸没回答我，脸色很尴尬。我挺平静的，我一切都看开了。

我刚闭上眼睛，突然我想到陆叙当时和我一起在车上，我一下子坐起来，结果感到天旋地转，一下子特别恶心，于是张嘴就吐了，雪白的床单被我弄得特别脏。

我妈脸都白了，她说你干吗呢？躺下啊！祖宗！

我抓着我妈问，我说陆叙呢，陆叙呢？我问得很急，都有点结巴了。

然后周围的人都不说话了，我看着他们苍白的脸觉得身体里的力气全部流失了。我指着闻婧，我说你告诉我，你他妈快告诉我啊！以前我在我爸爸妈妈，或者小北的父母面前，从来不会说一句粗话，可是现在，我真的是控制不了了，我觉得我的一双爪子冰凉冰凉的。

闻婧显然吓到了，她有点结巴，她说陆叙他……他……

我突然没力气了，我躺在床上，我说，死了。是不是？我很平静地说完，然后眼泪流下来打湿了我的枕头。

我妈说我，这孩子，怎么说话呢？还没死，不过只是情况很危险而已，你们两个都已经昏了两天了，现在你醒了，陆叙还没……

我妈还没说完我就挣扎起来，这次我学聪明了，慢慢地起来，然后慢慢地走，这样头不会晕。我对着想要拉我回床上僵卧孤村的人说，没事，我去看看陆叙，看看就回来，您觉得我都这样了我还能到处溜达吗？放心，没事儿。

我站在陆叙的病房外面，隔着玻璃窗户看着躺在病床上的他。他的头上包着几层纱布，很干净，隐约可以看见里层的纱布都染红了，我也不知道是血还是红药水。我想起来了，当我撞上栏杆的时候，虽然我的安全带只是随便系了一下，不怎么紧，可是还是保护了我，我只有头和胸腔撞在方向盘上，头流了点血，痛晕过去了。可是陆叙却从后面直接飞上来撞在挡风玻璃上。他的头当时就耷拉在我的面前，我记得他当时的血流下来模糊了我的眼睛。

我望着眼前的陆叙，心里很难受。他像是睡着了，眼睫毛长长的像我小时候在童话书上看到过的那些干净漂亮的男孩子。可是我知道，他现在也许痛得要死，难受得要死。可是他还是这么安静，也许他正在从梦魇中走出来，但也有可能，他在一步一步走向死亡掘出的那个深深的陷阱。

我趴在玻璃上看陆叙，跟小学的时候参加学校组织的参观革命博物馆的时候一样虔诚，过往的人走过的时候都会看我一眼。我心里在想以前那个会笑会说话会和我打架的那个陆叙多好啊。

我在泪眼蒙眬中，看到陆叙醒了，他对我笑，苍白的脸，干裂的嘴唇。我想，这幻觉真他妈折磨人。我擦干了眼泪，可是我发现陆叙还是在对我笑，我愣了两秒钟，然后跟疯了似的朝值班护士的房间跑，我全身都很痛，特别是胸，可是我还是觉得开心,高兴,我幸福的泪水一路洒过去,这让我觉得高兴。

护士也很高兴，就跟他儿子醒了似的。这护士挺年轻的，可是长得的确不怎么样，尤其笑起来，一口的牙齿就跟当初火柴说的那样里三层外三层，整个一收割机。我觉得她还是比较适合冷美人的造型，一笑倾城对她来说难点儿。

我站在陆叙旁边抹眼泪，陆叙看着我，裂开干燥的嘴唇对我笑，眼睛里是那种深沉地像落日一样的感情。我算是明白了，我再对不起谁我也不能对不起陆叙。我觉得陆叙长大了，以前刚接触他的时候觉得他比顾小北白松他们成熟多了，不只是比他们大两岁而已，我看着陆叙整天西装革履的再看看当时衣着时尚的顾小北和白松，我是觉得陆叙特别成熟，甚至感觉有些衰老。后来我发现，其实陆叙和他们也一样，就是个没有长大的大孩子。可是现在，当我看到陆叙眼睛里那种深沉，看到陆叙笑容里弥漫着的容忍，我觉得他真的已经不再是个孩子了，而是一个男人。这是多么值得高兴的事儿啊，陆叙的爸爸妈妈终于把儿子培养成人了，多年的夙愿得以实现，我都替二老感到高兴。我又流下了激动的泪水。

护士看着我挺不耐烦的，赶我出去，说是非直系亲属不能接见，我刚想琢磨着要谎称是陆叙的姐姐还是他小姨子，结果陆叙就操着沙哑的嗓音对那小护士说，没关系，我想看看她。那小护士立刻跟小羔羊似的点头，微笑，然后瞪我一眼，说医生还没来检查，还没确定是否脱离危险期呢，你少影响他，然后婀娜地跑出去了。我看着她的背影有点郁闷。我对陆叙说，你丫的又摧残祖国花朵，老实交代经过，是不是在昏睡的过程中勾引了人家，凭什么你说我可以留下来就留下来，医院的规矩那可是党和人民定的，不能因为你长得规矩点儿就废咯，凭什么呀。我缠着一头纱布跟个木乃伊似的坐在床面前跟陆叙贫。陆叙拿眼横我，可是已经没有了以前的凶悍，换来的是像苍茫的落日一样的眼神，看得我内心一阵一阵的翻涌。我和陆叙两人互相看着对方身上里三层外三层的纱布，我有点儿感慨。我突然有种错觉，我和陆叙是刚从战场上回来的两个士兵，经过了无数的险山恶水，冲过了无数的枪林弹雨，断胳膊断腿儿地可是我们终于还是凯旋了。我们站在红旗下互相搀扶，抬头就看到了前方涌动着朝霞的地平线。我们跟孩子似的笑了，说你看前面多么光明。

陆叙沙着嗓子跟我说，你以为谁都跟你似的，见着漂亮的就流口水啊。说实话，我听他讲话有点想笑，一副公鸭嗓子，特沙哑，跟唱摇滚的似的，而且说得特别慢，比我姥姥说话都慢。

我说去你的，谁要是敢指天发誓说那女的漂亮我让他骑着我围着北京溜三圈儿。

陆叙说，再怎么人家也比你漂亮。

我跳起来，我说你丫没完了是不是，说话得有良心，党和人民怎么教育你来着?

陆叙看着我，也没说话，就是笑了，我看着他虚弱的笑容觉得很安静。他说，你这个人，什么都好，就是脾气。你要改改那多好啊。其实我都觉得没什么，只是你这样的性格在外面比较吃亏，我心疼，林岚，要不你改改，真的。

我望着陆叙，点了点头，那一瞬间我觉得陆叙像一个父亲，一个特年轻但特有思想的父亲。我眼前突然出现一个画面，陆叙蹲在他儿子面前，摸着他的头发教他做人的道理，这个画面让我觉得很温馨。

我坐在他旁边，看着他，我也不想说话了。其实从出事到现在，我昏睡的时候，我清醒的时候，我都想了很多，关于我的生活我的家庭我的爱情还有我的友情。我现在突然觉得我不恨小北了，真的，我觉得人与人都是缘分，缘分一旦完了，再怎么强求都是无济于事的，那只会让别人觉得是个笑话。我一直在扮演着小丑的角色，而姚姗姗李茉莉那种，就是伟大的高高坐在楼层上的看客，她们看着我在灯光下挣扎来挣扎去，笑得手舞足蹈，我越较劲她们越欢乐。我从来都只在乎灯光下我受了多少伤，可是却一直没看到，在我身后的灯光没有照到的地方，有多少等待我的幸福。我想如果小北和姚姗姗在一起幸福，那么我真的是可以提着厚厚的礼金去参加他们的婚礼的。我会捧上好看的花，挽着陆叙的手，在鸽子扑哧扑哧的声音里对他们祝福。

陆叙手伸过来牵我，我有点儿不好意思想甩开他，但看到他的手上还插着点滴的针头，怕一甩把针从血管里甩出来了就罪过了，于是我就决定暂时牺牲我纯洁女青年的清白让他满足

一下他罪恶的想法。陆叙裂着干燥的嘴唇笑了，他说，嗯，这样安静点儿好，不闹腾，赶明儿我就娶你回去，我妈该乐死了，对了，你还没见过我妈和我爸吧？

我突然回忆起我和微微上次管他爸爸叫和尚来着，于是心虚地转换话题，我说去你的，谁嫁你啊，要嫁也得嫁一腰缠万贯埋了半截身子在泥巴里的糟老头子，一结婚就害死他，然后拿了遗产吧嗒吧嗒数钱，哪儿轮得到你啊，去你的。我越说越起劲儿，说完最后一句习惯性地冲陆叙脑袋上推了一把。

我正得意呢，可是渐渐觉得不对，我看见陆叙整张脸都变白了，跟在水里泡过似的，我有点儿慌了，我说你别吓我，你怎么了？

陆叙说，刚你推了我一把，我头晕，觉得想吐……还没说完呢，他就昏过去了。

我站在他床面前，吓得话都说不出来了。我伸出手轻轻碰了他一下，我叫他，陆叙，陆叙！可是他没反应，我立刻吓哭了，我又一瘸一拐地冲出去，一边冲一边流着眼泪叫护士。我冲进护士值班室的时候突然摔倒了，头撞在桌子上，疼得我龇牙咧嘴的。可是我马上站起来，我说，姐姐，你去看看陆叙，去看看他，他……他……我一边说一边哭，护士理都没理我就直接跑出去了。我跟过去，一边走一边擦眼泪。我心里在想，陆叙，你不至于这么脆弱吧，推一下就昏。

等我赶到病房的时候，护士已经重新把氧气罩什么的给陆叙加上去了。陆叙又恢复了他沉睡时的宁静，可是他的脸惨白惨白的，看了让人觉得害怕。

护士一边手忙脚乱地料理情况，一边训斥我，她说，你怎么弄他的，弄得突然休克了？

休克？我的妈妈。我有点呆掉了，我说，我没怎么……

就推了一下他的脑袋……

护士突然转过来对我怒目而视，她说，你整个一失心疯，他撞了脑袋你还推他？你这一推肯定推歇菜了！她说完就打开心动仪，我看到那条绿色的线用一种很微小而衰弱的频率跳动着，我在想不要出现香港电视剧里那种傻B的剧情啊，男主角的心跳图最终变成了一条直线，女主角就哭死在他的床面前。

我立在那儿没说话，可是那个护士还在滔滔不绝地骂我，我突然也火了，我说，你他妈的废话怎么这么多啊，骂我有屁用啊，你快救他啊，他没事儿我让你丫骂个够，我给你买话筒去！……

我还没说完，就感觉胸口一阵剧痛，疼得我靠在墙上都靠不稳，身子顺着墙壁哧溜滑下去了。我还想骂她，因为我不骂人我就无法抵消内心的一种莫名其妙滋生的一种恐惧。可是我刚一张口，一口血就喷了出来。以前在古装片里经常看小龙女杨过他们吐血吐来吐去的，觉得跟看科幻片儿似的，可是没想到，现实生活中也有这样的事情。我的头像要炸开了，嗡嗡嗡地一直响，后来眼睛也看不见了，一片花白，就跟没图像的电视机一样。我隐约中听到那个护士在喊，她冲着空旷的走廊喊，刘小惠，你快来，把她带回病房去……

当我醒过来的时候，我发现他们都围在我的身边，闻婧望着我，眼里充满了忧伤。我翻身下床，跌跌撞撞地想冲出去，我一边穿拖鞋一边问闻婧，我说陆叙怎么样了，我要去看看他。

闻婧按住我的肩膀，我抬起头就看到她眼泪刷刷地流下来，她说，林岚，别去了……死了。

我望着闻婧呆了整整一分钟，感觉从头到脚冷下去，我的身子跟尸体似的冰冷而僵硬。我反应过来之后哭了，我一把推开闻婧，闻婧被我推开撞到墙上，我从来不知道自己有那么大的力气。我对着和我一样泪流满面的闻婧说，他妈的死了也要看看呀！

我连滚带爬地到了陆叙病房外面，隔着玻璃窗，我看到安静地躺在床上的陆叙，他没动没说话，很安静。而且他脸上盖着白色的被单。

陆叙的葬礼安排得很简洁，如同他的人一样。那天我去了，本来我一直在家生病，没日没夜地睡觉，可是那天我去了。我不能不去，如果我不去的话我肯定抽死自己。我穿了黑色的大衣，并且在头上别了朵很小的白色的花。我出门前一直告诉自己，不能哭，因为我以前听我姥姥说过，她说，人死后是有听觉有视觉的，人走向黄泉的时候如果听到自己心爱的人哭，那么他就会回头，一回头，就上不了天了。

可是那天我还是哭了，站在陆叙的母亲面前哭了。我甚至都没有看到陆叙的……棺材。我刚走到大门口，就看见了陆叙的妈妈。她很憔悴，可是依然素净，就跟陆叙一样，特别干净。老太太看着我，什么都没说，我刚想开口对老太太说声对不起，还没说出口，老太太一巴掌向我抽过来，很大的劲儿，比我哪次挨的巴掌都重。周围的人很惊讶，很多人纷纷过来拉老太太，因为陆叙的母亲气得浑身发抖，周围的人都搀扶着老太太，怕她倒下去，甚至有人很可笑地过来拉住我，他们用力地按住我的手，怕我还手打老太太。我突然觉得很悲凉，我在他们心中就是个蛇蝎一样的女人，害死了陆叙，还不放过老太太。我很平静地对周围的人说，你们放开我，我绝对不动手，真的。

老太太望着我的眼神充满了恶毒的怨恨，我看得出来。我想我今天肯定不能参加陆叙的葬礼了，我居然不能看这个生前最爱我的人最后一眼，真是讽刺。我低着头对老太太说，大妈，您别生气，我走就是了。如果您还想抽我，就抽吧。老太太很激动，我看得出她的样子是还想冲上来抽我，可是周围的人劝她，更多的人是在劝我走。其实我理解的，真的，谁开着车载着我儿子撞在三环上我也很气愤，更气愤的是车祸没死，后来被一巴掌推死了，更气愤。我要是老太太我肯定操刀砍死林岚那个死祸害。

于是我走了，我想我不走老太太没准儿会气晕过去。我说，大妈，我走了。然后转过身就离开了。我一转身眼泪就流了下来，我咬着嘴唇没出声，眼泪却哗哗地跟自来水似的。我想没有声音我只有个背影，那么路上的陆叙肯定不会回头的。

离开的时候我在想，老太太肯定不知道，我其实很想叫她一声妈，和陆叙一起站她面前，叫她一声妈。

我一步一步地离开，我恍惚中觉得陆叙站在我背后看我，用那种像落日一般深沉的眼神，格外地苍茫。

我在家里睡了几乎一个月，一个月以来我整天都在想陆叙，想起以前他在办公室和我打架，想起他在我楼下被花盆砸到的小样儿，想起他躲在机场的柱子后面给我发消息，想起他追着我追到上海，想起他站在上海的雨里忧伤地看着我，想起刚过去不久的新年陆叙在焰火里对我微笑。我整天都很恍惚，有时候看见一张照片突然就笑了，有时候看见张广告设计草图突然就哭了。我妈也跟着我整天以泪洗面，我想安慰我妈几句，人年龄大了经不起折腾。可是每次我刚想安慰我妈，我自己就开始哭个不停，一句话都说不出来。

很多次我悄悄地跑到陆叙的坟前，坐一个下午，坐到天黑下来了陆叙的那张照片看不清楚了我就离开。陆叙葬在北京南边的一个高级的墓地里，墓碑很高大，相片看上去很年轻很英俊，目光炯炯有神。我望着他的照片常常觉得他还在我身边，冲我横，冲我发脾气，然后温柔地抱着我叫我把脾气改改。我不知道墓碑上流下了我多少眼泪，我只知道我每次带来的花，都风干了，凋零了，被风吹散了。

一个月之后我对我妈说我要走了，我要离开北京。我话没说完我妈就哭了，她又开始掐我，她说你怎么能这样呢，你走了妈怎么办？我没躲，我让我妈掐，其实我心里在说，妈，多掐掐我吧，让我感觉清晰点，好让我走了之后还能回忆起来，感觉我还在您身边撒娇。

我爸爸什么都没说，他知道我的脾气，从小就拗，我爸说我跟牛似的，拉都拉不回来。我把行李收拾好的那天我妈赌气出去了，我有点儿失落，我想我妈连最后送送我都不肯。那天顾小北到我家来了，他看着我的行李居然哭了。他抱着我，一直哭，没有声音，只有泪水一直流进我的脖子里。我觉得很压抑。我动也没动地让他抱着，最后我说你哭够了吗？他很惊讶地松开了我，他站在我面前，可是我觉得他像个陌生人。

那天我要走的时候小北拉着我，他说不要走，我不要姚姗姗，我只要你，你不要走。

我回过头去给了他一耳光，我说，顾小北，以前你按住我的手让我承受了多少耳光，今天我还一个给你。你他妈去幸福地结婚吧，带着你美丽的新娘消失在我的生活里。你让我彻底恶心了！

闻婧一直给我电话，我都没接，最后我接了一个，我说我现在去机场，我要走了。你别来送，你一来我就得哭，最近我他妈哭恶心了，不想再哭了。闻婧在电话里就哭了，她说你什么时候回来啊。我说不知道，然后把电话挂了。我是真不知道，我抬起头来看天，觉得北京的天空比什么时候都肮脏。阳光比什么时候都刺眼。

我在计程车上的时候接了个陌生号码的电话，是火柴的。她什么都没多说，只是很简单地说了，你几点的飞机，我来送你，你的事我都知道了。我说，两点，去深圳的飞机，UZ2537。

我坐在机场空旷的候机室里，周围的人拖着行李走来走去。我突然想起一年前的这个时候，我也是离开北京，可是那个时候还有一大帮人送我，还有包着纱布的陆叙站在柱子后面望着我。我抬起头，去一根一根地找寻那些柱子的背后，恍惚中我似乎觉得陆叙可能突然从某个柱子背后走出来，看着我微笑。

我的手机响了，我还没接起来就看到了正在给我打电话的火柴。我冲她挥挥手，然后挂断了电话。火柴朝我走过来，我端详着她，我很久没看到她了，我突然发现我在她面前很想哭，很软弱，就跟一个被外面的孩子欺负了的小妹妹看到自己的姐姐一样。我的眼泪含在眼眶里，没有掉下来。可是火柴还没走到我身边，我还没来得及有机会向她撒娇埋在她怀里哭泣，周围就冲上来了七八个警察，他们把火柴押住了，我看到泛着白光的手铐咣当一声扣在火柴手上。火柴的手机摔在大理石的地面上，壳子碎了。

火柴被押走的时候回过头来，我看到她怨毒的目光，她冲着我吼，林岚我操你妈，你他妈和微微一样！没人性的畜生！

飞机场的骚乱一会儿就停止了，这里的人都是有着自己的方向的，匆匆地起飞，匆匆地下降，带走别人的故事，留下自己的回忆。

火柴的声音似乎还回荡在大厅里，我听到她一遍一遍地叫我畜生。我有点儿想告诉她，警察不是我通知的，可是想了想，就算不是我通知的，我他妈也的确算是个畜生，火柴骂得没错。我拣起地上的手机，我想，什么都碎了，就跟这手机一样，碎了。

这时候我的手机响了，我接起来，是我妈，我妈在电话里哭了，她一直在重复几句话，我没怎么听清楚，就听到我妈一边哭一边叫我在那边要注意身体，不习惯就回北京，家里养得起，而且还一直骂我没良心，说走就走，不孝顺。我听到我妈的声音从电话里传过来，心里穿山越岭般地难受。

我挂了电话，然后我听到广播里在叫：去深圳的旅客，现在 UZ2537 次航班开始登机。

飞机起飞的时候我突然想起我看过的一个台湾的电视剧里的一个情节，说是有一个城市叫无泪之城。因为里面的人只有欢笑，没有泪水。可是后来变了，这个城市依然叫无泪之城，可是是因为这个城市里的人的眼泪，都流光了。

我想北京现在就是我的无泪之城，这座城市将一百年一千年地顽固地活在我的记忆里。

飞机起飞的轰鸣声，我早就习惯了。闭上眼，飞花铺天盖地地涌过来，像是谁的回忆，突然从天而降。

微　微

林岚走后我一直在问自己，这是不是就是我理想的生活，活在所有人仰望的目光里，而在没有人的时候，倒在地板上不想动不想说话不想睁开眼睛。

我奔走在这个上层社会，用小老百姓一个月的工资来吃一顿饭。我每天都把自己扔在公司里忙碌，似乎这就是我以前一直想要抓住的物质的成功。

我是成功了，可是我总是觉得怅然若失。

我去监狱看过几次火柴，可是她都不见我。我每次都坐在探望间里等着火柴的出现，可是每次狱警都叫我回去，说她不想见我。我看着别人尽管隔着窗户仍然像没有间隔一样互相说话，我心里特别难受。我在想自己当初的决定是不是对的。

后来我没有再去看火柴，只是花了很多钱找了很多关系，让人在监狱里把火柴照顾得好点儿。我似乎是在做一种补偿，一种忏悔。不然为什么我会在那些失眠的夜晚突然地就从床上坐起来开始流泪？

林岚在深圳依然从事着广告上的工作，她的能力很强，这是我一直都知道的。我曾经和她所在的公司有过几宗生意，也有我公司的职员和林岚签过合同。每次，只要我知道是林岚负责的项目，我都是叫部门的人给她最大的优惠，甚至是无条件地退让。可是我都没有跟林岚讲过，后来我辗转地听到林岚在她的公司升职得很快，我突然很想流泪，我觉得很高兴。

有次我去深圳开会的时候，看见林岚了，她穿着职业装，提着笔记本从会议厅匆匆而过。我在她的脸上看到了当年自己的影子。我想林岚终于长大了，不是以前那个善良却任性的小姑娘了。可是我却不知道是该难过还是高兴。

过年的时候我还是会去看林岚的父母，我提过去的东西一年比一年多，而且钱也越拿越多，我觉得我都把林岚的爸爸妈妈当做自己的父母了。当我和他们一起吃饭的时候，我觉得很温暖。

我问老太太林岚回来过吗？老太太总是摇头，她说，没有，连过年都没回来，打了个电话，没说什么，就挂了……老太太还没说完,眼泪就吧嗒吧嗒地掉下来,她把筷子放下,就进房间去了。我听到老太太在房间里的哭声,心里特别不是滋味。

这些年来我想的最多的就是曾经的日子，那些我和林岚闻婧在一起的日子，我们三个把学校弄得乌烟瘴气，我们一起在北京城纵横,日子像流水一样干净。有时候想起来自己都会哭。

我总是问自己，如果回到当初，我还会为了自己而出卖火柴吗？如果没有，我想现在我和林岚和闻靖和火柴肯定还是肝胆相照荣辱与共的好姐妹。我想起林岚闻婧那没心没肺的笑容，想起火柴火树银花的词汇，我的内心就突然刮过一阵风。那些地上的纸屑，枯草，就统统被风吹起来，刮到了天上，再也没有落下来。

就像有些人一样，走了，却不知道什么时候回来。

顾小北

很长的一段时间里我都在翻《追忆似水年华》。尽管我很早以前就在学校看完了这本书。我记得那个时候还和林岚在一起，我们一人买了一本，而且是不同的版本，她的是蓝色的封面，我的是白色的封面。我记得那个夏天，我们经常躺在学校的树阴下面看这本书，看着看着就睡着了。那个时候的阳光格外明亮，如同穿透青春的那种清澈，让我觉得很幸福。

林岚走后没多久，姚姗姗就和我分了手，我记得分手的那天她对我说，她说顾小北，你从来就没喜欢过我，你心里面只有一个林岚，既然这样，我们发展下去没意思。但你要记得你伤害了我。我点点头，我说好。姚姗姗什么话都没说，只是拿咖啡朝我泼了过来，那一瞬间我突然想起以前她也这么泼过林岚，我突然体会到了林岚当时的痛苦。周围有很多人，可是我却觉得一个人都没有。姚姗姗说得很对，我没有给任何一个人带来幸福，我对她们的纵容，其实带给了她们最大的伤害。我闭上眼睛，突然就看见林岚忧伤的脸，那是我曾经爱了六年的脸。

之后不久就听说姚姗姗找到了一个广告界很有名的大老板，从那个时候开始我从电视上不断地看到她拍的广告，她现在已经是一个小明星了。我觉得这样也好，这才是她一直追求的幸福，我给不了。

其实林岚走的那天我去找她，我就是想告诉她我还爱她，可是她显然已经不爱我了。我发现自己当初的一些想法很幼稚。我一直很听她的话，她叫我做什么我就做什么，我喜欢宠她，纵容她，溺爱她，我心甘情愿地把她的脾气惯坏。她说分手，我就说好，我想等到有一天她不生气了，她会回来，我依然可以抱着她，站在北京的冰天雪地里看风景。可是当有一天，我却突然发现，她已经走了很远，再也回不来了，也不愿意回来了。因为她的身边突然多了个陆叙。

陆叙的死给林岚带来几近毁灭的伤害，这个我知道。所以我才会去找她，因为我知道，在陆叙死后，她一定要人照顾，要人保护。可是她拒绝了我，还给了我一耳光。

那一耳光让我清醒了，我发现了自己一直以来犯着多么愚蠢的错误。

后来我去深圳找过林岚，可是，我看到她和一个男的在一起，那个男的开着车去接林岚下班，林岚坐在车里微笑，很幸福。我站在街的转角，心里想，林岚终于长大了，不再是当初那个疯疯癫癫的小丫头了。我想她再也不需要人照顾了，她可以抵挡那些她曾经一直抗拒的风雨。其实我可以清晰地看见社会在她身上刻下的那些痕迹，历历在目，看得我怅然若失。

我在北京找到了工作，做设计，搞文案。有时候我看到一些风格类似林岚的作品的时候，我都会觉得鼻子发酸。业内一些杂志上经常会看到林岚的作品，从那些作品里，我可以看到林岚真的长大了，她的气息，她的思想，她的生活，从那些设计里，萦绕出来，如同雾气一样将我淹没。

我经常在做一个梦，梦里是永远的十七岁，林岚坐在我的自行车后面，我带着她，穿越了一幅又一幅明亮而伤感的青春。梦境一直延续，永不停止。

火柴

我以前曾经听过无数的姐妹从监狱里出来对我描述里面非人的生活。可是当我自己真的进来之后，我却发现没有想象中那么不能承受。也许是自己在乎的一些东西早就丧失在这个世界上了吧，所以对生活，就不会再有失望。

白天的时候我们在工厂里做一些简单的活，工厂的工作间很昏暗，可是屋顶很高，阳光从高高的窗户上射下来的光线很清晰，可以看到灰尘飞舞的轨迹。

其实我知道，那天不可能是林岚告诉警察我会出现的，我知道林岚那个人，她本性善良到宁愿伤害自己也不愿去伤害到别人。所以很多时候我想要帮她。

我记得以前我姐妹曾经发过一条消息给我，消息写得很庸俗很煽情，是写的“我一直以为山是水的故事，云是风的故事，你是我的故事，可是却不知道，我是不是你的故事”。我觉得林岚就是一直把自己活在别人的故事里，看到别人哭泣，她会比别人更难过，看到别人幸福，她就可以开心地微笑。可是她从来没考虑过自己的幸福，当她一次又一次受伤的时候，她总是选择逃避，她对我说过，顾小北很懦弱，其实她自己，才是真正的懦弱。她可以为了朋友去面对所有严重得超出想象的问题，可是她从来不敢面对自己。

我知道微微来看过我好几次，可是我都不想出去见她，并不是我还恨微微，其实我早就原谅她了。换了是我，当时我也会保护自己。因为我和微微，都不能像林岚一样，为了别人而充满血性地活着。我们是自私的人。我记得微微曾经跟我说过，她说，这个世界上，只有林岚和闻婧让我觉得纯净。我也是这么觉得。有时候我看见林岚和闻婧，我都觉得看到的是两个糊涂地降落到人间的天使。所以我没有出去见微微，因为我怕微微会一直内疚，会难过。其实谁看了我的样子都会难过。因为有天早上，起来刷牙的时候，我突然从镜子里发现自己的两鬓都白了，像是结满了北京冬天寒冷的霜。我叼着牙刷站在镜子面前哭了，那是我第一次也是惟一一次在监狱里哭。我觉得很难过，从未有过的难过。

监狱的窗户都很高，可是依然可以看见天空，天空很蓝，因为监狱在郊区，天空没有污染。有时候我看到浮云无声地流淌过去，内心就充满了忧伤。觉得日子就这样流淌过去，而那些以前说着永不分离的人，早已经散落在天涯了。

再回到北京已经是三年后了。我走在陌生的街道上，努力想回忆起当初这里的面貌，可是一无所获，我的内心觉得很空，像是行走在一座陌生的城市一样，如同我经常飞来飞去的旅行,在一个陌生的城市呆两天,然后又起程去下一个城市。一个一个繁华都只是我梦中的过客，可是我现在已经分不清楚哪儿才是我的故乡了。是北京吗？可是北京怎么让我这么陌生呢？

我妈很高兴，买了很多的菜，她在厨房里忙来忙去的，我进去帮忙，她连忙摆手，说你去客厅里坐，看电视。我想起以前，我老妈都是躺在客厅里，指挥着我去厨房帮我爸做饭。那个时候我爱跟我妈贫，爱顶嘴，爱跟老太太叫板。可是现在，我觉得我成了一个远方来的客人。我坐在客厅里，突然发现沙发换掉了，不再是以前那张被蝴蝶咬得千疮百孔的沙发了，而是一张新的气味陌生的沙发。蝴蝶看着我，眼神很陌生，我伸出手去抱它，可是伸到一半就缩了回来，因为蝴蝶害怕我，它在朝后退。

晚上吃饭，我妈一直给我夹菜，我爸爸也一直叫我吃。他们都没有说什么别的话。我知道，他们想问，可是不敢问，怕我伤心。其实这么多年过去了，我早就平静了，当初留在北京的那些事情，我都不愿意去想，去回忆，那让我觉得伤感。

晚上我倒在床上，陪着我妈翻照片，我妈把以前家里所有的照片都翻出来了，一张一张地拿到我眼跟前儿，对我笑呵呵地说，你看看你小时候，多皮。我看着我妈，不知道什么时候她的头发都全白了。脸上的皱纹也很多。我摸着我妈的头发，开玩笑地跟她说，老太太怎么最近没去美容啊？我妈笑了，用假装责怪我的语气说，你也知道我是老太太，老太太还讲究这些干吗，老大不小的。我突然想起三年前，我妈还在和我激烈地争论哪个牌子的面膜效果更持久。三年的时光过去了，一切怎么会有这么大的变化呢。三年，怎么突然就三年了呢？

最后一个相册是我自己的，我翻开来的时候觉得心里开始隐隐作痛。我本来以为自己已经忘记以前的事情了，可是看到顾小北看到闻婧看到微微白松，看到他们熟悉的脸出现在我的面前，一切记忆似乎都复活了。

我问我妈，我说，妈，现在闻婧在干吗呢？

我妈说，闻婧走了，和你一样，她和武长城一起走了，不过两个人走了也好，挺平静的。自从她被……自从那件事情以后，闻婧那孩子变了，我都没怎么看她笑过。有一天她来家里看我，说起你，她就掉眼泪，走的时候她还拿走了你和她一起拍的几张照片，她说她可能要走很久，叫我多保重。我妈望着我，她说，你说说，你们这些孩子，怎么都一个德性呢？

我没接话，继续问我妈，我说妈，那白松呢？还和李茉莉在一起吗？

我妈叹了口气，她说，白松挺好一孩子，可是……毁了。那个李茉莉不是人，骗了白松很大一笔钱后就走了，白松的爸爸气得进了医院。从那以后白松就开始……抽那个，就是吸毒！他妈妈每天都在家里哭，用绳子把白松捆起来，有一次我去他们家，正好看到白松被捆在地上，口里一直吐白沫，他妈就坐在地上看着他，一直哭……作孽啊……

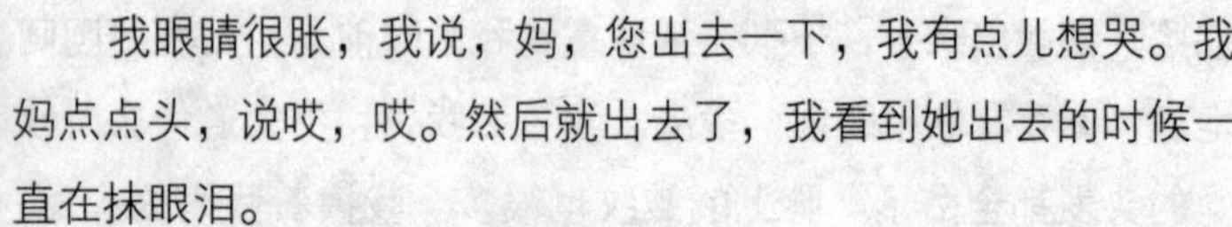

我眼睛很胀，我说，妈，您出去一下，我有点儿想哭。我妈点点头，说哎，哎。然后就出去了，我看到她出去的时候一直在抹眼泪。

我躺在床上，眼泪一直流。我在想，三年的时光，为什么一切都变成这样了。

我走在北京的大街上，满眼的繁华。北京越来越漂亮了。我记得我走的时候北京还没这么多华丽的建筑群，现在，满大街都是了，一点也不比深圳上海逊色。

我去公司办了我要办的事情，然后就可以离开了。其实这次回来也主要是以前的公司有事。因为三年前我和陆叙合作的那个设计获奖了。这真是讽刺，我和陆叙的作品等了足足三年才获奖，这好像是一种暗示，我和陆叙之间的一切，都要等到很久之后，才可以了解，可以明白，可以实现。

我在地铁站里看到墙上的广告牌，上面姚姗姗的笑容特别明亮，她现在很红，甚至连我的公司都为她拍过很多平面和很多广告。她有一个很爱他的未婚夫，是个广告界的大老板。她

有一个公益广告就是在我们公司做的，她扮演一个充满爱心的使者，对每个人关怀。那个项目是我接的，我制作的时候心里什么感觉都没有，很麻木。在那次接触中，姚姗姗告诉我，她说她当初根本就没怀过小北的孩子，一切都是她骗小北的。

我说你现在告诉我有什么意思。

她很得意地笑了，她说没什么，就是告诉你，我和他已经分手了，你如果还想要的话尽管去找他，他还是很纯洁的。

灯光下姚姗姗很漂亮，的确像个充满爱心的天使。一个幸福的天使。

我转身走进洗手间，过了很久才出来，出来的时候脸上都是水，别人问我怎么了，我说精神不好，洗了把脸。

我在北京呆了三天就离开了，我没有去找微微，没有去找顾小北。因为我不知道我站在他们面前的时候，会不会一滴眼泪都流不出来。有个词语叫物是人非，这是我见过的最狠毒的词语。

我也没有再去陆叙的墓地，我想，当初我送去的花，也许早就成了尘土，散在天涯各地了。只是我很想知道，那张嵌在墓碑上的照片，有没有变黄，如果有，我想我肯定很难过。因为在我心里,陆叙永远活着,而且永远活得那么年轻,那么好看。

离开的时候我对我妈说，妈，我有了新的男朋友了，快订婚了，下次带回来看你。我妈很高兴，她一直点头，说好，好……我的男朋友叫程少枫，一个学理工的工程师。人很老实，善良。我靠在他肩膀上的时候觉得很平静，没有波澜。不像当初靠着顾小北内心一直狂乱地停不下来，也不像和陆叙在一起时悲欢都那么明显那么起伏。

三月的北京到处都是飘扬的柳絮，扬花，格外好看。

我坐车离开去机场的时候，很安静地在车上睡着了，车窗外是明媚的阳光，照在北京每一条马路上。我觉得一切似乎都是一场梦，那些曾经鲜活的人，根本就没有存在过，我的生活，在深圳，在我安定的男朋友身边。这场梦我做了二十年。梦里我和一些人从幼儿园手拉手地走到了大学，然后突然有一天，梦醒了，我再也看不到这些人了。

什么都消失了，只记得一首歌，那首歌是我们在幼儿园学的，那是我们在梦里学会的第一首歌，那首歌老师教我们，我和闻婧微微一教就会，白松学了很久，我们都笑话他。那是一支特别纯洁的歌谣，只是后来，当梦里的我们都长大了，我们在卡拉 OK 厅里再也找不到了，那首歌叫《梦里花落知多少》。

我又睡着了，梦里的那些人又回来了，站在我面前对我微笑，一如当年。他们还是小孩子，可我已经长大了，梳着小辫子的微微和闻婧，流着鼻涕的白松和爱穿白毛衣头发软软的顾小北，他们的声音很甜，童声很好听，他们在对我唱：

记得当时年纪小
你爱谈天我爱笑
有一回并肩坐在桃树下
风在树梢鸟在叫
不知怎么睡着了
梦里花落知多少

2003 年 9 月 22 日星期一 4:58

不会占梦的占梦人

——不是后记的后记

朱雀 hansey 说：布袋狗乖乖地趴在我的扫描仪上，我煞有介事地给它盖了一条毯子。

我喜欢 hansey 关于布袋狗的所有描述，他安静地在文字里讲述他的布袋狗陪他看了最多的月亮，有天他找不到他的布袋狗了，最后发现它躺在床头的角落里，他说它生气了。看着的时候我会想起这个在深北方一年看四个月落雪的男孩子。我周围的朋友都叫他小希，因为我们在一个游戏的世界里，他叫"迷路的小希"。而我的朋友们叫我"四"。

四，你该去吃饭了。

四，我要周末才能回家，到时候我发消息给你吧。

四，丽江好玩吗？下次我们几个一起去。

hansey 的论坛叫"深北花房"。很安静的一个名字，看的时候会让人觉得头顶开满了浮云。一幅一幅安静地追逐着沉默的时光。那些花开，那些落雪，一点一滴地在生命里铺开沉重的轨迹。我喜欢"轨迹"这个词语，就如同痕痕喜欢"痕"这个字，她说她总是想起伤痕，印痕，想起那些在别人看来无关痛痒在自己看来却排山倒海的琐碎。我记得以前看到过杂志上的一句话，是一个女孩子写的，她说:“一想起，就地动山摇。”

hansey 现在在深北方，不断地做习题，在解不出数学题目的时候，他依然会随手在草稿纸上画随意的花纹。我曾经看过他在一张天空的照片上画满整个天空的花纹。像是一个苍穹，突然裂了。我想起我自己的高三，那是很遥远的事情了，记忆中是我喜欢的一个女孩子，在一面白色的墙上，画满了一整面，不会凋零的花。

而现在的我，已经不是以前那个在夏天里奔跑于高草间的孩子了。我生活在日升月沉的上海，做着日升月沉的梦。

现在当我坐在电脑前面敲打键盘的时候，十月已经过半了。可是上海的天气仍然让人跌破眼镜，气温高得不像话，hansey 在深北方的寒流里穿着毛衣哆嗦着给我发消息，我摸出手机一边看一边在上海的烈日下骑着单车穿着短袖汗流浃背地去上课。不过我不讨厌炎热，我觉得有阳光有热度的地方总是让人觉得很有生存的力量。尽管这个夏天我窝在冷气充足的家里几乎没有出去过，偶尔出去买点东西感觉自己毛骨悚然如同端午节的白素贞。在这个夏天里我做得最多的事情就是像一只小壁虎一样贴在落地窗上流着口水跟一个小花痴一样感叹外面明晃晃的阳光是多么地让人身心快乐。尽管我知道现在行走在烈日下的人正在怨天咒地哭爹喊娘。不过这并不影响我对夏天的叶公好龙。突然想起以前看到过的一句话，自己一直奉为经典，那句话是说：一切的事物都要隔层玻璃才最漂亮。

我是个善于跑题的人，我忏悔。

玄武　落落说：时间没有等我。是你，忘了带我走。我左手过目不忘的萤火，右手里是十年一个漫长的打坐。

我忘了自己何年何月在凌晨的时候还涩着眼睛看完落落讲的一个仓鼠和芝兰的故事。何年何月啊，想不起来了，头有点痛。记忆像腐烂的叶子，那些清新那些嫩绿早已埋葬在时间刻度的前段，惟有铺天盖地的腐烂气味留在时间刻度的尾部。突然一阵风，往上飘，往上飘，然后在某一个孤单寂寞的黄昏，变成雨，轰轰隆隆地覆盖每一个看落日的人。

那天看书看到一句话：我总是轻易地忘记自己对自己的承诺，日复一日地对自己催眠。

谁的生活，我看不见，我环佩丁当地走在冗长的老巷，一面一面黑色青色黄色的墙在我身边将年华逐寸斑驳。我是为什么，为什么，因为一只飞鸟，突然就哭了。

“十一”的时候我在丽江，在那些古老的街道上行走，青石板路在我的脚下发出遥远的声音。我坐在纳西族的古老房子里，听着纳西古乐。第一支曲子是《紫薇八卦》，这是太平宫落成时的祭奠双曲之一，它的姊妹曲《霓裳羽衣曲》早就遗落在那个风雨飘摇的唐朝。我发消息给hansey和痕痕，hansey回消息过来说，你看看你周围，有多少人在亵渎着古老。我环顾了一下周围，那些喝可乐吃薯条的人让我觉得无话可讲。

曾经我和hansey痕痕还有清和约定过，一起去丽江，可是因为我八月要去深圳，于是作罢。后来我在hansey的网站上看到他写：因为某人的签售，我对自己说，你这个夏天注定与丽江的青石板路无缘。

站在雪山顶上和痕痕阿亮打电话，哆嗦得说不出话来。因为自己习惯在夏天穿休闲鞋不穿袜子，于是就这么赤着脚上冰川了。当我穿着衬衣夹克站在一群裹着羽绒服的人群中的时候，我们彼此都在面面相觑。我在山顶上站了一会儿，就匆匆下山了。我觉得我再不下去我就要死掉了。一些碎冰块从天而降，我摸摸我的头发，冻成了一块，我敲一敲竟然碎掉了。自己都吓了一跳。感觉像是被人爆头。

在那几天里面我都是匆忙地走，匆忙地看着眼前出现的东西，古老的房子，沉默的流水，柔软的高草和自由奔跑的风。其实我很想待在那条沿河的老街上，在每个夜晚去不同的酒吧。然后喝咖啡，数回忆。

可是我是个怕回忆的人。我突然发现自己已经很久没有站在空旷的操场上看落日，大学的体育场一个比一个奢华，可是我怀念我高中的那个有点破旧的操场，周围没有看台，跑道是泥土的。跑道外面是一圈深深的高草，每到春天走进去就看不见人。XJ 最爱说的一句话是，不知道什么时候，我们悄悄地在风里长大了。我每次听她说这句话就觉得难过。而当很多年之后，当我站在上海大学金碧辉煌的运动场上的时候，我再也不能像以前一样，和微微，和小蓓，在每个落日下面霸道而任性地跑过无数的人群，穿越那些跑步的人如同穿越无数的故事，笑容洒落在我们背后，而落日开放在我们面前。我记得微微的脸，带着眼镜，爱难过，爱悲伤。

而现在，我早就习惯了一个人孤单地在草地上看落日。曾经陪我看落日的人，散落在了天涯，一个一个好像在叫劲一样比谁能离我最远。双手插在口袋里的时候我总是在想，走了这么久，跑了这么远，你们一点都不想我吗？每次想到这里，我就觉得孤单像是落日一样，无穷无尽地奔跑，最终充满了整个天与地的罅隙。

XJ 说，天空的飞鸟，是你的寂寞比我多，还是我的孤单比你多。剩下的时光，你陪我，好不好。这样你不寂寞，我也不会孤单。

而我想说，沉默的浮云，是你的难过比我多，还是我的隐忍比你多。以后的路程，忘记我，好不好。这样你不会难过，我也忘了回忆。

白虎 XJ说：有时候看见生命里那些来路和去路，就像一场天光，丢失着岁月皑皑。于是我总是习惯在某一个清澈的日子里把那些记忆拿出来一遍遍地看，看着夕阳消失的方向，看我们那些清澈的寂寞已经被关闭在另一座山冈。

不知道人是不是一种喜欢怀旧的动物，当我走在繁华的上海街头的时候，我反而开始怀念我在家乡的生活。我不喜欢听一些上海人用一种傲慢的语气在文章里或者网站上评论我说我看天空的时候多么矫情，因为上海永远没有明朗的天空。可是他们不知道，当我来上海之后，我几乎没怎么抬头看过自己头上是一片怎样的苍穹。

那天我在飞机上无聊中翻那些八卦杂志，看到写阿Mei的采访，阿Mei说，身为乡下的小孩，虽然别人对我们充满了好奇或者觉得不可思议,但始终欠缺一份尊重,初到大城市的我找不到可以信赖的人,身边的人兜兜转转,可是我却一直孤单。

我看玻璃窗外，那些浮云，一直，一直，没有说话。我想，它们是忘记了，还是喜欢这样没有尽头的沉默。

下飞机后我把这些话发给了hansey，他回消息过来说，啊我亲爱的阿Mei殿。hansey很喜欢张惠妹，我也一样，每次我听到她沙着嗓子唱“是我勇敢太久，决定为你一个人而活”的时候，我就觉得喉咙堵得特别难过。

我曾经无数次地想过，我究竟是在怎样地生活。是活在别人的想象里，还是活在自己的自由中。以前我总是不喜欢我的父母为我安排好以后的一切，可是当有一天，我的父母都已经微笑着对我说“只要你喜欢就好”的时候，我却突然就难过了。我看到我妈妈的白头发比看到什么都难过。很多时候我都有一个梦，梦里我才七八岁，那个时候我妈妈牵着我，走在那些古老的巷道里，我去上课，我妈妈上班。其实生活有别人安排未尝不是一种幸福，如同不用思考一样，也是一种幸福。当我已经可以一边微笑一边对着记者说我觉得最幸福的事情是有觉可睡的时候，谁能告诉我天上有多少天使一起沉默？

这样的人生没有沉重，顶多有迷茫。而那些在每个夜晚穿堂而过的黑色的沉重，永远不会出现。

沉默的十月是未知地的一场独自欢乐的斑驳的梦。

沉默的十月是一场斑驳的梦。

十月是场梦。

那些沉睡在我脑海中的故事终于在这个月完全结束了。我把写好的小说给痕痕看，痕痕说，像是经历了一场风暴。那些曾经熟悉的以为真切地生活在我们的生活里的人，突然间如同十月的那些最后的阳光，在某一天的清晨，在某一场淡蓝色的天光里，突然就消失不见了。他们曾经生活的轨迹，他们曾经铺展开的难过和欢乐，像是落入枯萎的黄色高草里的那些雪，无声无息地融化进黑色的泥土。从此开始，与大地一起沉默。一起沉没。

是谁说，慵懒的日子，一去不再回来，16路的公交车，从麦田，开到钢铁，那些丁当作响的歌谣，我记得，不会唱。

树叶黄了就要掉了被风吹了找不到了太阳累了就要睡了留下月亮等着天亮。

冬天来了觉得凉了水不流了你也走了音乐响了让我哭了心已丢了还会痛么。

丁薇的残酷儿歌。冬天来了。

最近我总是发现那么多的儿歌，那么多让人觉得残忍的儿歌。我曾经觉得童年的纯真离我很远，现在我发现，其实从年少开始，我们就在学习悲伤。

我一直都觉得自己是个垂垂老去的人，只是时光忘记了给我皱纹忘记了给我白发。所有人看到我年轻的容颜看不到我苍凉的心。插着口袋站在山崖，看着无限沦陷无限皓首的蓝天，胸腔里翻涌着黑红色的熔岩。

一个陌生的朋友发消息给我。他问我，四维你是不是还站在太阳下面，我这里已经在下雪了。似乎刚过完夏天就可以看见雪。原来冬天不知不觉地就来了。

青龙 痕痕说：我就像现在一样看着你微笑，沉默，得意，失落，于是我跟着你开心也跟着你难过，只是我一直站在现在而你却永远停留在过去。

“旁人笑我这个无法管住的野孩子,连没有幸福都不介意。”

我站得太久了说得太久了我自己都累了，你怎么还是听不懂?我写了太多了写得太久了我自己都累了,你怎么还是看不懂?

曾经一直想让别人知道自己的心情，那些沉重，那些无法讲述的悲伤和苍凉。可是，我要如何在浅薄的纸上为你画出我所有的命轮？我要如何让你明白？算了，罢了，你以为我是闹剧也好，你以为我是幸福也好，关上门，各自有各自的幸福或者眼泪。

写《梦里花落知多少》的时候几乎都是在凌晨。很多个凌晨我都是在自己的房间里一直写写到几乎可以看见天亮。半夜会觉得有点冻而起身把冷气关掉。

夏天的月亮很好看，我后悔自己一直没有看过。

有时出门去24小时便利店买东西。

一个空旷的超市只有我一个人。脚步空空荡荡地回响在日光灯下。

像一个没有开头也没结尾的故事。

写《梦里花落知多少》的结局一直是我最头痛的事情。本来想好的情节是顾小北死了，林岚和陆叙在一起。可是被很多人猜到了，不得已改结局。可是改了之后，连自己读着都觉得太伤感。那些曾经出现过的人物，通通如烟云般散去。写完的第二天我跟痕痕说我写完结尾了。痕痕说，我刚在网上看了《机器猫》的结尾。那个陪伴了我几乎从童年到少年再到现在的故事突然就结尾了。自己觉得难过。为什么事情一直有个结局呢?

其实自己以前有个很可笑的梦。就是我想把《梦里花落知多少》一直连载下去，当连载了很久之后，连载了很久很久之后，当初那些看《梦里花落知多少》的孩子都长大了，《梦里花落知多少》里的那些人也已经老去了，像是经过了双重的人生。没有尽头。

可是这只是个梦。很美好，可是却无法实现。这是梦最残酷的地方。

从很早以前开始，我就喜欢坐在公交车站的椅子上，慵懒地坐在那里看报纸，看着一辆一辆的车从我面前开过去，无数的人聚拢在我身边，然后又汹涌地离去。直到我自己的车也来了，然后我起来，带走我自己的故事。

这个习惯一直被我带到上海来。上海有浓郁的树阴。我站在树阴下面，抬头就是细碎的阳光。我觉得生活很好。一切都好。只欠烦恼。

我是个喜欢看落雪的人，我喜欢站在空旷的黑色的土地上看着雪一点一点覆盖整个世界的感觉。就如同 XJ 说的那样，她说，无数的飞雪落在我的眉毛上，我知道他们会在我身体的某个角落纷扬。曾经我给过你无限宽广的逃亡，直到你心慌。心慌会看不见我。原来你可以学会去思念。在我终于忘记了如何去思念你的时候。

喜欢小樽的雪。干净的没有被污染。记忆里是藤井树骑着单车穿过一片又一片的雪地。她穿着厚厚的衣服围着厚厚的围巾。穿梭在一个男人至死不渝的思念里。而这种思念，却在最后才可以明白。彼此都在等，等白了头发依然在等。可是依然敌不过时间的掌纹。翻手为云，覆手为雨。当卑微的人站在伟大的苍穹下面，一定可以听到巨大的轰鸣。最后死亡来结束一切斑驳的上演。

藤井树对着雪的尽头喊，你好吗？我很好。

藤井树回答，我很好。你好吗？

朱雀 hansey 说：连日来我总在黄昏的时候产生幻觉，觉得已经是深深的冬季，掀开窗帘应该能够看到安静坠落的雪

那年的冬天是飞扬的般若
你开出一枝明亮却断了三枝记忆的梗
谁的沉默带走了谁的霓裳
谁不肯谢幕谁永远上演繁华
隐忍下的苍凉开出一朵两朵三朵断章
无穷记忆的来处拥挤着面目模糊的天使
没有忧伤的国度长满忧伤的高草
高草中湮没的年华随南飞的鸟一直南飞
漠河以北　北极星以北

断了弦的流章　暗了魂魄的衣冠冢

而我　从远古的远古

就是一个站在风里的遗落记忆的猎人

没有来路　没有归途

自由，孤独，桀骜，不驯，凶狠，温柔，漂泊，永生

玄武　落落说：我不是后羿，不带弓与箭

写《梦里花落知多少》的时候自己一直在想，我是不是真的要这样义无反顾地走下去，就如同当初那个高中时候的自己，当初掉转马头杀向一百八十度的那个方向的时候，我听见自己心里的那首夜歌唱得比什么时候都荒凉。而如今也是一样。我知道这样的风格会丧失掉很多读者，可是我希望给大家看到，生活中所有的让人沮丧的东西，同时让我们更加珍惜生活中让人欣慰的东西。

hansey 说，小四义无反顾地朝另外一个方向走，单枪匹马，像一个孤独的猎人。

我知道，这样的路程充满了无数的未知，可是当我一边编织这个故事的时候，这个故事本身就活了，我看着我笔下的人物，他们充满着血性充满着感情地活着，像是这个世界的另外一面，活着我深爱的一群朋友。可是在网上，依然有很多人说我写的东西没有血性。我不知道做人怎么样才可以称得上有血性，而且现在我也不想去知道了。我只是在想，单纯地想，像我一直以来地用最真诚的一面去面对生活，这样的人生，才最真实。

我不是活在大家笔下的小四，也不是纸上的小四，不是神，也不是别人说的其他的东西。我只是个单纯的人，一个和大家一样有着欢笑和泪水的人。一个喜欢把双手插在裤袋里看

一切悲欢离合面无表情却心如刀割的人。

落落说：我不是后羿，我不带弓与箭。

我说：我是不带弓与箭的后羿。

白虎 XJ说：七点血，七鸿朱砂。血光的灾难，在我之间。如果沧海再悼念的时候，能让我们隐忍地进，再隐忍地退，那有多好。

我在兵荒马乱的江湖。无数的人性在我面前渐次上演。

当我伤痕累累地站在山崖上，下面依然是喧嚣而起的争夺和弥漫的硝烟。

我突然想起自己以前和高中的朋友，彼此都在说着一些不着边际的幻想和吹着一些无法无天的牛。从四川打辆小面的去西藏这样的话也只有我们才能说出来。我们说总有一天我们全部要去西藏隐居，看那些高高地穿行在天堂上的自由的风带来怎么样恢弘的梵音佛唱，看那些经幡和马风旗在天空划出最绚烂的彩虹。我们还说有空就偷渡去尼泊尔，但上地理课的时候突然才发现西藏和尼泊尔中间是喜马拉雅山,于是全部无语。

那样纯粹的生活注定已经离我很远。我躲在麻木的躯壳里行走，感觉已经很久很久。那些荒芜的疼痛一点一滴地刻在骨骼上。而我的骨骼，总有一天会像丢失的马群，散落在一个我并不知道的地方。月光会在一刹那就照亮了每个村庄，那一刻，全世界的记忆都苏醒了。所有人都会看见满世界奔跑游走的悲伤。所有来路和去路会全部铺展开来。我在想，那个时候，有人会流泪么？

青龙 痕痕说：如果我们都是孩子，就可以留连在时光的原地，坐在一起一边听那些永不老去的故事一边慢慢皓首。

要我怎么说，我不知道。太多的语言，消失在胸口。头顶的蓝天，沉默高远，有你在身边，让我觉得安详。

最近我越来越喜欢“沉默”这个词语。好像所有的事情都可以在沉默中变得更加纯净和善良。在经过了很多很多，包括很多人知道的那些事情之后，我终于变成一个不再喜欢说话的人。我开始学会了自然去沉默，而不是带着不甘带着难过去不说话。我觉得沉默很好，让世界变得和平。

我记得很早以前我就喜欢的那句话：我喜欢沉默的人，因为他们善良。

以前我总是觉得自己八面玲珑自己都觉得恶心。可是现在，我突然发现自己很长一段时间都在自由地生活，这很好。

hansey 说，不知道一些话，应该如何说，才能绕过你的疼痛。所以我们就沉默。以前和朋友在一起的时候，彼此难过都不想说话。可是我却发现，这个世界突然多出了很多的小孩，没有难过没有悲伤，可是也是一脸悲伤的表情。当我看见满世界的小孩子都在用同一种腔调来抒发自己的痛苦自己的难过的时候，其实我知道真正生活痛苦的人却在笑脸的背后流着别人无法知道的眼泪。生活中我们笑得比谁都开心，可是当所有人潮散去的时候，我们比谁都落寂。所以很多时候我都不想再去写我生活中的忧伤，我想让那些忧伤沉淀下来，没有人知道，当千年万年后，我的骨骼变成飞扬的尘埃，我想它们也应该凝成了晶莹的琥珀。

小希喜欢对着他的布袋狗说话，痕痕的一个朋友喜欢不断地写一些在她看来很搞笑的诗歌，而我，则喜欢站在路边，湖边，草地边，插着手，看一切匆匆而过的时光和匆匆下落的夕阳。颜叙喜欢听摇滚，黄药师喜欢无尽头的流浪。

那些沉默的高草，你们告诉我，天底下，谁是最寂寞的人？

那些无声的芦苇，你们告诉我，天底下，谁是比我寂寞的人？

朱雀 hansey说：昭和二十年九月一日那一天，我死了。然后变成一只萤火虫，飞到永无岛，飞到彼得晶亮的眸子里。

突然想起微微的经典话语，她说，吃火锅的时候，没有人会看到谁的眼泪滴进油碟里，你想哭，就可以随便哭。

微微是个很特别的人，有时候在人群里比谁都疯比谁都快乐，可是有时候在人群里突然地就沉默。我远远地看到她木着一张脸我就知道她不开心。

“十一”的时候我发消息给她，她没回。我发消息给她班上的一个也是我的朋友，才知道她已经很久没用手机了。她朋友说，微微现在每天几乎独来独往，我也不怎么看得见她。

我想着微微一个人穿行在西南政法大学里的身影，她的头发是不是还是像以前那样倔强地飞扬在风里面。然后我收到小蓓的短消息，她问我，微微人呢？微微人呢？

我记得曾经有次她考试失败，我陪她坐在湖边上。她的老师走过来，说了她很久，我在旁边没有说话。当微微的老师转身离开的时候，微微突然把脸埋在膝盖里就哭了。她一直以来就是这么倔强的孩子，比我都倔强。所以她最难过，也最容易受伤。她经常问我一些让我难过的话，她说，是不是我真的注定没有幸福？如果是，那么我就不再争取了。

名古屋的雪飞扬开来，不知道落在了永无乡，还是北海道。那些两个人独自铿锵的日子，那些在画纸上用手抹出银灰色阴影的日子，那些骑着单车追逐在学校的香樟树下的日子，那些念着明月夜短松冈的日子，那些在深夜起来冲咖啡的日子，那些徘徊在唱片店一排一排长长的唱片架前的日子，那些奔跑在记忆里却消失在现实里的日子。

你们在哪儿，你们回来，好不好？

玄武 落落说：他和她在不知情地穿行四季，这一切令那两人表情变化，分道扬镳，等来年又来年的一个殊途同归，而四季的枝依然断一根，两根，遮盖了消亡的容颜。

我曾经设想过和我每一个失散多年的朋友重逢，也许是在一个陌生的城市，在陌生的机场，我和他提着行李匆匆地擦肩而过，然后彼此都站下来，一瞬间忘记了说话。机场的咖啡厅，往日的时光比咖啡的气味香浓。也许我和她相逢在学校的操场，当多年后我回到我的故乡，去我曾经念书的学校，看那些小孩子同我们当年一样奔跑，嬉笑，男生羞涩地问女孩子可不可以用单车送她回家，女孩子坐在树下为自己喜欢的男孩子叠复杂的纸鹤，我观望着这一切觉得往日如流水散开来，一抬头，看到一个已经面目模糊可是感觉清晰的人，或者微微，或者小蓓，她如同十几年前一样站在香樟树下，落叶一片一片一片。

可是，当华丽的想象在每个黑夜被压抑得哭出声响，我的心，能不能一直麻木。就如同刚刚说起的，日复一日地对自己催眠？

白虎 XJ说：天明片刻，我只记得我们大声地念过最豪爽的诗词：西北望。射天狼。声音一直一直落在我心里，那一夜风雪轻易破了我的门。

那些曾经流逝的日子我想用一种没有出现过的方式来悼念。所以就有了《梦里花落知多少》。那些一直带着有色眼镜的人又在说什么是抄袭三毛什么的。没有看文章就说话的人在这个世界上有太多太多。三毛的风格和这本书的风格差得太远，远到我都不想说话，你们自己去看。

很多人说这本书是闹剧是为了搞笑而搞笑,我很难过可是依然沉默因为他们没有看到欢笑背后隐藏的沉沉的伤感和绝望。

我知道很多人是从看连载开始的，几乎连载了一年，这漫长的一年让我成长了很多，我相信每个看连载的人也在长大。那些看连载和写连载的日子，一晃就过去了，所有的故事摊开在我们面前，那些欢笑那些眼泪，全部出现然后突然消失。

那些曾经惊天动地的，其实从来没有出现过。

可是那些缠绕我们内心的，一直一直，没有离开。

当我倔强地独自背上行囊开始我全新的路程，我知道，只有仅有的几个朋友站在我身后凝望。他们的眼神像落日一样苍茫而深远，让我觉得沉重。

XJ 说，看不见雪的冬天，我们拿它当春天，好不好。

其实这也是一种自我催眠。

不过，当我们决定了孤独地上路，一切的诅咒一切的背叛都丢在身后，我们可以倔强地微笑，难过地哭泣，可是依然把脚步继续铿锵。

青龙 痕痕说：总有一天我会从你身边默默地走开，不带任何声响。我错过了很多很多，我总是一个人难过。

该说的早就说完。可是我还在喋喋不休。

hansey 说，这场愚蠢的电影中，我无疑是个画蛇添足的角色。所以你应该对我不予理会。

在这个故事里，林岚，陆叙，顾小北，他们才是主角，而我，只是个讲故事的人。当有一天这个故事随风散开，我们都已长大，我们不会再记得这个故事。这个曾经在我们生命中出现了一年的故事。那些曾经牵动我们心肠的人已经消失在这个天涯。

而我们的生活，还要沉默着继续。

让我用一句落落的话来结尾吧：

歌声形成的空间，任凭年华来去自由。所以依然保护着人的容颜不曾改，和一场庞大而没有落幕的恨。

郭敬明

2003年10月

《〈幻城〉之恋》
布老虎青春文学工作室　编选
定价 16 元

精选关于《幻城》的文字和图片
回应万千读者对《幻城》的热爱

以上图书
欢迎邮购
地址： 沈阳市和平区十一纬路 25 号
春风文艺出版社邮购部
邮编： 110003
咨询电话： （024）23284402
联系人： 徐静

春风文艺出版社
布老虎青春文学工作室

电话:(024)23284393
Email: shixiangxuan@sohu.com
wp951111@hotmail.com

布老虎青春文学工作室

信　　念：张扬个性，拒绝平庸。

目　　标：第一名。

出书方向：青春文学作品。语文助学读物。其他以青少年学生为主要读者对象的图书。文化艺术类读物。

主要成绩：《幻城》（上市十个月狂销55万册）
“布老虎青春文学”系列

地　　址：沈阳市和平区十一纬路25号春风文艺出版社

邮　　编：110003

电　　话：（024）23284393

传　　真：（024）23284393

联 系 人：时祥选(shixiangxuan@sohu.com)
王　平(wp951111@hotmail.com)

网　　址：http://www.chinachunfeng.net/qingchun.asp

主要栏目：媒体聚焦、即出图书、已出图书、投稿必读、会客厅等。

欢迎访问、留言